U0588312

李永忠◎著

长篇小说

寻梦

XUN MENG FO BAN HU

佛伴湖

天津出版传媒集团

天津人民出版社

图书在版编目（CIP）数据

寻梦佛伴湖 / 李永忠著 . -- 天津 : 天津人民出版
社 , 2024. 9. -- ISBN 978-7-201-21046-9

Ⅰ . I247.5

中国国家版本馆 CIP 数据核字第 2025QF8641 号

寻梦佛伴湖
XUN MENG FO BAN HU

出　　版	天津人民出版社
出 版 人	刘锦泉
地　　址	天津市和平区西康路 35 号康岳大厦
邮政编码	300051
邮购电话	（022）23332469
电子邮箱	reader@tjrmcbs.com

责任编辑	岳　勇
特约编辑	俞鸿彧
装帧设计	燕　子

印　　刷	成都市兴雅致印务有限责任公司
经　　销	新华书店
开　　本	880 毫米 × 1230 毫米　1/32
印　　张	7.5
字　　数	162 千字
版次印次	2024 年 9 月第 1 版　2024 年 9 月第 1 次印刷
定　　价	48.00 元

序　言

　　为了写这部小说，我曾纠结很久，一是先前始终没有找到落墨纸上的突破口或是开头的灵感，二是在反复诘问写它有什么意义。

　　当年，龙县开办山地户外运动公开赛是件新鲜事儿，曾在赛前、赛中、赛后掀起过一阵阵欢快热烈的波澜，尤其因此而提升了龙县旅游文化发展的知名度、美誉度。于是该项运动成了龙县吸引世人目光的一张名片，一届一届接着举办。回头看这项运动有着丰富而耐人寻味的体育文化魅力，因此想以小说的形式把它描绘出来，让它广为传播，并进一步弘扬该项运动文化走向深远。这或许就是我写作的初衷。

　　龙县在这里只是一个化名，曾是武隆人自己对所在行政地域的别称，因境内有武龙山而得名，地方志有武德二年（619）分涪陵县地置武龙县、洪武十三年（1380）"武龙"改为"武隆"的记载。地方百姓常以龙县自居，既有山脉如龙形的吉祥寓意，又有源自古蜀人对龙、蛇图腾崇拜的影响。龙县的"龙"自有生龙活虎、龙腾虎跃、龙凤呈祥等诸多美好的象征，所以以龙县相称，对小说描写山地户外运动有着特别的情感铺排。

　　下笔前，本想去书店翻翻运动题材类的小说参考一下，但跑了大小不等的好几家书店，竟没有见着自己想要的东西，心想世界上就没有一部有关山地户外运动的小说吗？如果是那样，找不着倒是件好事了，自己要做的这件事，岂不是开了个先河？可又如何才能起步呢？

怎么写？写什么？如何表现一项体育运动牵着山山水水、人文风物，绘制它与当下的旅游文化、经济发展之间的关系，以探讨它未来的路径，做出前瞻性的思考？这还真是创作开头难，不知写作者们在创作小说时是否总有相同的感受。

日子一天天过去了，心里始终理不出一个头绪来，晕晕沉沉的，倒有些心灰意冷了。这期间就有人说，算了吧，你都是五十多岁的人了，腰椎、颈椎都有毛病，再说现在又有几个人看书呢，差不多都在打游戏、追剧，写书的人比看书的人还多。

恰逢一位作家托我帮她推销一两本小说，联想自己只是一个名不见经传的写作人，就算写出并出版这部小说，又有多少人来买呢？可见要坚持走下去还真是难，若要靠它赚钱吃饭，那更是不现实。为此，感慨万千地倒先写了篇散文《愿天下写作人都有幸福的饭碗》。

但我终无法在心底里消除动笔的欲望，或源于自己热爱文学的兴趣吧！想要去体验那开先河的独特感受，那种煎熬而又无法放弃的感受。文学像病毒一样，早已侵入我的血液与骨髓，体验生活、感知生命已成了我生存的习惯或方式。更刺激的是要去体验未曾尝试过的生活或是未曾经历过的生命旅程，特有一番强烈的"探险"冲动，不达目的不罢休的冲动。就像从未去过的幽径总想去走一回、走到底，一探究竟方觉死而无憾。

所以九死不悔，初心难灭，便又一日一日地盘算起来。特别是乌江人的依赖与固守、质朴与勤劳，以及他们的痛苦与欢乐、茫然与期望，总是让我纠结萦怀，夜不能寐。诚如自己流走他乡时总结过的："无论你逐梦的半径多么遥远，都有一个故乡的圆心为你守望。"

的确，就文学的喜好，我有三点热肠倾吐。

第一，关于写作，我是为了忘却痛苦而迷上的。

第二，家乡的这片土地，与我的命运休戚与共，根已扎进了石和泥。

第三，笔耕没有止境，也无法预料结果，但欲罢不能，迷恋着这条路。

就第一点而言，我的那些痛苦，大致来源于三个方面：一是我们这一代人，经历过吃不饱、穿不暖的年代；二是经历过农村、城市分界线很明确的年代；三是经历过较敏感的年代。

这些经历，累积了太多的痛苦高山、悲伤河流，以及无奈而又割舍不断的乡土愁肠。在这些经历中，我处于分界线的底层或是食物链的最末端，我经常用笔画的饼子来充饥，用意念的梅子解渴。甚至把一支笨笔当棒棒糖来咬，想用文学欺骗自己，让时间的呻吟悄然走过。因此，写作成了我挨饿抗寒的一种精神胜利法。就像我在《云水削月》的导言中写的"一次次倒与立／一次次爱与恨／像形与影奔跑于清醒与半清醒之间／中间的血和泪／维持着一个灰色的地带"。

这片土地与我命运与共，是我说的第二点。

是的，任何一个冬天过后，都有一个春天相迎。我遇到了许多在这条路上苦苦耕耘的同伴、朋友，当然也有不少冷嘲热讽的支持者，是他们直接或变相地给了我阳光雨露，使我的臭牡丹开出了花儿。

当然，我这株臭牡丹脚下的土地，也渐渐开始嬗变，原来的穷乡僻壤，变成了龙县雄奇秀美山水，原来清瘦的文学阵地开始孕育出龙县《芙蓉江》绿色文学生态平台。在这个平台上，我和众多写作爱好者或同病相怜的痛苦者，慢慢读懂了乌江文明源远流长、巴渝古风悠远弥香的神奇密码，从中感知到母语的涛声在胸中激荡。

其实，何止是乌江在激荡，龙县文学发展的点点滴滴也在百川归流，文联、作协就像母亲一样，温暖和安抚着一大批有着文学梦的痛苦的孩子。

这些便是我所说的这片土地适合创作，种瓜得瓜，种豆得豆，虽然青涩，但纯净，虽然衣袖纤纤，但骨骼清秀。

一天，作家雨馨对龙县作者的作品这样评价："文风有山林气，文字很干净，思想很纯朴。"那夜守着一轮圆月我久久未眠，我在心底里说："今夜，秋的腰部，蓄满了皎洁／千万只萤火虫要抱团诞生／要为一场花朵的梦想庆祝／为一轮果熟的情愫举杯。"

诚然，写作也好，出书也罢，我的不足还很多。我还在乌江边兜兜转转，眼前还是一座座高山，峡门口外面的世界，还是无边的憧憬与向往。

我要说的第三点，是笔耕不辍，写作永无止境。

我曾与几位文学爱好者讨论过关于写作的快乐。我们希望写作快乐，而写作又真正快乐吗？更何况我们无法预知未来的痛苦，但我们愿意走这条路。这条路很远，远到天边，远到没有止境。而这条路很美，美到"生如夏花之绚烂，死若秋叶之静美"；美到文人的脊梁与文人的担当。所以文学路其修远兮，吾将上下而求索。

我在痛苦中挪移，但无论走到哪一步，我都要感谢自己的百折不挠，感谢这片土地。我会初心不改，当好这个时代的绿叶，或为乡土的殷殷深情，或为流走他乡的皎洁明月，总之，我盼望为人世间的痛苦者，寄去一片小小冰心。并将保留这种笔耕的方式，因为这个世界的欢乐本身不属于我，或许所有对文学感兴趣的人都是为痛苦而准备的。

因此，我得坚守这种痛苦。

我为自己写下了《绿叶自传》，"当春风抵临／我还只是两片怯生生的绿／紧抱的花骨朵／贴着一个新奇的世界／当骄阳如火／我打开了所有的天空／把阳光、雨水、氧气／二氧化碳，采进我的月华／也有闪电、冰雹、洪流／……"

不料这种痛苦，催生了我的一次欢乐。一个暑天的正午，我在仙女山下的一个凉亭里打盹，由此出现了我创作的转机，那是一个奇巧的梦，梦中的事正中我的下怀，于是有了这部小说的开端。

梦里的故事就不在此细说了，一个老者和神兽出现，和我共同寻找山地户外运动的乐园。

如此，我便将一路的见闻写成小说，当然，这也并非易事，它花了我近七年时间，虽不是天天在写，却是在心里日日前行。其中还有许多事情需要思考，特别是户外运动与乌江山水、龙县的地域人文如何融合得更美妙、更有味道，让更多的人愿意来看、来关注和思考，这让我费了很多心思。尤其是这部小说究竟要表述什么？它不仅仅关乎这里的山水人文、地域风物，它联系着乌江人、渝州人、中国人、地球人的生产和生活精神风貌，甚至有更深层次的人类文明发展方向的探讨。当然，这中间也有人性的险恶与丑陋需要揭示。它似乎要给人们打开一个通道或是一扇窗户。

最后要补充的一点是，因为资料匮乏，且我本身对山地户外运动项目的研究不深，小说中运动竞技方面的内容表现难尽完美，还由于该项运动题材类的小说在情节构思上本身不如言情小说、武侠小说那般好看，要引人入胜实在如"登蜀道上青天"，更重要的还是自己写作体验有限，有可能不尽如读者之意，这里先请包涵原谅了。就当你们喜欢牡丹、玫瑰的同时，允许一朵无名的小花绽放，抑或吃惯了大鱼大肉后喝一碗稀饭、来个玉米粑粑解解荤吧！

目　录

·第一章·

　　"快，老鹰飞，加油，加油，……"

　　"快，老虎，宝贝，快，快……哎！……"

　　"哇，老鹰，老鹰，胜利啦！老鹰胜利啦！方队胜利啦！……"

　　山谷，潮水般的人群呐喊、啸叫、惊愕、叹息、欢呼……宣泄着各自不同的情感，要为这世界上第一场民间人士发起的最精彩、最刺激的山地户外运动比赛掀起海啸一般的潮动，要将这非洲中部奥果韦大河谷的河水搅沸、森林卷翻。这儿离非洲加蓬共和国首都利伯维尔仅三小时车程，是奥果韦河北岸博韦城东北面的一处山区丛林地带。这里正在举行一次别开生面的山地户外运动赛。人们用法语高声地喧哗着、欢闹着。

　　比赛现场打着方奇、乐伯各自所在企业的产品广告，大型电视屏幕总是来回滚动地播放着橡胶、牛肉等产品画面及宣传语。尤其是乐伯企业关于"加蓬引进巴西优质肉牛品种后，牛肉鲜嫩、热量高、口感好"的宣传画面精彩刺激、先声夺人。"好香！好香！烤牛肉真棒！"锦林充当了代言人，他在影片里面享受着啤酒、烤肉的刺激，快速地吐着一连串美妙的法语。

作为决赛，这是一场殊死拼搏的收官之战，两支民间山地户外运动队正在大峡谷的沙滩上冲刺。

乐伯的队员在最后一场接力赛段出现了差池，有人倒下了，锦林最后一个上场，他已开始助跑，手真想长长几倍。当阿左贝上气不接下气地将接力棒交到锦林手中时，他一个趔趄摔了出去，但锦林丝毫不及顾虑队友的情况，只感觉阿左贝交棒的一刹那，表情很难受。而局势容不得他分心，见对手已冲出去五六米远，锦林抓住那根已被队友捏出水的木棒，豹子一般狂奔起来。他像腾入云端一样，双腿已经完全飞起，身上所有的肌肉都在极速地拉扯扭动，他只有一个念头——乐伯所有的心血都押在这场比赛上了。这是一场全加蓬乃至全世界为之瞩目的比赛，是一场富人挑起的战斗，一场高级别的赌局。他本不是这场活动的主角，但他意外成为这场决斗的最后一棒，所以他格外用心和卖力，当然，更在于乐伯对他有知遇之恩。

一年前，他还不认识乐伯，他生活在奥果韦大河谷一个落后的村庄。乐伯不光救过他的性命，还为他找到了工作，铺展了他人生的另一条道路。乐伯专门委派他到中国台北新开创的生态牛肉产品加工公司负责业务营销，担起打开亚洲牛肉干销售市场的重任，还用他弹珠炮一般的说话特长拍了宣传广告。这一切都在乐伯的精心培养下进行，乐伯不断地鼓励和帮助他进步，不光强化他的英语表达能力，还教他中文，以便他去台北能更好地胜任工作。他从一个加蓬村庄的毛头小伙儿到跨国闯荡大都市的阳光青年，实在是人生再造，天地更新。这不，上周才从台北回来，所做工作得到乐伯的表扬。参加这场比赛，当然也是乐伯近三个月的精心安排，乐伯看重他的身体素质和能力，尤其是他做事有激情、有活力，这点深得乐伯的赏识。乐伯是他除了父母最亲近的人，乐伯待他好，他也为乐伯尽心尽力做好各项工作，这场比赛他想要施展浑身解数，尽最大努力去争取胜利。一瞬间，锦林闪过了这些念头，但他不容多想，拼命地腾着双腿。

锦林黝黑、结实、修长，全身上下除了肌肉，没有一块多余的脂肪，标准的黑人英俊青年。他有着加蓬科莫河芳人的强健体魄，来自游牧家族，靠种植和放牧为生，也常参加村上的狩猎活动。锦林是狩猎队的得力干将，忙完农活后，便进山打猎，丛林中常有他追逐猎物的身影。他强健的肌肉和飞跑能力被乐伯在加蓬丛林的一次探险中发现。那天，锦林与一只受了箭伤的黑熊搏斗，并险些丧生，幸亏乐伯出现，用催泪枪将野熊吓跑，救下了锦林。

随后锦林为乐伯引见了他们的部落首领，乐伯给这些狩猎者们讲了许多关于人类如何与自然相处的道理，并得到了酋长的尊重，酋长欣然同意锦林参加乐伯的活动。因祖先的图腾崇拜，乐伯给自己的竞赛队命名虎队，又因为自己姓名的关系，这支竞赛队也被人们呼作乐队。而乐队的对手正是老同学方奇打造的鹰队，方奇为犹太后裔，崇尚鹰，而这支鹰队也被人们称作方队。接下来，锦林便卷入了这场战斗。他要为乐伯争一口气，他把从丛林中练就的所有飞跑绝技都使了出来。

　　然而锦林却在即将到达终点的那一瞬倒下了，他也像阿左贝一样，跟跄几步后摔在了地上。只听乐伯"哇"的一声惨叫，昏死过去。一群人迅速将乐伯扶到一边躺下并唤来医生。随后，救护车将乐伯送往了利伯维尔医院。而锦林并无大碍，只是因为他感觉到输掉比赛便眼前一阵发黑。但很快他回过神来，跟随汤姆护送乐伯上了救护车。

　　一路上，锦林在想，乐伯病发这么突然，难道是因为比赛结果？哎！都怪自己，为什么要分神！哦！还有阿左贝呢？他怎么没有上车。汤姆一直眼噙泪水，似看出锦林的疑惑，他轻声道："阿左贝已先送走了。"

　　其实，汤姆悲伤的不只是阿左贝的离去，他也担忧着乐伯的身体，心里又响起了家中老太太——"云 NePnele"颤颤巍巍的声音："Mr. 乐，惯于专注自己的工作，不善料理日常生活，你要辛苦多照顾他些……"，联想到近期乐伯有些厌食，误以为是因生意上的事及这次比赛而操劳过度，没有往多处去想，哪料到苏丽雅看过乐伯的 CT 胸片后，特别叮嘱他对乐伯按时用药和注意饮食，说明乐伯的身体有不容乐观的地方。

　　汤姆兴许是从小失母而养成了自我生活的能力，虽然个头不高、言辞较少，但却憨厚、本分且性格乐观，他是家庭生活的能手，不仅会洗衣煮饭，还能懂一些简单的药理，善于调节和治理一些日常感冒咳嗽之类的小毛病。他的先祖来自巴西，有着典型的"欧罗巴"血统特征，自他父亲与乐伯母亲结婚后，自小便与乐伯相处，他们不是亲兄弟胜似亲兄弟。平素乐伯带领汤姆学习并参与一些商业上的经营，却在苏丽雅不在身边的情况下依靠汤姆管吃管穿。所以汤姆照顾乐伯生活起居，看似主仆，实则是同住一家的俩哥们。此时汤姆对乐伯的担心，自然体现出手足般的情怀。

苏丽雅、锦林和汤姆轮流守候在乐伯身边，等他醒来，已过了近五天五夜。迷糊中，乐伯很吃力地念出几个字"东方，佛伴湖"，又念"东方"……

乐伯在昏迷期间，做了一个神奇的梦。梦境中，他骑着一头神兽——麒麟，去了一个很遥远的地方，一路上跋山涉水，艰难险阻，但路边的花朵特别美丽，一段是这种花，一段又是那种花，红、黄、蓝、绿、白各种颜色，有的在打花苞，有的正在盛放。先是桃花、李花、梨花此开彼放迎接他，接着是玉兰花、月季花列队舞蹈，还未看完，百合、牵牛花、凌霄花又吹起了喇叭，热烈难拒，一派欢欣景致。

特别是在他走到牡丹面前的时候，花骨朵就像孔雀开屏似的，一朵一朵齐刷刷地打开了花瓣，像要包围他和麒麟。还有茑萝花、打碗花、舞春花等，野花、闲花都从路边涌出来，似要迎人、留人、送人，那么多的名花异草对乐伯和神兽的到来充满热情，令人只想不断向前探个究竟。但心中的目标又似乎不只是看这些花，而是前面的川流、湖泊，还有湖边的一座高山，山上有道者、有神仙。

他要去会那神仙。但神仙有时却不在山上，神仙爱去一个有湖的地方玩。因此，拜会前得先见那个上知天文下晓地理、前知古人后晓来者的修行道者，才有可能找到梦中的神仙。前面看花他们已经走了很远很远，但要见那个道者却还要爬几重山，渡几道河，他们只能不断地向前翻山越岭，否则就前功尽弃，辜负了那些美丽的花儿。他们终于见到了那位道者，道者给乐伯写了一道密文，不让他打开。但乐伯透过纸背，见到仿佛有"东方，佛伴湖"的字样，他在心里说：你这道者指导我要去一个非常漂亮的地方，那密文上面就是地址。现在不能打开它，等我去了那个地方自然而然就会揭开谜底。乐伯怕忘记了自己暗中窥见的内容，嘴里轻轻地念着。未料道者似可洞穿他的心思，要将密文收回去重新写过。乐伯急道："不要，不要。"随即便醒了过来。乐伯醒来后，努力地回忆，但只依稀记得梦中的零星片段。他的身体还很虚弱，又闭上了眼睛。

锦林和汤姆二人守在病床边，见乐伯能说话了，便转悲为喜，高兴起来。"乐伯醒了，乐伯醒了，快，夫人，快来看。"锦林立即呼叫刚走出房间的苏丽雅。但当夫人返回来时，乐伯又昏迷过去了。

"夫人，夫人，他已经转醒了，好像念着什么。"锦林指指依然躺着的乐伯。

"小声一点，或许他还要休息。"夫人做了个手势，叫锦林轻声。

一会儿，乐伯抽了抽嘴角，又念起"东方，佛伴湖。东方……佛伴湖"，接着他睁开了眼睛，眼神逐渐聚焦起来。苏丽雅擦了擦滚落的泪珠，连声道："宝贝、好美、太阳、好美，你终于醒来了。"她给他喂水，握着他的手说话……锦林和汤姆彼此交换了眼神，走出房间。

"什么时候来的？为什么要惊动你，你那么忙。"乐伯看着夫人，眼里既温和又疑惑，他的声音里透着虚弱。

"你昏迷的第二天，汤姆便打电话到了我的研究所。安徒生接的电话，他告诉了我。我当即便买了到利伯维尔的机票。"苏丽雅轻柔地顺着乐伯的目光回应。

"安徒生是那个来自伦敦的留学生吧！"

"是的，他很用功，还有一年博士学习期就毕业了。"苏丽雅点了点头。

"你打算待多久？你的研究所和学生都很需要你。"乐伯担心夫人的时间。

"没事的，我请了半月的假，得好好陪陪你。"苏丽雅把头靠向丈夫的胸前。

"我恢复得应该很快，过两天我们去牧场骑骑马吧！"乐伯轻轻拍着夫人的后背。

"不急，你得好好休养。不过我很乐意看到我的太阳从马背上升起。"夫人抬起头凝望乐伯渐渐红润的脸，然后用手抚摸着丈夫的两腮。

"扶我起来！"乐伯想要坐起来。

"能行吗？"苏丽雅边理被子，边托着丈夫的手臂问。

"行的。"乐伯发力，背靠床头坐了起来，苏丽雅又顺势给他垫了一下枕头。

之后的几天，锦林、汤姆见乐伯康复较快，便想把空间尽量腾给这对许久未见的夫妇，他们则先返回奥果韦河谷驻地，处理队友阿左贝的事。

乐伯和夫人在医院后面的一片草地上骑马溜达，在阳光明媚的利伯维尔，夫妇俩度过了短暂而又快乐的相聚时光。见乐伯已经康复，苏丽雅便赶回了她的研究所。

接下来，乐伯开始处理他和方奇之间的赛后事宜。那时，所有的比赛都已结束，律师约翰逊拿着一份赠予合同，来到他的面前，很亲热地打招呼："Mr.乐伯，好些了吧！方奇先生叫我代他向你问好！""没什么，我都能跑步了。"乐伯坐在床头边的沙发上，喝了口热茶，平静地回道，并示意律师在旁边的沙发上坐下说话。

律师顺势坐下，说道："哦！太棒了，祝贺你恢复了健康，你可以签字了，向你致敬！"

"哦！没问题的，你们赢得很精彩！"乐伯也是诚心诚意地为他们高兴。

"这些财产，我们先给你保管着，说不定哪一天会还给你。"律师安慰乐伯，将准备好的文件递了过去。

"哎！来吧！或许会有这一天！"乐伯长叹一声，签下了自己的名字。

律师说了声谢谢，随后和乐伯拥抱并道别。

乐伯回来后，锦林一直跟随在他的身边，见此一幕，他的泪水从鼻翼滑下。就在这个山谷的小木屋里，他们一同苦战三个月的心血泡汤了。

约翰逊等人出门后，驱车隐于林中。

锦林将乐伯扶了起来，走出房间。

远处有了一座新竖起的墓碑，凝聚着一团悲气。汤姆正在用铁锹将碑旁的泥土清理干净，好让祭拜的人走近一些。见乐伯和锦林来到坟前，便对乐伯说："从你昏迷到现在已近两个星期，我们已将阿左贝埋葬。方奇的人也过来提供帮助，对他表示深切哀悼。阿左贝是一个孤身的人，他没有家，没有牵挂地去了。"

锦林忽然大哭，一个大男人如此号啕，可谓惊世骇俗。乐伯倒显得镇定，他走向墓碑，视线久久未能移开。

"他就那样去了吗？"乐伯不敢置信。

"是的。他倒下后，我就立刻安排，送到了镇上的医务室，但他停止了呼吸。"汤姆表情悲伤。

"因为什么？"乐伯追问道。

"应该是心肌缺血，不过……"汤姆道。

"不过什么？"乐伯又追问了一句。

"医生好像也不太相信，一场接力赛居然会要了他的命。"

"是啊！怎么会呢？"乐伯也有疑问。

"医生问过他赛前服过什么刺激性的药物，比如兴奋剂之类的东西。他好好的，应该不会吧。"

"他的心脏不好！"乐伯道。

"是的，他曾经做过心脏手术，我跟医生说过。"

"那就是了，这种剧烈运动有可能导致心肌缺血猝死，医生当时是这么说的。"

"是我们愧对阿左贝了！"乐伯双手合在胸前，默念着哀思。

一旁的锦林抽泣了一会儿竟说肚子痛，佝偻着转身走向林间，汤姆与乐伯都以为他是去林中方便，或者悲痛过度，要一个人找个幽僻处静一静，便没在意他的离开。

但久不见锦林返回，乐伯、汤姆朝着他去的那片林子呼叫。除了他们的呼叫声、森林的涛声，以及远山返回的回音外，他们听不见锦林的回应。二人赶紧入林寻找，竟不见锦林的踪影。

忽然，一阵大风骤起，正在乐伯、汤姆焦急茫然之际，一团雾气降临，迷茫间一只麒麟突然出现在他们面前。这种奇遇让他们惊讶得目瞪口呆。但二人丝毫没有害怕的感觉，似入梦一般。这麒麟棕色毛发，长着鹿一般的角，龙头马身，样子威严而慈善。乐伯只觉这神兽眼神一直盯着自己，有种失散多年老友的感觉。梦境中自己骑着神兽的片段在头脑中一闪而过，乐伯甩了甩头，怕是昏迷太久的后遗症，他的脑中时不时总会闪过些零零星星的奇怪画面。暂且不管这神兽，先找到锦林再说吧。乐伯与汤姆在林中继续搜寻，使劲儿喊着，"锦林，锦林"。但回答他们的也只有飘荡在山谷中的一声声回音罢了。他们只得向着林子深处走去，但无论他们如何呼唤，锦林就像蒸发了一般。

"哎哟——"突然，汤姆一声惊叫，只见他脚下一滑，掉进了一个山坑。那麒麟纵身一跃亦跳下坑去。难道那是麒麟所住的坑穴？乐伯那一瞬闪过这样的想法。但情急之下，他只来得及关心汤姆此刻的安危，他大叫："汤姆，汤姆，你没事儿吧！""啊！没事儿，我落在它的背上了。"站在坑口的乐伯向下张望着，下边汤姆既惊异又新奇，他定了定神，用手扇了扇，坑里有一股潮霉气味。

他站在那神兽的背上，将手伸给洞口边的乐伯即可上到地面，但他没有这样做，反而从神兽背上滑到坑底，观察起里边的动静来。

他发现自己是从坑口伪装的树叶堆掉下去的，坑洞似有人为的痕迹。待他的眼睛适应坑洞的光线后，他果然看到了一堆野象的白骨，再往里走了几步，不断有野猪、鹿、斑马、犀牛、虎等动物的躯壳、骨骼出现。原来这个山坑的口小底大，似一口坛子，里面连着洞穴。动物下来后，根本出不去。而这又不像一个天然的坑洞，坑口用树和杂草做了掩饰，这是明显的人为活动。难道这是偷猎者的"杰作"？汤姆一边探索一边暗忖。如果是人为的陷阱，那一定会有他的出口，毕竟以这个深度，人下来后没有辅助手段是很难出去的。麒麟紧紧跟随在他身边，一会儿左嗅嗅，一会儿右嗅嗅，似在帮他寻找出口。见汤姆久久不上来，乐伯又担心地开始喊话："有出来的其他出口吗？""应该有。"汤姆应道。"它在里边怎么样？"汤姆知道这是在问麒麟。"它跟着我，好像很温顺。"刚遇见的麒麟，此时竟成了他共患难的好朋友。

只见那神兽朝一个岔洞走了过去，汤姆返身过来紧随其后，他想这神兽比人有灵性或许它能找到出口。果然前面有了一丝亮光，但有扇门锁着。乐伯听到了汤姆的呼唤，下到洞口来，用石头砸开了那锈迹斑斑的铁锁。然而他们并没有急于出洞，而是细细查看了洞里边的情况。

这是一个捕猎野生动物的人为陷阱，那些值钱的野生动物制品恐怕早被人弄走了。前段时间加蓬公安机关就在追捕一个跨国贩卖野生动物的犯罪集团，这是不是能成为他们的罪证呢？乐伯他们计划回去就向警方报告。他们返回了地面，又呼喊起了锦林。

这时，麒麟双膝跪地，不住地摇头，那发出的叫声似乎是在告诉乐伯、汤姆不要再找锦林，锦林可能到了很远的地方，或者返回了他的部落。

兴许他无法承受失败的打击，无颜面对乐伯对他寄予的种种希望，或者有什么难言之隐想暂时避开乐伯，返回他的部落静一静。天色已晚，日后，再托人到他家乡打听情况吧。乐伯这样想着，与汤姆一起返回了驻地。

说来也怪，在二人搜寻锦林的过程中，麒麟始终在嘶叫，似在助力，又似在劝阻，它紧随二人身后，保持着足够的安全距离，不给二人造成困扰，默默地守护着他们，让乐伯意外而又感激，不免在锦林不辞而别的怅然间心生意外的收获之感。

乐伯闭门休养了一段时间后，有了一项新的计划：他要重整旗鼓，选择一处理想的山地越野比赛场地，重新招兵买马，训练精兵强将。他实在是太喜欢这项运动了，而且阿左贝因此丢了性命，锦林下落不明，他也输掉了一片牧场，他们之前的付出与努力都不能白费，他必须东山再起。

麒麟的出现，似乎预示他能够从哪里跌倒又从哪里爬起。难道麒麟是来帮助自己的？乐伯一时想不通，但可以肯定，这没完的比赛他还要进行下去。其他队员，按约定参加完这场比赛就得回去做他们自己的事儿了。只剩下汤姆和他，麒麟毕竟不是个人，这如何跟以前锦林在的时候比呢？锦林能言善道，在身边多热闹。现在冷冷清清，汤姆本就寡言少语，又加一个不会说话的麒麟，真是世事多变啊！乐伯在酝酿新计划时无比感伤。

锦林是一个非常爱讲话的人，他每天得讲几座山、几条河的话。不过他虽话多，却没有一个人讨厌他，他总是将他们在非洲丛林遇到的那些稀奇古怪的事、狩猎的事、部落纷争的事、酋长女儿的事、他与野兽搏斗的事……不厌其烦、滔滔不绝地讲给大家听。

他见不得女人，见了女人他的话更多，话匣子捂也捂不住，嘴里就像安装了弹簧，不断地弹射出动人而奇妙的语言。他会根据听者的表情掌握语速，变换话锋，他懂得哪些讲繁、哪些就简，也懂得抑扬顿挫、轻重缓急，声调总是那么富有磁性。加上动作肢体语言的配合，他甚至比幽默大师卓别林还让人愉快。他的语言不伤人、不带目的，更不是花言巧语。哪怕与女人们谈天说地，也从不考虑为他自己设下什么意图，只要铺开语言的河流，他就流淌得无边无际、自由恣意。

当然，也有人认为他的话说得太多，少不了废话。然而乐伯团队没有人这样认为。那些有身份的人，包括大师们，因为他有语言天赋而感到喜悦。那些部落的百姓们也觉得有他就乐、就热闹、就好玩。女人们不会认为他有非分之想而去设防。所以他有许许多多的朋友，他就是生活中的喜剧演员。女人们爱做他的观众，嘘呀，叫呀，呼着"宝贝"。每到这时，男人们从不嫉妒，一个劲儿叫着"好！好！好！"就连乐伯这么稳重的人，也常被他的搞笑逗乐。

人们喜欢他，人群中有了他就有了欢笑，没有他，好像就没有了生气。但这次关键时刻，他失手了。马上就要到达终点，几乎就跟方队的人平在一条线了。飞奔，飞奔，就快要过终点线了，突然有人尖叫，"宝贝，宝贝……"那是激情而牵魂的欢呼，是一个姑娘的声音，是一个燃烧的声音。他转头瞟了一眼，就这一眼，就这千分之一秒的分神，让他落了半个脚尖，输了，一个趔趄倒了下去。他悔恨，他突然意识到平时多言的害处了，这个损失太惨重了，就因为他纠结那一瞬。这姑娘他到底在哪儿见过？现在完了，一切都结束了，他却再也说不出话了。这就是一个语言大师的报应。

乐伯其实很清楚他的秉性，曾叫他把一天的话分十天来说，不要让大家的腹肌练得太发达。但他总是忍不住，他从未因语言有过麻烦，也因为这一点，他被派到中国的台北办事处去搞销售，还拍了妙语连珠的广告。但他从未料到在这节骨眼上，因语言惹来分神，导致了无法挽回的损失。而细想起来，观众的欢呼本是为他助兴加油的，怪他平时言多倒也有些牵强。事已至此，想这些已经没用了。承认现实吧！乐伯只能自我安慰。

在一旁的汤姆也在想着那天比赛现场为锦林尖叫的姑娘。她是谁呢？那么多观众在欢呼，怎么唯独她会让锦林分神呢？

是丹妮？她不是在乐伯所在的中国台北的生态食品加工公司营销部上班吗？她怎么会突然出现在加蓬的比赛现场呢？锦林曾透露过她的情况，她是一个不错的女孩，美丽大方，开朗活泼，目前在锦林手下的质检科工作，十分勤奋，尤其在把关牛肉干加工工艺过程中十分尽心，从未出过问题。乐伯在加蓬生产的牛肉干每年要运送一部分到台北加工销售，这些加工产品会被大量用于方便面加工行业，销往世界各地，特别是中国等亚洲市场。

·第二章·

哦！想起来了，汤姆在努力地回忆着。锦林描述她的时候，说得眉飞色舞。他是那么地喜欢她，想她，但向她表白她却不予理会。丹妮的父母嫌锦林是个黑人，不同意女儿与他交往。

那这次比赛，她怎么会跨越大洋来到博韦呢？汤姆实在是想不明白，而乐伯当时处在昏迷中，也无法回答他的问题，况且乐伯应该也不清楚丹妮的事情，只晓得锦林每次到台北去都很兴奋，总是争先恐后地替他分担台北的营销工作。所以乐伯对锦林的工作十分赞赏。

锦林这次回来没有再向我提起她，他们在交往吗？这些疑问在汤姆心中闪现。当日丹妮见锦林苏醒后便快速离开了，现在锦林消失，也问不到缘由了。难道他们之前有什么秘密？

乐伯现在寂寞至极，但身处安静的森林、安静的木屋也让他冷静认真地思考。

麒麟很通人性，它似乎完全明白乐伯的心思，卧在他的身旁，像他的守护神。乐伯、汤姆也渐渐把它当朋友，和它慢慢地亲近起来。

乐伯是美国怀俄明州侨居华人的后裔。他的先辈因为二战时期美国劳工招聘而漂洋过海去的怀俄明州，通过近三代人的努力奋斗，积聚了很大一笔财富。到他这儿又将资本移到非洲加蓬发展，并在二十余载里，将其再次充盈，现已经拥有一座庄园和三千多亩的牧场，所以他常辗转于美国与加蓬之间。

而他父亲曾在工作之余常带他到山涧采药，游山玩水，那时他才读小学，不过七八岁，自小便喜欢到大自然中去开展户外活动。长大后，他逐渐迷上了刚兴起的山地户外运动。在美国上学期间，乐伯总要千方百计地抽空组织骑行、游泳等户外活动。他阳光、帅气，热爱户外运动，很受同学们欢迎，大学期间他已有了很多同伴，爱和他一起去享受自然、享受运动。

多年前的一天，方奇骑着摩托来到乐伯的窗下，大叫着："Mr.乐，Mr.乐，在家吗？"

"在的，Mr.方，什么事？"乐伯穿一身睡衣，打着哈欠，趴在窗台上回应。

"快，快起床，两家卖牛肉的俱乐部要举行跑步和自行车比赛了。"方奇向着乐伯挥舞着手。

"呵，有趣。我马上到，你等我！"乐伯转过身换衣服，急忙下楼。

"是那几个胖家伙吧！"在一路狂奔的摩托车上，乐伯贴着方奇的耳朵说话。

"是的，他们要减掉那些多余的赘肉。"方奇开着车从风中吐出话来。

"他们走哪条线呢？"

"哈哈，他们要从河边的那条山路进峡谷绕一圈。"方奇兴奋地叫着。

"他们吃得消吗？"乐伯在担心。

"去看看吧，应该够刺激的。"方奇猛踩了一脚油门。

这是两个加蓬牛肉大户在暑假期间举办的小比赛，他们的老板和工人都胖得出奇，与当地人形成了鲜明对比。两个老板突发奇想，相约去奥果韦河谷开展一次长跑比赛，输了的就杀一头牛犒劳比赛队员。二人来加蓬度假，正赶上了这样有趣的事，岂可放过？他们赶去了神秘而又刺激的河谷，看那些膘肥肉满的家伙如何跑得更快……

与乐伯一同读到大学的方奇也是一个山地运动的狂热爱好者，乐方二人经常研究并参加学校和社团的山地越野项目。但二人都没有找到一场世界级的赛事，也没有找到一条由此传播人类如何与自然和谐相处的途径。早期的比赛设计都比较简单，在校园或某些俱乐部有限的运动场地进行，一晃三十多年过去了，岁月的流逝反让二人的兴趣越来越浓，希望看到山地户外运动赛走向国际化，他们认为非洲人有运动天赋，所以决定到非洲寻宝。他们看上了博韦，这里自然环境不错，有生态较好的热带丛林，以及神秘的山谷、河流。这里生产力和科技都较落后，经济文化十分贫乏，人们对资源的保护意识也很差，生态的破坏日渐严重，如果这项运动能引起非洲人对环境保护的重视，就太有意义了。

另外，这是一项可以健身减脂、增强体魄的运动。随着人类生产力的提升，大量的人类劳动已被机器替代，人们没有必要再去从事繁重的体力工作维持生计了。而人类和平是未来发展的大趋势，战场上亮肌肉的做法成为历史，人类生活将朝着亲近自然的方向发展，追求娱乐和健康、延长寿命是主要目标。山地户外运动无疑是绝佳的选择之一。所以举办它有着深远的现实意义和长远意义。但要吸引世界的眼球，把这项运动渲染到极致，二人倒还颇动了一番脑筋。

思虑成熟后，二人相聚茶楼，一番品茗，便打开了他们共同关心的话题，索性各自在手心写上谜底，如果吻合或意思相近，便形成统一共识而开始行动。不料这一天，二人摊开手心的竟是一个相同的"赌"字。

"赌什么？"乐伯问。

"来点惊心动魄的吧！"方奇伸了伸懒腰，接着又道，"你不是喜欢后山那片山水地吗？想不想拿去？"

"搞这么大？"乐伯瞪了他一眼。

"当然，不敢吗？就当我们为这项运动做点奉献。"方奇摊了摊手。

"好，谁怕谁？我给你西边那块牧场。"乐伯也爽快得有些玩世不恭，摊了摊手。

这样的约定使得二人自己都惊讶了，但他们内心又波澜不惊，似乎是前世今生的注定，因而都没有解释，只是会心地一笑。其实这个"赌"字并非赌博的意思，他们赌的是这项运动能走多远，能给人们带来什么，赌的是他们的预测成真。

不料，这一消息发出后，顿时引起轩然大波，全球各大媒体开始席卷加蓬。加蓬的著名商家、企业纷纷抛来广告业务，保险公司也寻到了商机——要考虑比赛中那些运动员们的意外伤亡风险，启动保险机制在所难免。乐伯与方奇绝没料到有如此阵仗，工作室不得不迅速扩大，承接媒体、广告商和保险机构等踏破门槛的业务洽谈活动。很快，广告筹集的费用就解决了预先策划预算的比赛经费，除去队员的奖励或许还有收益。二人下的赌注倒是双方真刀真枪的输赢，不过更大的意义是它成了点燃这项运动烟火的噱头。因此，这项运动的影响力、吸引力都被激发了出来。

一开始，谁输谁赢双方并没有看得太重，但媒体的炒作与衍生出来的相关预测及暗流却在不断引发讨论。就这样，一个盛大的挑战赛开始了。

乐伯与方奇的赌局向加蓬乃至全世界公开发出了信息。二人均不敢懈怠，既然已经公之于众，比赛就得认真对待，平时是朋友，比赛却毫不相让。因为这不仅仅是一个赌注大小的输赢，还衍变成一场相关商业利益的殊死搏斗。

恰在此时，加蓬一栋湖边别墅的客厅里，一个矮胖的秃子一边向玻璃缸里的金鱼喂食，一边向身边那位精瘦的戴着墨镜的人说话。

"现在风声有些紧，你那些货得要看紧点。"

"已通知阿狗他们停下了，山上的'窝'也早撤了人。""墨镜"一边回答，一边走向壁柜取出一包香烟。

"以前的生意先放一放，新门路已经出现了，将有更大更美的天堂等着我们。"胖子盯着游鱼慢吞吞地说着，又丢进一块食料。

"你是说奥果韦大河谷正在热炒的'鹰虎'之争？""墨镜"拿着烟盒转过身看着胖子轻轻猜问。

"哈哈，这下应该有好戏看了。我们应该做点什么。"胖子依然盯着鱼缸，嘴角浮过一丝诡秘的笑。

"你想买谁？""墨镜"取下眼镜边擦镜片边问。

"当然是'老鹰'了。"胖子鼓了一下腮，收了收两边的嘴角。

"你担心'老虎'？""墨镜"又诡秘一笑。

"已经了解了，他有一个有心脏病史的队员。"胖子边说边将手中的剩料都丢进了鱼缸，继而拍了拍手，脸上罩起阴森的神色。

"那有什么怀疑的，直接押'老鹰'便是。""墨镜"点着了手上的烟并吐出一个圈来。

"哼哼，'老虎'本不弱的，鹿死谁手，还真不敢断定。"胖子显得有一丝踌躇。

"也是，光凭那个人还不能断定谁会笑到最后，何况听说那小子手术很成功，掉不了链子。""墨镜"分析道。

"我们得帮帮'老鹰'。"胖子深深地看了"墨镜"一眼。

"怎么帮？""墨镜"又吐了一口烟圈。

"你过来……"胖子招了招"墨镜"，然后凑在"墨镜"耳朵前轻声地嘀咕着什么。

一会儿，他们走出了别墅，沿着湖边一条人行道，胖子拄着拐与"墨镜"消失在了密林中。

就在乐方二人敲定他们的比赛方式的同时，一个代号"蝙蝠"的国际非法组织也瞄上了这场别开生面的山地户外运动大赛。这个组织因跨国非法捕猎、贩卖野生动物而受到警方的追踪调查，他们采取各种手段与非洲原始森林的猎人勾结，进行珍稀动物的捕猎并转手地下交易，形成一个从中牟取暴利的产业链。由于风声越来越紧，他们决定暂停手上的业务，转向跨国赌博。他们已开始酝酿一个幕后计划，而这一计划是乐方二人做梦都始料未及的。

乐伯是一个从不向命运低头的人，他把这本是双方协商一致的比赛当作方奇的挑战，他乐意接受挑战，也乐意接受这样刺激性的活儿，因此他既是"赌博"的参与者又是活动的策划者与组织者。

和乐伯一起长大的方奇，家世和乐伯十分相似，先辈也因从美国移资非洲加蓬发展而成效卓著。不同点在于乐伯系亚裔，方奇则是典型的犹太人。乐伯家拥有的是三千多亩牧场，而方奇家拥有的则是近五千亩的山水地，内含峡谷、溪流，生产橡胶，经营旅游观光等。二人常羡慕对方所拥有的牧场和山水地，在对方的乐园骑马射箭或攀越山谷，赏草原风光，观山溪流水，无不情趣相投。

这次乐伯拿出的赌注就是他牧场的三分之一，方奇拿出的则是他家山谷产权的一半。按双方约定，牧场地理占优，面积定为一千亩，山谷相对次之，面积定为二千五百亩。双方的赌注都是各自家族近三代人创下的基业或辛苦积下的财富。二人愿以此牺牲为推手，借山地户外运动公开赛为载体，将人类与自然相处的和谐之道传播出去，彼此认真对待，互不相让。此为户外体育运动精神的最高境界。

赛程安排是，在双方地域各自安排一半的赛事项目，统一安排全流程的赛事项目服务。事情就这样敲定了，三个月前立下了协议及相关法律文书，各用三个月时间准备。乐伯平素待人不薄，牧场的工人们纷纷报名参赛。通过一番挑选，乐伯组建了自己的队伍，除阿左贝与锦林身世特殊外，其他人都算是乐伯的身边人，他们全身心地投入训练，直至比赛当天。

　　阿左贝是一个孤儿，乐伯来到非洲后，从牧场附近的村子里收养了他，那时，他还是一个不到十岁的瘦弱少年，他患有先天性心脏病，乐伯专门将他送到美国进行了手术，恢复后与正常人没有什么差别。他听说乐伯要举办比赛，执意报答乐伯，乐伯起初也很犹豫，但见他手术后身体不但恢复较好而且越来越强壮，就答应了他的要求。哪料到最后的冲刺竟要了他的命。比赛后，乐伯才知道他的基础扎得并不牢，关键在于阿左贝的病根所留下的隐患。再说比赛当日的气温甚高，对阿左贝是致命的考验。其他人就不说了，锦林实际也并非最后有人呼叫而分心。乐伯最后的一声惨叫，并不是因为失去了牧场的三分之一土地，而很大的原因在于见到阿左贝拼死一搏的壮烈，他见那舍命的比赛状态，痛心过度，便昏死过去。

　　现在，乐伯决定出去寻找他理想的运动基地及运动选手，他告诉了方奇。

　　"我想出去走走，找到一块合适的新天地。"乐伯边走边望着蓝天。

　　"我很期待，祝福你，你可以叫波克做你的向导。"方奇很平静，跟在乐伯的身后，向他推荐了一个朋友。

　　"不错，你提起过他，他是很棒的户外运动项目专家，叫他带上我。"乐伯转过身来道。

　　"他是一个中国通，母亲是中国人，他拿过孔子学院的文凭，他知道怎么做，会如你所愿。"方奇进一步补充。

　　"到时候，让他做我的开路先锋。"乐伯欣然接受这个即将见面的向导，并将手伸向方奇。

　　"我会给你联系方式，或我们安排会面一次。"方奇握着乐伯的手，又拍了拍乐伯的肩膀。

他们走向室外。

"世界是多彩的，让我们翻开它斑斓的一页。"乐伯拉开一道栅栏的门，走向前面的草坪。

"是的，上帝的手一开始就很巧。峡谷的流水，多么清亮、澄碧，草原的新绿，多么柔软、妩媚。"方奇诗意般憧憬着远方。

"这个世界或许因我们而绚丽，盼那一把火点燃天地。"乐伯也拍了拍方奇的肩膀。

"你有伟大的抱负，你总是向着别人未走过的路而前行。"方奇向乐伯竖起大拇指。

"你也一样，不然，我的伟大不就渺小了吗？"乐伯凝望着方奇友善而诚挚的脸。

"不过你要注意身体，我们的路要呈平行线延伸，要成为通向户外运动远方的轨道。"方奇委婉地提醒道。

"会的，我也舍不得你这根并驾齐驱的优秀线条，我们心中的火车一定会抵达美好的终点。"乐伯自信满满地握拳。

"还有什么要交代的吗？比如锦林和阿左贝的未尽之事。"方奇像求着乐伯。

"谢谢你的提醒，锦林的事，有机会帮我打听一下，阿左贝的都已经处理好了。"乐伯握了握方奇的手。

方奇从未因为赢了比赛而喜形于色，他非常关心乐伯的身体。当时乐伯、锦林昏迷后，汤姆埋葬了阿左贝，方奇出席了吊唁活动，直到安排完后事才离开。因此，乐伯约见方奇也是为了对方奇的帮助表示感谢！

乐伯说，想去中国寻找户外运动基地，中国目前经济发展飞速，而且是世界上第一人口大国，是一个热爱运动的国家，再加上中国地大物博，气候温和，多属亚热带，一定有着理想的户外运动场地，到了那里更能开发户外运动的市场，燃起户外运动的火焰。方奇十分赞同，所以推荐了他的好友波克。

波克在联合国教科文组织工作，他参加过一次中国申请世界自然遗产项目的考察研究与审核评价。他给方奇讲，在该项目评审中，他了解到中国渝州有一个名叫龙县的山区小县，那里融山、水、洞、泉、林、峡于一体，集雄、奇、险、秀、幽、绝于一身，是开展户外运动和旅游的理想胜地。波克和朋友威宁·皮特在一起参加当地世界自然遗产的评选，朋友威宁也是一个喜欢山地户外运动的人，他跟乐方二人一样成了这方面的专家，而且对龙县的情况十分熟悉。虽说波克可以为他们介绍一些情况，但真正可以为乐伯做绝佳向导的其实是威宁。

很快，方奇便通过波克联系上了威宁·皮特，并与乐伯见面约定启程计划。

而"蝙蝠"集团也在随时关注乐伯与方奇的动向，他们像非洲丛林的猎狗一般地盯着想要的猎物。

"哦？'老虎'弄了一头怪兽？"胖子接着"墨镜"打来的电话。

"是的，他正在考虑去中国，他要寻找场地翻盘。""墨镜"声音较轻。

"哇！这太有趣了，你要装扮成'蝴蝶'，监视他们。"胖子开始兴奋。

"会的，我已找到了他们此次出行的蛛丝马迹。"

"呵，看来，有更好的事要发生。"胖子亢奋。

"这应该比前面的那盘棋局更大。""墨镜"判断道。

"呵呵，你前面那一注比我大，这次我得好好想想。"胖子在回味。

"是呀！盘子里已有上亿的美元在转了，它将为我们下一步的开发提供保障。""墨镜"压住心跳。

"这次可能更多，因为他们在向更高的目标冲刺。"胖子预判。

"好的，等我好消息。""墨镜"最后说道。

这是在乐伯牧场外面的一处亭子里，"墨镜"把近期了解到的信息，用电话汇报给他的胖子上司。

原来，胖子与"墨镜"他们找到了一条通向他们美梦的路，他们就是"蝙蝠"的操控者，一直在幕后推动赌赛的交易。上次买乐伯虎队的人万万没有想到，是因为有人在比赛中悄悄给阿左贝下了"药"，他们下的注才全让别人拿走了。当然，方奇和乐伯也不知道。"蝙蝠"的犯罪方式极为诡秘，上次得手后，他们变得更加猖狂，继续追踪他们需要的信息，他们像幽灵一样嗅着山地户外运动的气味。

"哇！这是什么？马不马、驴不驴的。"一见面，威宁便对乐伯身边的神兽叫道。

"它是麒麟，很有灵性，是我的好伙伴。"乐伯边介绍边和威宁拥抱。

一开始，当威宁·皮特得知乐伯身边的是神兽后，也惊奇不已，但相处两日后，见麒麟除长相为神兽外，一样吃饭喝水、行路睡觉，方觉稀松平常。是的，它与人同样三餐就食，乐伯与汤姆吃喝时，便将饭菜汤水一齐备好，麒麟就自个儿吃好。麒麟没有绳束，排泄便自行前往林间隐蔽处，从不让人看到，还会到有水的地方洗澡。它除了不说话，几乎就跟人一样，但它的听力、嗅觉特好，能听闻数里外的异常声音，也能嗅辨数里外水和食物所在的方向。这些奇异之处已被乐伯、汤姆发现。就那汤姆掉地坑里后麒麟的行为就非同一般，而又一次偶然事件让神兽的灵敏得到了验证。

就在乐伯、汤姆准备撤离他们在奥果韦河谷搭建的木屋的前一个晚上，正是麒麟嘶鸣并用它的前蹄敲打房门，吵醒了熟睡中的乐伯和周围帐篷里的人，才避免了一场不可想象的灾难。

那天夜里，麒麟待乐伯等人醒来后向着黑夜北部远方的天空不断地扬头并嘶叫，乐伯见北边黑夜里闪着雷电，隐约传来沉闷的雷声，感觉到可能有大暴雨即将来临，而他们的驻地正好处在河谷地带。

会不会有发生泥石流的危险呢，这神兽或许是在提醒他们离开。乐伯果断吩咐汤姆："快，马上转移。"同时大声地呼喊："大家快起来，快离开这里，山洪将要来袭。"果然，风雨很快就来了，乐伯举着手电叫道："跟着它走吧！"大家知道乐伯指的是他们刚认识不久的麒麟，一下子想到动物比人更能快速感知自然灾害的道理，或许它就像老马识途或地震前畜禽的先知先觉一样，能走向安全的地方。大家果真跟着这个神兽快速地往河谷外面的开阔地跑了出去。

说时迟那时快，雨声、闪电和雷声交织在一起，裹着狰狞的黑夜向人们扑来，河谷里的洪水已如咆哮的千军万马从山上席卷而至，大家似乎来不及恐惧，只顾奔命逃离。身后他们的避暑家园已葬身风雨，被排山倒海的自然之力瞬间撕得粉碎。当大家都喘息过来后，已跑到了安全的小镇，回过头来深深地感激麒麟的惊人举动。因此，此次行动乐伯决定与麒麟同行。

威宁开始觉得不可思议，这是中国人传说的神兽，非洲哪见过这种奇异的动物？他上前摸了摸麒麟，有鳞片、有温度，是一个活物，不是机器。

"动身前，我得回一趟怀俄明州，见见我的老母和夫人，其他的事就劳烦你和方奇了。"

"你放心去吧！等你归来，我们就去往你心仪的东方大国了。"威宁应声道。

"这神兽就和你一块住几天了，你们会很愉快的。"乐伯又对着汤姆交代。然后，便驱车去了利伯维尔机场。

·第三章·

　　"哦嘀——哦嘀——哦嘀嘀嘀——"站在狮子岭长城上的柳鸣对着乌江东头升起的朝阳拉开了洪亮的嗓子。他像站在高处的雄鸡，昂扬着头颅，还用手比了一个喇叭的形状，将喊山的声音尽量送向远方。他的音调热血、豪放，充满朝气，似要穿云劈雾，钻山裂谷。那宣泄的余音久久在山野间回荡。

　　今天，他和心爱的恋人朱莉一道出来爬长城，心里是多么激动、多么舒畅。自读研毕业参加文旅委的工作以来，他一直在紧张、繁忙地工作，许诺要带朱莉出来爬长城、品山水，让她从那枯燥的文物研究中抽身出来轻松一下的，这一回终于实现了，能不亢奋吗？

　　着一身浅蓝休闲运动装的他，要把阳光帅气、一米八个头的矫健身姿充分展示在那晨光的照耀里。身旁文静秀气的朱莉一身浅绿素雅的运动服,一米六五的秀美身材显得亭亭玉立,此时她也跟着柳鸣一起喊山:"哦嗬嗬——太阳出来喽——我们爬长城喽——"那声音清澈嘹亮,犹如天籁。他们心里是说不出的幸福和高兴,因为二人都喜欢爬山旅行,到大自然中去寻找平日难得的自由空间。

喊音未落,山下的乌江边,长滩啸正要推船过河,听到山上的"高音喇叭"在喊,便扯开喉咙应了起来:"哦嗬嗬嗬——江亮喽,我要推妹过河喽!"只见老婆张水灵抱着娃娃坐在船头,舞动着宝贝儿子的小手,望着对面山上的老家,也欢呼道:"哦嗬嗬——我们回老家喽,看爷爷婆婆去喽!"

另一处山头上不知是谁又冒出"太阳出来啰喂,喜洋洋啰啷啰"的歌声。

此时,峡江慢慢飘起淡蓝色的薄暮,把阳春里的油菜、秧田、吊脚楼、石板街,晕染得睡眼蒙眬似伸懒腰一般。接着那飘起的淡蓝烟幕又渐渐转成一簇簇白色的云团,它们像饱含春风的棉花,擦拭着两岸的山头,让白马山、仙女山更青翠明亮。

正是那山上山下此起彼伏的呼喊与歌声打破了大山的沉寂,仿佛给乌江山水注入了一缕亮色,使沉睡了一夜的山村又在晨光中舒展醒来。

乌江人出门,跋山涉水,翻梁过坎都喜欢对着山岳喊上几嗓子,似要把大山的雄浑拿到心里循环一次后,再回肠荡气地呼喊出来才舒服适意,那种感觉非常劲道、过瘾,或许就是山里人的精气神,是对身处这片天地的感应。

"你站好,我给你照个'仙女'进来。"朱莉举着相机,将柳鸣身后远远立着的仙女石拉入镜头。柳鸣赶紧用一个拥抱的姿势揽住远山那座白云袅绕的石峰。

"我也给你照个白马王子在身边。"柳鸣接过相机，让朱莉小鸟依人般偎在对面白马山上的王子石胸前。

二人一边照相，一边又顺着长城的石级而上，欣赏步道两边的村落田舍、山水风光。

这是龙县乌江北岸仙女山下一处台湾商人投资的景点，很有中华龙文化的特色。商人名叫凌照春，既有商业意识，又有家国情怀，见龙县旅游资源十分丰富，便选了仙女山一道独突江岸的龙脊山脉打造长城步道，以吸引各地游客登山观光。

这道龙脊的确特别，远远看去起伏蜿蜒，昂首拱背，行空而下，直突乌江北崖，独显孤傲尊容。倚岭观光，山川绵延、江色百里，一览无余。此时，正与晨光相呼，峡雾相接，宛如苍龙行空，吞云吐气。如此胜景，引无数人钟爱登临，意在要感受那云彩中驾驭飞龙的气势与豪迈。

"我们来比比吧！看谁跑得快。"望着蜿蜒起伏的长城石级，朱莉向柳鸣提出了挑战。

"好！跑一百米，我让你三十米。"柳鸣一下来了精神，又很大度地定出比赛规则。

"行！那你莫动，待我到了前面的大树边，一喊'开始'我们便同时起跑。终点呢，就上边那个亭子。"朱莉边说边跑向那棵大树。

"好，听你的。"柳鸣做好了准备，等朱莉一声令下。

"唉——开始喽！"只见朱莉发出指令后转身即如飞兔一般跑了起来。

柳鸣见朱莉开跑，将脚一弹，若逐兔的老鹰，三步并着一步地蹿了上去。

二人还真是较劲，拼尽全力奔跑，就快到亭子时，柳鸣竟一步先登了。结果朱莉伸手就抓，嚷道："肯定是你要赖，未等我喊就先跑了，不算，要重来比过。"边说边将小拳头打在柳鸣那宽厚的胸肌上。

"是，我不耍赖，怎么能赢得了你这个飞兔呢？"柳鸣笑着一把将朱莉搂在了怀里。

见朱莉红扑扑的脸蛋上有了细小的汗珠，柳鸣便递给她一片纸巾，并拉她到亭子里的座椅上歇息。然后又拿出面包、牛奶、矿泉水补充能量，分享他们放慢的时光。看着山下村庄多彩的农舍似珍珠镶嵌，车流不息的公路若玉带缠绕，此开彼放的山花如锦缎蔓延。二人相依相偎，备感"会当凌绝顶，一览众山小"的惬意，完全沉浸在大山新春温暖而幸福的怀抱中。

朱莉抬起靠在柳鸣肩上的头问道："你不是要找乐子、写书吗？有了眉目呗？"

"这不就是乐子吗？行到岭高处，坐看云起时。"柳鸣望着朱莉闪动的明眸，指了指亭外的云彩，温情地回答。

"不是这个，我是说，你们文旅委给龙县人找的乐子。"朱莉很认真地问道。

"你说的这个可是个大命题，现在全域人民都在找，我们文旅委牵头，县党委、政府给我们压了很重的担子。可以说一切都正在进行时啊！"柳鸣谈着他们团队的理想和面临的现实。

"我们老家艳山红村的人自土地承包到户后，彻底解决了温饱问题，多数建了新房，一部分人还进城买车、买房。长滩啸他们做得就很好，不光有了豆干产业，还办起了醋厂，现在是越来越富裕了。但问题是现在农村的剩余劳动力逐渐多了起来，他们要找事做，你们文旅委是地方旅游经济发展的牵头部门，得给大家想点接地气的路子来啊！"朱莉虽生活在城里，却说起了父亲农村老家的变化。

"哎！鬼丫头，你不光是搞文化研究的，还遗传了你老爸的管理基因啊！竟一套一套地研究起国家大事来了。"柳鸣轻轻拧了一下朱莉的小酒窝。

"不是国家兴亡，匹夫有责吗，再说我家堂二哥、堂三哥就要准备出乌江去打工了。"朱莉娇嗔似的摘下伸进亭子的小树叶往外抛。

"现在的关键是要选择好的载体宣传、推介龙县。通过宣传吸引更多的人来，带来运营的商机，为百姓找到更多就业的门路。"柳鸣也摘下一片叶子。

他接着又道："这些年，龙县人的乐子还是逐渐多了起来，那云烟中的芙蓉洞，我们身后的仙女山、天生三桥，我们对面的白马山，不是都闪亮登场，报了世界自然遗产，传播到了国外吗？这不光是龙县人看到了乐子，外面的客人们也来这儿寻找乐子了。"

"但这已经是过去式了，现在得要创新，产生新的乐子，让龙县人不断向前啊！"朱莉将一张叶子塞到柳鸣的手心。

"是的，我的顶头上司、你伟大的老爸朱大安主任给了我特别的照顾，让我尽快拿出一个推介龙县旅游的方案，我正被架到火盆上烤啊！至于写书的事嘛，就看我的推介方案中有没有一个好的载体了。"柳鸣将手中的叶子在朱莉秀气的鼻子上刮了一下。

"呵呵，老爸在考验你的能力哟！你可不能掉链子呀！"朱莉把一双明眸笑成了两弯迷人的月亮。

"好嘞！我明知山有虎，偏向虎山行！"柳鸣握了握拳表示有决心。

他的眼前又浮现出了那个爱穿夹克、戴鸭舌帽、清瘦而精神的准岳父朱大安在会上讲话的画面：

"我们龙县有龙山龙水，有龙子龙女，到处有龙的气象、龙的精神。地方政府正在努力将得天独厚的山水旅游资源推向外界，要让龙县集山、水、林、泉，深藏千万年的喀斯特地质风光展示到世人面前，让龙县人享受到脚下这片宝地带来的红利，过上全民富裕的好日子。我们作为规划蓝图的部门，要尽快动脑筋拿出方案。我们的初步思路是搞一个全民响应的活动项目，来吸引眼球，推动宣传，提高地方旅游品牌的知名度。具体项目设计由柳鸣团队来实施，希望尽快将方案上交……"

柳鸣跟朱莉说，他和他的团队正在研讨新的项目方案，要打好旅游牌，构思龙县人的发展，倡导健康生活的方式，那是一种更美妙、更长远的幸福愿景。朱莉把它叫作"乐子"。

"能找到一种跟这片山水亲近，又能让龙县人有更光明的前景就好了。"朱莉指着长城外的山水村落，和柳鸣憧憬着他们想要的"乐子"。

"这个会有的！相信我们会找出一种方式让更多的人关注龙县。最近正好有人提出以山地户外运动比赛作为宣传载体，扩大旅游影响。"柳鸣凝视着远方，充满信心地回应朱莉。

"这个好呀！就像我们今天爬长城，如果多些人一起比赛就很有意思。"朱莉拍了拍柳鸣的臂腕。

"但这是一项欧美国家才兴起的富人运动，若要在我们这里举办和推广，还有待可行性研究。"柳鸣依然望着远方，陷入思考。

柳鸣和朱莉都从小生活在乌江边，是土生土长的龙县人，对自己的乡土特别有感情。尤其是柳鸣家住农村，更关心乡村发展，立志造福乡梓，为家乡人民做点实事。二人都是改革开放后考出去的第一批大学生，作为大山里率先走出去的佼佼者，他们有着特别的使命感。大学毕业后也都选择回到龙县工作，柳鸣去了推动旅游发展的文旅委，朱莉则去了文管所从事喜欢的文物管理与研究工作。二人都是工作狂，一心要用自己所学回报家乡的养育之恩。因此，南来北往总有他们攀爬行走的身影。纵然偶有喘息时光，也免不了跋山涉水，牵挂乡土的得失。所以他们总爱讨论一些关于家乡发展的话题。

兴许是大山长期围困的原因，在历史长河中，山里人都在穷困落后的条件下生活，没有太多的想法，只考虑吃饱穿暖，眼前就看到自己那片狭小的天地，外面是个什么世界很少有人去关注。即使有一点外面来的新鲜事，也是穿越崇山峻岭出去的乌江带回来的，往往外边已经干得热火朝天的事情，在龙县里边的人们才听到一点风声。

山里人习惯于顺应四季干活、吃饭、睡觉，成家立业、养子抱孙、传宗接代，除此之外皆不算正经事。

据说自从蚩尤部落进山以来，人们就习惯了这种固有的生活模式，尽管历经了商周、春秋战国的孕育，秦汉的洗礼，大唐盛世的熏陶，以及后来历朝历代的风霜雨露、生死轮回，但总体看刀耕火种、经营粗放的生活轨迹未变，民风及人们的秉性也未变，率直野蛮而不失纯真本朴。当然，不能不说大唐贞观之治的推进，明清"赶苗拓业""改土归流"的影响，使多民族融合发展的格局有了诸多进步表现。但这依然不能表明长期的生产生活方式有了革命性的转化，依然是靠乌江的吐纳，山来水去，风进雨出。人们依然抱定吃穿是第一位的生存理念。就像《篱笆墙的影子》所唱的"山也还是那座山哟，梁还是那道梁，碾子是碾子，缸是缸哟……"

也因此，这方土地神奇般地保存着秀美雄奇的自然山水，有着无数迷人的风光和地域的特色人文。它像一个原生态的世外桃源，踽踽独行来到了现代人的面前。让柳鸣、朱莉这些时代的幸运儿认识到家乡深藏的价值。

有一年春天，所有的事情仿佛在一夜之间开始蜕变，说是从南海那边吹来的一场风，准确点说应该是一场激荡人心的风暴，因为先是从一个圈的诞生而扩展成了中国改革开放的大潮和冲击波。人们本应该要慢几拍才能得到的信息，却在那会儿跟上了节奏。山里人在乌江边凿开了一条路，提升了许多速度。再后来，竟实现了生产力飞跃，山里的生活也有了巨大改观。

柳鸣、朱莉的小时候正好赶上这段时光，他们开始敢想了，其实，不只是他们，大多数龙县人都敢想了。有人还提炼出"龙县精神"的内核来，叫"敢想敢干，实干快干"，这样一翻腾，山水城郭、风土人文还真变了。旧时的"丰衣五尺布，足食二两油"变成了不问吃穿，"你有我有全都有"的局面。古老的吊脚楼渐次躲藏，换了高楼大厦，过去路上得意扬扬的东方红拖拉机、解放牌汽车、吉普轿车，竟被一些比作"神马"或是"飞虎"的快车给取代了。除了衣食住行，人们有了"乐"的想法，有了"乐"的愿望。

随着科学文化的高速发展，工业革命、智能革命的不断推进，人们将从繁重的体力劳动，甚至是智力劳动中解脱，走进更高层次的生活境地。而这种境地往往以快乐的形式存在。也就是说，通过不断地进步，人们终将向"乐"的终极目标迈进。

自18世纪后瓦特改良蒸汽机、莱特兄弟发明飞机、亨利发明电灯到现在的高铁、宇宙飞船、智能机器人问世，说明人类已今非昔比，生产力通过科技的强盛大大提高，人们脱离繁重的体力劳动已是发展的必然，今后的智能科技会顶替人们从事生产劳动，人的活动主要在于对健康娱乐及精神文明的高度追求。

但千变万变，人们都离不开一个"乐"字，究竟怎么个"乐"法，怎样"乐"得有意义，这便是追求的方向。"乐"应该向身体健康、延年益寿等幸福的方向延伸，有利于民族文化的发展，有利于走向人类命运的共同归宿。于是顺着这样的思维去展开联想，有人提出了饮酒聊天、打牌下棋，有人提出了弹琴咏歌、吟诗作画，有人提出了走马观花、游山玩水，还有人提出了未来去其他星球、月宫旅游。

而这些仅仅是对"乐"的奇异幻想，哲学思考显得不足。总之，有诗和远方的憧憬，却没有找到更具象的载体推动它。也有人认为"乐"各皆有之，而持续长久的"乐"、天下大同的"乐"不一定会有。这就面临着复杂的现实处境问题了。所以"乐"将归于一个哲学问题加以研究。

有这些想法，是山里人脱胎换骨的表现了。其实理想化的"乐"很早就有，尤其中国儒家文化的孕育和发展，落脚点还是一个普天下人都乐的理想情怀。只是"乐"的概念时时处处、因时因事不同罢了，范仲淹的"先天下之忧而忧，后天下之乐而乐"，杜甫的"安得广厦千万间，大庇天下寒士俱欢颜"，皆饱含"乐"之普惠向往的思想。而此一时彼一时，乌江人早已不是先前的那点吃了饱饭穿了新衣即"乐"的满足了，他们的"乐"开始有了新的追求。

一天，有一个诗人给一只山外的麻雀儿写了一首诗，他是这样说的：

致一只麻雀儿

如果要逃离，
就来龙县。
如果要知道自然的去向，
就来龙县。
乌江清澈澄碧，
仙女山苍翠葱茏，
这里的水、空气、蓝天
高筑了城墙与边界。
那些从洞子里穿进来的人
喜极而泣！
他们终于卸去尘土、
惊恐与焦虑！

山外的人为了生存与发展，一度走了不少弯路，做了不少的傻事，砍伐森林，破坏自然，导致黄沙四起，冰川融化，出现了温室效应，海平面上升，因为危及自己生存的家园而突然觉醒，开始用科学的态度敬畏自然，顺应自然，保护自然。于是人们在世界范围内广泛倡导追求环保，寻求气候合作，拯救和保护地球。联合国为此专门成立了世界自然保护联盟（IUCN），集全世界之力保护大家所处的"蓝色水球"。

而龙县的人因为生在大山之中，尽管遇到一些急功近利者的侵扰，但武陵、大娄两道苍莽山脉构成的屏障，挡住了那些令人惊恐的雾霾与尘埃。

整

那位诗人正是看到了大山里的一方清亮世界，希望人们在逃离之时，来到龙县这个世外桃源。确有许多山外的人跑来龙县寻找清纯的净土、呼吸龙县空气、喝龙县水、吃龙县蔬菜。龙县人便乘势而上，想把山里的水、空气、绿色食品变成幸福的追求。

柳鸣团队就在这样的形势下不断地动脑筋，酝酿一条开辟绿色渠道的路线。有人提出，举办山地户外运动大赛，以亲近自然的方式，扩大龙县的影响。柳鸣在心里盘算着如何来开这个局。难得有了一个可以游玩的星期天，柳鸣便带着朱莉来这长城体验休闲步道的魅力，实则也是感受户外运动的乐趣，看看能否找到形成方案的突破口。

20世纪80年代，新型的山地户外运动项目才在欧美国家兴起，并逐渐蔓延至全球。中国属世界人口大国，对该项运动形式也十分看好，并将其引为国内推介宣传文旅项目的重要载体。

龙县系中国渝州打造绿色旅游文化有重要影响力的地区，柳鸣团队迎来了大好机遇，拟通过积极投身举办山地户外运动项目赛事，打造地方旅游文化名片，扩大国内外旅游知名度和影响力。

这样，山地户外运动这个新鲜事物便在乌江山乡掀起了风潮，但这个在欧美富人区产生的事物，要在中国这个发展中国家兴起，自然也是要在吃饱穿暖的前提下才能引发参与效应的。而乌江人通过改革开放的思想浸润和敢想敢干、自强不息的拼搏后也具备了这种条件，所以龙县人从上到下迅速行动，着力寻思为举办山地户外运动赛事打出响亮的招牌。

柳鸣也想借此机会撰写一部反映山地户外运动项目的小说，以表现龙县地域风物及人文精神，弘扬山地户外运动亲近自然、保护生态，强身健体、传播文化，并致力于消灭贫困、消灭种族歧视、避免罪恶与战争，推进人类竞技运动向增进团结、追求和平、共同幸福更高层次发展。彰显竞技体育的独特魅力和深远意义。

于是柳鸣和朱莉也围绕着这个话题冥思苦想，为如何策划一场轰轰烈烈的山地户外运动赛事，并探索未来发展山地户外运动是否是全民健身寻乐的良好方式而做着努力。他们就这样谈论着、向往着。

突然，朱莉惊叫道："快，快看，那朵云多像一个仙人，他骑着麒麟向我们飘了过来。"

"哦！太像了，那长者似乎还拿着一把拂尘，他很像历史上的老子或是庄子，那身下的麒麟漫步得多么逍遥。"柳鸣一边赞叹一边按动快门，拍下几张神奇的云图。

一会儿，阳光暖暖地盖了过来，他们仍然依偎在一起，任阳光如被子般覆盖在身上。柳鸣睡着了，鼻息里打起了小小的呼噜。朱莉看着他那张英俊的脸，将他的头慢慢枕在自己的怀里。

睡梦中，柳鸣去了美洲的亚马孙河，路上遇见了一个骑麒麟的长者，他鹤发童颜，长袍飘飘，很是温和慈祥，也说要去寻找山地户外运动的发展地。他们便成了同道者，一路跋山涉水很是投缘，不过走着走着，自己好像并没有去亚马孙河，目的地恰似龙县的天生三桥和龙水峡地缝。

少顷，柳鸣醒来，他对朱莉说自己做了一个很奇怪的梦，好似跟着刚才的云朵出去云游了一番，那麒麟真是活灵活现。

"这或许是你刚才所见梦幻云彩的反应罢了，早知我也该一起睡去。"朱莉把头歪进柳鸣的怀里，撒娇似的嘟了嘟嘴巴。

"哦！那老者名叫乐伯，梦境实在是太清晰了，总觉得他们就在我们身边。"于是柳鸣努力在脑海中搜索。因为日有所思，夜有所梦，这个长者有名有姓，或许就出现在自己身边生活的场景中。但他想了很久却一无所获。

带着这样的梦，柳鸣结束了一个快乐的星期天，和朱莉返回了县城，然后又投入他的方案设计中去了。

岂料有一天，真有一个名叫乐伯的人找上了门来，身旁有麒麟相伴。

那天，朱大安主任接到一个任务，要求文旅委安排三个人员参与岗位竞聘，为一个来中国考察山地户外运动基地的外国友人当陪同助理。柳鸣手上的方案正好与之接轨，便被火速派去应试了。

听说乐伯是在加蓬举办民间山地户外运动赛事遇挫后，来中国寻梦东山再起，循着梦境中出现的东方"湖伴佛"来到中国渝州龙县，要找寻梦中的山地户外运动基地并举办世界级的山地户外运动公开赛。柳鸣万分高兴，回忆起那长城上飘过的云朵。是不是上天在暗示，这个意外之客将给自己的方案带来很大助力？虽然觉得自己想多了，但他也提醒自己一定要积极争取，也许相互的想法真能碰撞出火花来。

·第四章·

"是你回来啦！我的孩子！"一位希腊裔的老太太拥住了乐伯。

"是的，您还好吧！我的慈母！"乐伯也深深地拥住母亲，凝望着她那张布满皱纹的脸。

在怀俄明州落基山下的提顿县的一座庄园小屋里，正开着三月的暖气，洋溢着人间温情的春风，而室外还滚着料峭的寒流，甚至可见远山上稀疏的残雪。这是一栋三层的美式别墅，门楣上写着以主人老太太名字命名的"云 NePheIe"牌坊，意思是由宙斯从赫拉形象的云中创造的云若虫。这是老太太父亲创造庄园时给他美丽的女儿取的梦幻般的名字。

这儿的确很美，紧靠黄石公园的东侧，无边的怀俄明州牧场散布周围，澄澈的提顿河穿庄园而过，可谓依山傍水，风景绝佳。

"来一杯雪梨芹菜汁吧,这是苏丽雅带回来的,叫我喝了护肝,她说你的肝也不好。"老太太蹒跚着边说边端来饮料。

"前些日子有些厌食,可能是肝上的小问题。"乐伯赶忙接过老太太递来的杯子。老太太又从烤箱里取出牛肉和面包,让空腹的儿子填饱肚子。

"云,您再给我讲讲父亲和你的故事吧!"乐伯边吃边问老太太。

"怎么关心起了这个?想你爸爸了啊!"老太太慈祥地看着儿子,语速沉重而缓慢。

"我马上要去中国了,小时候他给我讲过一些关于他的故事,或许有用。"乐伯向母亲道出了他的行程。

"哦!这太好了!你去圆他的梦吧!他可在临终前还望着那遥远的东方,他曾经是那样地想要回去。"母亲点了点头,接着又道,"他很帅,除了比你矮一点儿,其他都和你现在的样子相像,你还有印象吧。哦!那些照片你也是见过的。他来自中国,他给我讲过很多很多,他教我学习过三年的中文。你小时候他也教过你的,要你牢记中国的文化,直到你八岁他去世时还千叮咛万嘱咐,要你继续研修中文,有朝一日回去探望故土亲人。"老母亲两眼放光,滔滔不绝地讲了起来。

"我们刚认识的时候,他叫乐方方,还很年轻,才三十岁,那张脸跟他姓名一样方方正正的,大眼睛,一米七五的个子,清秀而结实,是个典型的东方美男子。他穿着朴素,最初是随一个美国老兵过来的,辗转几处求职,当时就在怀俄明州一家餐馆打工。"

"不是说他是美国兵从日本战俘营的劳工队伍里救出来的

吗？"乐伯插了一句。

"是的，他很感激那些人，尤其是那位老兵，每年都要抽时间去看他，给他带去一些雪茄或是威士忌。"

"你们当初怎么认识的呢？"

"呵呵，这个太有意思了。"老母亲竟乐了起来，她说，"那次你外祖父去寻兽医，我们牧场的牲畜得了疫病，情况很急的，可惜跑了几家都没有大夫在。当年疫病四起，兽医们都被别人给叫走了，你外祖父只能在饭馆里唉声叹气，喝闷酒，担心他们希腊裔入美后几代人的心血要被葬送了。这位倔强的希腊男人可是要给他的老婆，我母亲——骄傲的犹太人，创造最幸福的环境。他还要为我这个唯一的女儿留下优厚的家业传承。所以他的牧场用我的名字命名。他是那样地爱我们，他不想看到他的羊群一批批地死去。他望着夜幕号啕。

"'我可以试试吗？或许能给你带来一些帮助。'就在酒店将要打烊的时候，那位服务生收拾着酒瓶走了过来。是你的父亲，不过那时还不能叫你的父亲，那只是一个腼腆的小伙子，我们还没有见过面。"说到这儿，老太太满面洋溢着兴奋的红云。

"他说他会中医，在美国他没有找到中医馆聘用他，因为美国多是崇信西医的，再说他的行医证明都在日本的劳工营里弄丢了，谁会信他呢？你外祖父也睁着醉眼狐疑地看着他：'你行吗？你的药呢？'

"'去你们的山上采吧！我只能试试，用人不疑。'他也知道别人或许不会相信，但他只能这样回答。

"第二天清晨，他来了，先看了场里的羊群，然后和你外祖父沿河上了提顿山，他们采回了一大箩筐花花草草，然后用大铁锅熬了喂给羊群，这样坚持了几天，然后他成功了，他们一起干杯庆祝中医的神奇。"

"之后，他在这儿住了半月，你猜他的身影进了谁的心里？"老太太脸上透出幸福的神色。

"你啊，你偷偷爱上了他，在他专心弄牲口、清扫羊圈时。"儿子像看到父母初见的那番情景。

"呵呵，而且你外祖父、外祖母打心眼里喜欢他。"老太太似抑制不住愉悦一般，脸上绽放着喜悦的花朵。

"之后呢？"乐伯要母亲继续说下去。

"之后，他辞去了那家餐馆的工作。"

"之后，他来到了提顿河畔，成了我的父亲？"

"是的，你真是住进了我的心里。哦对了，你父亲留给你一样东西，他要我等你有一天去中国的时候交给你。"

"哦？怎么没听你说过。"

"你毕业后就去了非洲，工作又那么忙，幸好现在总算是要去中国了。"

那是一个很精美的盒子，里边有一盒磁带，乐伯打开录音机，把磁带装了进去，听到一个中年男子低沉微弱的声音：

"儿子！当你听到我这虚弱的声音时，应该已是懂事的年纪了，或许你正要去我的故土完成我寻根的夙愿，我想这一天一定会到来的，你身体流淌着炎黄人的血。

"我们本姓虎，自你爷爷那会儿要我们随母姓乐的，意在那动荡年代你们快快乐乐地成长起来，因为你奶奶是乐天派，再苦再累总是乐呵呵地做人、过日子。我们一家三口当年在中国渝州信宁开药房，本过得平平安安的，却因一件事突然改变。

　　"那天早上，一个大模大样的人来到我们家的柜台前，吆喝着要你爷爷快快弄药，他的大当家得了急病，但药弄好后他却不肯给药钱，说：'熊爷要的，还收钱？'提着药就要往外走。你爷爷见来人刁横，没敢多嘴，我便追了出去理论：'不给钱不能走。'岂料对方掏了两个铜钱丢地上，嚷道：'以后你这药房就不要再开了。'说罢，恶狠狠地转身走了。我把土匪给得罪了，那大当家正是杀人不眨眼的匪首熊麻子。你爷爷便要我赶紧躲藏，以防不测。我于星夜乘乌江小木船沿江而下，然后逃至武汉行医度日，谁知天下哪有安生的地方，武汉遭日军占领，我躲避不及被日军抓去滇缅劳工营当苦力。

　　"一天黄昏，我正在搬运货物，日军遭到了飞虎队的空袭，劳工营被打散了，一架美军战机也被击落，我在逃跑的过程中和那位跳伞的老兵相遇，我给他弄了些草药敷伤。之后，他便把我带到了美国。再之后的事，你便清楚一些了，那位老兵就是我带你见的查理伯伯，我给你和他讲过你祖舅的故事，他特别高兴，还送给你玩具。

　　"我自那次离开家乡后，再没回去过了，不知你爷爷奶奶盼过了多少春秋。你回去时，他们肯定不在了，能找到他们的坟茔，替我给他们烧上几炷香就遂我愿了。

　　"最后，还有一句话要送给你：'不要怕生活的寒空飞雪，就怕启程的心中没有火热的春天。'这是我人生旅程的信条。"

　　听完这段断断续续的话，乐伯的眼睛湿润了。

　　"他得了什么病，怎么在我八岁的时候就离开了呢？"乐伯忧伤地问道。

　　"他立志要在怀俄明州开一家中医店，太过用心吃苦，一天去提顿山采药，摔下了河谷……我们发现他的时候，他几乎没气了，但我们不想放弃他，那时候我和你外祖母都哭成了泪人。等他醒来的时候，我们录了那盘磁带，然而那是回光返照，他很坚强地说完那些话，然后闭上了眼睛。"老太太也饱含浊泪。

"所以后来你又跟汤姆的父亲再婚了？"

"嗯！那会儿汤姆还小，他母亲在黑人运动中死了，他父亲是个大大咧咧的人，也挺善良，对你又好，所以我让他进了这个家门，那是你父亲走后六七年的事了。后来，汤姆又与你同去了非洲，现在他父亲也去了近三年了，你要和汤姆处好，他会照顾人的。"老太太擦了擦眼泪。

"乐！你到了多久？"正在乐伯与母亲叙旧的时候，苏丽雅回家了，她一下子扑到乐伯的怀里，他们深深地拥抱着。

"怎么看起来很疲倦？眼圈这么发红？"苏丽雅轻柔地关心道。

"没事儿，我只是听了父亲留下的一盒磁带。"乐伯安慰着夫人。

一家人聊起了分别时的新鲜事，以及两个孩子上学的事。苏丽雅道："杰米、杰克逊只有假期才回家，楼上的屋子都好久没人动过了。"乐伯则说自己将很快动身去中国，苏丽雅特别叮嘱他要注意身体，关注肝脏，因为那次在加蓬，苏丽雅已从医检报告中看出了乐伯的肝不好。

"这些你已交代过汤姆了，他做得很好的，总是安排我按时服药。"乐伯想让苏丽雅放心。

苏丽雅略有些忧伤地看着乐伯："非要去那儿找吗？""是的，我跟你一样，自己喜欢的事一定要坚持。"乐伯再一次将妻子拥进怀里，并柔情地说道："我们因太阳而活着，如果它不在天上，就一定在心里。"乐伯似在用太阳比喻他们彼此的事业、彼此的爱及彼此美好的希望。

这时，苏丽雅转过身从她的挎包里取出一封信递给乐伯，要他去了中国后，在想她的时候再打开。

当乐伯返回利伯维尔后，威宁的所有工作都已安排妥当。

乐伯这次很低调，一再叮嘱威宁，这次到中国一律谢绝媒体的宣传报道，他希望能徒步寻找他理想的基地——他和方奇的梦中乐园。但麒麟的入境是一个难题，这个生活在传说中的瑞兽，随便在哪里亮相都会引起轰动与热议。

反复商议后，威宁与中国驻外使馆取得了联系，并如实汇报了相关情况，很快得到了回复，通过国际顶级专家团队严格而保密的检疫和驻外大使的现场审查，麒麟得以获准入境。乐伯包下专机，他们一行随即飞往渝州，又在当地乘坐大篷车抵达龙县。

他们以普通游客身份到龙县山区游山玩水。民间对麒麟怎么看怎么说顺其自然，官方既不报道也不介入，计划是一切待户外运动基地真正考察落实后再进行官方报道。

来到龙县后，威宁打算帮乐伯设计一个游览预案，便于提高效率。他递给乐伯一杯咖啡，征求乐伯的意见道："Mr.乐，你想怎么走？"

乐伯吹了吹冒着热气的咖啡应道："不需要固定的行程，就给我弄张龙县地图吧！"

"这个简单。"威宁耸了耸肩，随即也呷了口咖啡。

"还需要一个熟悉地方风物的人做我们的助理。"乐伯补充道。

"这已经为你们考虑好了，当地政府为你们提供了这方面的支持。"威宁笑着说道。

"哦！这太好了，真得要感谢他们！"乐伯有些吃惊而又感激。

"这就是伟大的国度，从几年前踏上这片土地，我就已感受到了。"威宁比了一个大拇指。

"是的，这是礼仪之邦的风范。"乐伯很是欣慰。

不过乐伯也是个怪人，只对一张龙县地图发神，很少听他人的意见，当威宁将基本情况介绍给他后，他便自行拟定了游览的路线，甚至不按规矩出牌，没有固定的起始点，天黑时到哪里便在哪里歇。令人更为不解的是，他要威宁找船厂建造仿古木船——"舵龙子"，雇来纤夫十余人，沿江牵船而行，就这样乐伯首站便踏入了龙县的乌江。

当然，这么大的阵仗，龙县地方相关部门早已得到了消息，并及时加以衔接，在乐伯等人起航前安排来三名助理随行，乐伯自是非常感谢，但他没有将三人都留下，只要了一个会讲故事的小伙子。这个人便是柳鸣。

为什么选择他，柳鸣是后来才逐渐明白，那是因为乐伯仍然念着锦林——那位讲话如滔滔江河流淌的健谈者。乐伯要挑一个会讲故事的人，他不设题目，不限内容，让三人随意讲。一人回望历史，讲述了三国时有名的"三顾茅庐"；一人结合浪漫情趣，讲述了《西游记》的"猪八戒进高老庄"；柳鸣则立足地方奇闻，讲了"两个大力汉定界碑"的故事。想不到故事中那块龙县人家喻户晓的"黔蜀门屏"打动了乐伯。

当时，柳鸣在想，乐伯对这山野里的民间小事应该感兴趣，作为外来的游历者会觉得新鲜，再说他踏上了龙县这块陌生地域，难免对这方水土充满期待，因此，自己要想方设法让他了解龙县的地理人文，给他接下来的工作带来参考、启发。

于是柳鸣将成竹于胸的故事娓娓道来。

"旧时，川（渝）黔边区的百姓因边界纠纷经常发生争执，事端频频。清光绪时，黔州遵义府正安州事蜀东人郎承谟，以川黔两省睦邻为重，提议在川黔边界的白马山上立一块通界碑，得到了川黔边区百姓的一致拥护。但是由于历史的原因，川黔边区有些界限较为模糊，界碑立在什么地方，才能够为两省边区的百姓所接受呢？郎知州做了许多工作，都无济于事，常为边民的争执而无法决断。"

说到此，柳鸣停下来，他面向乐伯问道："怎么办呢？"

乐伯问："想出了什么好办法？"

"不得已，他最后决定采纳民意，由黔州道真和渝州龙县各选一个身强力壮的男子汉，背负同等的重物，在两省官员的交换监督下，按规定的时间和路线，同时从各自的县衙门口出发，朝着边界相向而行。壮汉在哪里相遇，界碑就立在哪里。"

"嗯，这个有意思，这中间肯定有很多趣事吧！"见乐伯听得津津有味，柳鸣又展开讲道："大家商定：龙县壮汉背二百斤盐，道真壮汉背二百斤米，相向出发。这两位壮汉相会之地便是界碑立足之地，之后交换所背的盐米，并找补盐米差价。"

"那接下来呢？"

柳鸣见乐伯十分关注，心里暗自高兴，越说越轻松大方："双方的壮汉出发以后，在众人的鼓励下急速前进，走了近一天的时间，在白马山分水岭这个地方碰了面，郎知州于是命工匠就地取材定界立碑，并亲自为界碑题了碑文'黔蜀门屏'"。

看似故事该就此结束了，但柳鸣却眉飞色舞，话锋一转道："当日可没那么简单，搬运的盐实为盐砖，如石块一般，龙县壮汉背了两大盐块，将它绑在'高架'上做好准备，按照预定的时辰，由对方监督官发令启程，一路快行。两边官员各自监督，允许壮汉打杵歇气，但不允许任何人相助。两边壮汉皆肩负百姓期望，生怕慢了脚步，少了地界。又在众人的簇拥鼓舞下前行，自是拼尽全力奔向目标。一路上，人群如蚁，吼声震天。"

说到这，柳鸣还呼起了号子："只听，随行的人一人领唱：'哟嗬嗬！爬坡坡哟！'众人和：'爬坡坡哟！'接着'哥上坎喽！岩下踩哟！''哟嗬嗬！''上了大面坡哦！端碗水来喝哦！''哟嗬嗬！''蹚过峡谷窝哦！妹妹揭开锅哦！''哟嗬嗬！''让我背架甩哦！钻进热水窝哦！''钻进那热水窝！'最后一句特别亢奋，众人和完跟着便是一阵哄笑。接着领唱的人一声高喊：'还不能钻进热水窝哎！还要继续赶路哎！'众人又一阵欢笑，继续簇拥而上。

"原来，为了激发士气，壮汉媳妇专门熬制了山里人提神的油茶汤，壮汉歇气便递给他喝一口补充能量，随行众人则唱起号子为壮汉加油鼓劲，那种热闹的阵势让人热血偾张。结果两边都在毫无耽误的情况下碰面定了界碑。从此以后，白马山川黔交界一带，再也没有闹边界纠纷了。"

乐伯等人听得津津有味，他不只是想知道那块界碑的由来，同时关心那两个大力士的结局，这颇像他与方奇的赌局一般，充满竞赛的意义。这实际上也是山地户外运动的一种表现形式，想不到山里人以此来平息生活纷争，倒也感人而有趣。

而那两个大力士背负那么重的东西，又要快速地前进于山路上，是何等的劳累，他们后来怎么样了呢？乐伯有些英雄相惜的思绪在头脑里转。但他急着启程，没有再向柳鸣发问，想等到一个恰当的时机再问这些问题。

认识了乐伯身边的每一个人和他的神兽麒麟，柳鸣便很快地融入了他们的团队。第一次见到麒麟神兽，柳鸣也和所有的人一样感到万般神奇，这传说中样子很凶的吉祥物，只能在一些古墓的石刻或传统的门神画中看到。柳鸣知道地球上有很多动物都绝迹了，华南虎、东北虎在全世界也就只有几百只而已，大熊猫成为中国的国宝，也因为稀少濒危。全世界每天都有物种在消失，哪还会蹿出传说中的神兽呢？但它就实实在在地站在眼前，乐伯微笑着点了点头，像在说"是真的，它就在眼前"。

柳鸣被这麒麟吸引着，这神兽似乎能对乐伯的意图心领神会。乐伯只需一个眼神，神兽就能懂得。慢慢地，他就开始习惯了，几乎所有初识神兽的人都有这种感受和认知的过程。

本来，乐伯要沿江选择他心中的运动胜地，可以沿江顺公路行车，或借现代机动船航行即可勘察的，但他都放弃了，转而选择乌江古航道行船调研。柳鸣开始并不理解，因为这样做工作效率是比较低的，再说雇船雇人都是成本高昂的事，是不是在砸他祖宗的资本积累呢？柳鸣甚至把乐伯想成了现实版的堂吉诃德。

但柳鸣和乐伯的队员们都比较懂规矩，尊重乐伯的想法，他说怎么做就怎么做，他们陪同他游览、考察便是。

他们从龙县的大溪河口开始，还原了一台消失近百年的乌江纤夫牵船而行的大戏。出发前，威宁为了使逆行乌江原汁原味，专门与乐伯做了一些研究，也同样按乐伯的意思把火锅搬上了船，还备了卤盐蛋、豆干、臭豆腐等，连纤夫们的行装也统一进行了定制，重点突出帕子、裤衩、纤绳等具有老纤夫特征性的装饰和工具。还请来几个敲锣打鼓的人，在出发时为大家助兴。

一切皆按计划完成后，戏剧性的序幕终于拉开了。

·第五章·

　　乐伯一行溯江而上，正值四月，春江水暖，阳光和煦，气候宜人，极适合出行观景：江面碧水如镜，两岸山色绵延，时而壁立孤高，蓬勃耸起，时而柔情卧江，媚态万千。起伏的山崖草木植被丰茂，百花此谢彼开，芳菲不尽。面对古树参天，藤蔓如帘，花草斑斓，鸟雀飞腾，一派生机景象。乐伯等人十分亢奋，见此一步一景，步步丹青，不胜唏嘘，不禁高呼："画廊之色，人间美景，真是天下难觅也！"

　　江右岸离水丈许是条塘路，在乱石及草丛中若隐若现，纤夫们便拉着纤绳走在其中，他们边拉船边因为这几个人的少见多怪暗自发笑，其中一个笑道："哈哈哈，真是没有见过四月八涨大水啊！"

　　乐伯已被峡江山色深深吸引，他左瞄右看，享受这片东方国度的美景。麒麟也摇首摆尾，耸肩腾蹄，兴奋异常。汤姆也陶醉其中，近乎忘形。遇险滩地带或村落出行路口，乐伯怜惜纤夫等人，便弃船上岸绕行山路，干粮、饮水、帐篷等食住用具皆由麒麟驮运，麒麟上坡下坎竟然毫不费力，快慢总与行人一致。人走它走，人歇它歇，果真是神兽。有时遇船行艰难，它竟跳上河滩，示意纤夫将纤绳套在项上同时用力，纤夫们除跟所有人开始一样惊诧以外，便慢慢与之熟悉起来，见麒麟如此有人之灵性，更对麒麟亲近有加。纤夫们见绳子于麒麟颈项不好用力拉船，便专门从农家处借来耙犁用的枷担，用在麒麟身上果然效果倍增，麒麟之力当壮汉三五人拉纤有余。

乐伯心想，方奇你哪里去寻找这样的美景啊！这才是真正的人间胜境。

这时，阳光突然冒出云层，一道金光洒于峡江，拉纤人光亮的身子像涂满黄金一般，突然，前面一人兴起，只见他对着峡江一声喊："哟嚯嚯……"唱了起来。接着众人齐声帮腔："进了大山喽，哟嚯嚯，盐巴要上滩了，哟嚯嚯，赶到十五喽，哟嚯嚯，回了家哟，哟嚯嚯，媳妇端来哟热水盆，哟嚯嚯，洗亮月亮洗亮人哦，洗呀嘛洗亮人。"

那调子高亢绵长，直奔江面、两岸森林和山涧，响彻峡谷，余音缭绕，顿时整个空谷便活跃起来。这种雄浑的声音，这种似乎原初的母语，这种发自内心的生命之歌，让乐伯等人无比震撼，他们忙问柳鸣："那人是谁？"柳鸣说："他是这里有名的滩手，人们叫他长滩啸。"这长滩啸，三十四五岁，浓眉大眼，蓄着络腮胡，全身古铜色的肌肉布满方块、疙瘩，身板结实得如铁打一般。只见乐伯掏出一个笔记本在上面记了几个字又画了一个圈，谁也不知道他是啥意思，也不便探问，只柳鸣留心观察着。

行至一个大滩口，见两岸崖岩收紧，一条远古刻凿的纤道在岩壁延伸而去，纤夫们肩背搭绳，弓着身子向前爬行，长滩啸走在最前面喊着号子。船在众人的拉纤下慢慢前行。约半里路，见河面起平，河床上延展开较长的沙滩，但绳子仍得带力前行，否则船不会走。于是人群中一部分拉着，一部分将肩上垫绳子的帕子取下在水中搓了搓，擦拭身上的汗水，如此替换，船仍在慢行，大家也喘口气，缓一缓刚才那一段紧张的用力。长滩啸见大家都换了口气，也取下帕子擦拭，擦完身子，掬了把岸边流水"咕噜、咕噜"喝了几口，觉得无比甜润，劲儿又贯通全身。众人也都掬水而饮，尤显欢畅，尽皆机器加油一般。正清凉爽快之时，见一水滩横亘船前，纤夫们的绳缆又开始绷紧。如此又过两滩，才走入平水。这些已歇息多年的纤手们也因好久未碰这江上的拉纤活儿了，一阵用力后，颇有些疲累，除长滩啸尚还精神，好几个人影在沙滩上渐次缩成一团，见大家有些疲乏，乐伯示意众人歇息，大家便选背光的回水处歇了下来，打算生火煮饭。

"'蝙蝠'，'蝙蝠'，我是'蝴蝶'。""墨镜"拨通了胖子的电话。

"哦，'蝴蝶'，你看到了什么？"胖子躺在他阳台的摇摇椅上听着来自异域他乡同伙的声音。

"这里的确漂亮，他们在江上玩拉纤游戏。""墨镜"环视了一下四周的山川。

"很好！你不要露面，但要盯紧他们的一举一动。"胖子用表扬的口气指示。

"是的，我将随时向你报告行踪。""墨镜"邀功似的表着忠心。

"墨镜"雇了一辆摩托车,靠在公路边拿着望远镜盯着乌江。

不知什么时候,"墨镜"已潜入中国,其代号是"蝴蝶",他们一伙人一直跟踪着乐伯一行。

乐伯示意大家歇息后,长滩啸等人便将绳子拴向岸边的铆桩。上得船来,船上的灶具、粮食、菜肴皆事先备齐。长滩啸的媳妇水灵开始煮起饭来。其余人便与乐伯攀谈饮茶。

江上清风相送,锅里开始冒起油香,尚显悠闲。突然,"哗啦"一声水响,船也似颠了一下,众人循声望去,长滩啸已将一条长长的鱼叉提了起来,那叉上叉了一条十来斤重的鲤鱼,嘴一张一张的,不断地摆动身子挣扎,但叉上的倒钩已将它牢牢挂住。两个纤手赶紧过来帮忙将刚打起来的鱼取下,刮鳞剖腹后,码上佐料准备下锅。乐伯等人的兴趣陡增,围过来看烹鱼的过程,汤姆本是乐伯一行的"生活部长",见长滩啸媳妇煮饭,已挽起袖子开始学习做中餐了。

烹鱼的时候,乐伯与汤姆都坚持现场观摩,只见媳妇水灵将龚老歪等人剖好的鱼放入一个老式木盆,并加入盐、葱头、玉米酒混合拌好,那鱼没了肠肚内脏却还在动,说不出的鲜活,接着水灵将采上船的新鲜青椒、大蒜、嫩姜取来切碎,再将腊猪油放入柴灶锅化开,又将其细碎的佐料及一把带籽的花椒叶入锅翻炒,随即再加泡菜翻炒,让炝出的麻辣清香与泡菜里的氨基酸充分交融,升腾起美味的灵魂。随即加水烧至半开,放入事先码好盐的鱼肉,慢火开煮,很快便鱼香四溢,美味飘飞。汤姆闻得这味儿,已无比嘴馋,悄悄地吞咽着口水。

　　一个烧鱼的小高潮后大家开始用饭。爆洋芋片、炒渣海椒老腊肉、煮泡菜鲤鱼，又凉拌椿芽，还煨了鼎罐饭。一伙人吃得满嘴流香。麒麟也是拉纤功臣，好吃的没少它一份，水灵特意多添了些米饭和鱼汤。

　　长滩啸媳妇水灵，人跟名儿一样长得水灵大方，皮肤又细又白，脸面桃红，一对小酒窝笑起来说有多迷人就有多迷人，在船上本来就独女子一个，男人们视她为心肝、为风景线，是他们爬滩上水的动力。纤夫们爱拿她逗乐，这媳妇儿也不含糊，荤的素的都大方应对。长滩啸见兄弟们拿自己媳妇逗乐玩笑从不计较，反而与弟兄们逗笑。这时，乐伯等人也一阵喜悦，感受东方民间别具一格的喜乐。汤姆见大家哄笑，不解其意，只是跟着大家热闹。

　　下午，太阳西斜，待一片火烧云渲染天际后，又打开了一瓶蓝墨水，漫开了满天的浅蓝。船已来到一个江面由南转北的硕大急弯处，见对面的山垭突然断开了一道口子，一条七八米宽的溪河从里边缓缓流出，交于大河拐弯的弓背处，似大山底部平躺的弓箭，那小溪河直流而出的水恰如一根水沟做的长矛，弦则是大河内湾岸畔横着的一排硬岩。

　　顺上面的山垭下到乌江边，另见一条陡峭的石板路之字般串联在南岸数十间土木瓦房间，由于地形坡陡狭窄，瓦房一小栋一小栋的台阶似的从河边排列至那垭口顶部，像由中间的一石级路串起的一块挂在江边崖壁上的腊排骨。一条破旧的屯船闲泊在江边，看不见有人影活动，显得清静寂寥。

　　柳鸣远远地指道："这便是近于废弃的汉平古埠。由于陆路交通的兴起，汉平镇已向那垭口南面的开阔地带发展了，城镇规模远比眼前看到的要大，我们将在此找店过夜，明日继续溯行。"乐伯见天色向晚，接受了柳鸣的建议，选在这乌江边的第一个古埠度夜。晚饭后，一行人上岸寻了一间以前堆货的仓库，做了清扫，便各自搭起帐篷歇息。

柳鸣担心乐伯、威宁等人嫌弃这里简陋，提议道："我们还是去汉平镇的铁佛寺住旅馆吧，翻过山垭步行一里可到的。"

"这儿不错啊！有江风、渔火、月光陪我们。"乐伯笑道。

"嗯，这儿挺好的，这比我们那边的小木屋好多了。"汤姆也跟着赞同。

"是的，我们在这儿或许更能安睡。"威宁也喜欢就地歇宿。

其实乐伯、汤姆早在加蓬河谷的小木屋里就体验过这种生活了，他们喜欢这种远离城市的风景。长滩啸等人原本也在想，这些外来的旅人可能受不了这荒天野地的风餐露宿，不比他们在江上摸爬滚打惯了，哪里都可以横着竖着过一夜。可见乐伯、威宁如此喜欢就地打铺，倒也都消除了偏见。

次日一早，大家便起程拉船，长滩啸要大家振作精神，上闯五里长滩。待水灵弄好早饭，船已抵近第一个滩头。"吃早饭喽！"水灵一声吆喝，众人便将船靠了下来。这时天也已大亮，曙光呼出一道血红的光芒，照得河谷通明、鲜亮，大家吃着馒头，喝着稀饭，嬉笑着到船头的光线里比画，映在岸边的投影倒像一群龙虎在舞蹈。

吃饱喝足后，众人闯滩不断上行，长滩啸的目标是夜投滩上的龙角古镇，此时已遥遥可以看见古镇的一角，众人也都明白近在眼前的目的地还得加把劲才有望天黑前抵达，便一鼓作气拉纤上爬，每过一滩便小歇一会儿，麒麟也随众人节奏不断地向前迈进。

直到一个大的滩口立在了众人面前，长滩啸吩咐大家歇息，水灵将煮熟的红薯端到滩上来，给大伙补充能量。当递到龚老歪手上时，水灵看他那样子，知道他又要岔起嘴开玩笑，便道："给你来条大的，把那张嘴给塞住。"那家伙趁势接话："就你晓得。"大家正要起哄，只听长滩啸又扯长声音吆了开来："挤出档来拉船走，座座险滩在前头。'边滩峡'讨爪要累够，漏档打到'鸭溪沟'。'长坡岩'下恶浪吼，'龙角碛'上是古渡头。'烈女'吓得翼王抖，'五里滩'急水更流。"

众人唱："五里滩，不算滩，捏起桡子使劲扳。千万不要打晃眼，努力闯过这一关。扳到起，要把龙角来扳弯，众家兄弟雄威显，拉过流水心才欢。五里滩，不算滩，我们力量大如天。要将猛虎牙拔掉，要把龙角来扳弯。"

吃过红薯，人们的劲儿又上来了，聚合的号子声扎实铿锵，高亢激昂，压过了那咆哮的江水声，已远传到了古镇那边。当拉过最后一个滩头，众人一片欢腾，他们完成了闯滩任务。这时天边已见落霞漫红，啸鹭晚飞。

渡口呈现在一片古镇的岸边，只见乌江绕了一个较大的弧度，一片河滩布撒在南岸，滩上星罗棋布地镶嵌着大小不等的山石。滩岸边便是起承转合、错落有致、千余户吊脚楼似的古镇。古镇东面紧靠宽阔的村庄，西面却山势险峻，明崖高耸，有着好似山门抱镇的雄浑。北岸山势也自西向东、由急趋缓地漫开着起伏的村庄。两岸皆向上游豁然开朗延伸而去。由于晚霞已坠，整个古镇已罩进了较模糊的花青色之中。

古镇紧连南岸江边的码头，二三条打鱼船停靠渡口，略显悠闲，两尊巨石立在码头石级的上首，上面尚能辨出古老的文字刻印。见乐伯四下打量了古镇后便很关注着石头上的文字，柳鸣赶紧上前介绍："这是为码头搬运立下官方规矩的'永定成规碑'。"他指着巨石上另外两面刻着乌江人征服五里险滩"人定胜天"及维护盐运秩序"布告"的碑文进行讲解，使乐伯等人一踏上岸便感受到了龙角古镇码头门户滚烫的历史符号。

这些古碑所记载的过往已深深地吸引了乐伯，这方土地是多么亲切、多么神秘而富有烟火气息。

这是一个从山上滑下来的滩涂码头，是码头的人气逐渐孕育了古镇，稍有地理常识即能看出大山滑坡后所形成的缓冲地带，它们被古镇的岁月所覆盖，河边的水塘及零星巨石皆为原先山石滑坡的杰作，把原本宽阔的乌江挤出了瘦小的蛮腰。也正因此，乌江形成了这一段湍急难行的五里长滩，那滩涂和古镇加在一起，好似乌江肥美的臀部。乐伯在脑海里为龙角古镇画出了性感的线条。

柳鸣接着道："这是一个纤夫拉来的古镇，1785年山崩石沉，形成我们前面所经过的五里长滩。上行船在此绞滩必须歇脚，方可继续上行。逐渐便形成一个货物周转、人马歇宿的水陆码头。在这里运往乌江上游的盐、货皆因逆水过滩而上货下货，成了五里滩航道枢纽人马搬运的一道景致，当年人潮如蚁，号声震天。有人气聚就有财源生，日积月累便产生了今天的古镇。前面江边立下的古碑，正是古镇兴起过程中留下的沧桑印痕。也正是因为各地客商进出、滞留、经商，引得东西南北的文化交流，产生了老醋、豆干、碗碗羊肉等民间特色美食，并一直盛传不衰，奠定了今天龙角古镇厚重的美食地位。"

这时，只见乐伯又拿出笔来，在他的本子上做了一个标记。

边记边看，一种沧桑、一种人类的坚韧、一种生存文明的繁衍，在江风中吹进乐伯的心里，尤其一艘艘渡船还在暮色里来往于乌江南北两岸，昭示着一种生生不息的生活景象。

第五章

"嗯，好香！好香！""这是酿醋的气味。"威宁和汤姆异口同声。和大家一同上岸的威宁，这时已完全被古镇空气中飘飞的醋香所迷住，不断地嗅闻着，像在欣赏春天的花香。其实乐伯也早就嗅到了那特别好闻的烟火风味。正当他浮想联翩时，见威宁和大家都为扑鼻而来的香醋吸引，内心为之一震，道："我们像走进了熟悉的故乡，走进一幅有远山、古镇、码头、渡船的古画之中。""走吧，这醋香竟勾得我有些饥肠辘辘了。"威宁调侃道。"是的，是的，我也想吃东西了。"汤姆跟着附和。

当这古韵悠悠的景致和气味还在人们的视线、鼻腔中回味时，乐伯又若有所思地向柳鸣发问道："这就是你故事中背盐壮士出发的地方吧！"柳鸣说："正是。"他之前没想到乐伯是这么一个用心的人，更想不到此行如此轻松愉悦，乐伯完全不像一个陌生的外国人，而是个地地道道的中国通。

长滩啸等人系好船，安排好第二天的行程后，也赶了上来。他和水灵要带领乐伯、威宁等人投宿，纤夫均为龙角住户，所以各自散去歇息了。

在威宁的提议下，大家出发去品尝当地的特色美食——碗碗羊肉。威宁来龙县考察时早对地方美食做足了功课，对碗碗羊肉尤其是情有独钟。他向乐伯谈起了自己的认识："碗碗羊肉在龙县各地的大街小巷都有叫卖，招牌特别响亮。因此，碗碗羊肉既是龙县的特产，又是龙县舌尖文化的灵魂。不光本地的人喜欢，外地的人更是食之难忘，若来龙县不吃碗碗羊肉，便不算来过。而正宗的碗碗羊肉发源地、发祥地均出自龙角这个名不见经传的码头小镇。既然来到了美食的诞生地，我们岂有不隆重品尝之理？""好！好！好！"乐伯和汤姆听完威宁的解说高声地拍掌叫好。其实柳鸣已事先让长滩啸做了安排，热气腾腾的周记羊肉店早已灯火通明地恭候着远道而来的客人。

古镇上一栋三层四间门面的水泥楼房按木楼风格进行了装修，朱红檐柱、大门、白墙、灰瓦、斜屋面，既结构牢实又古色古香，此时已张灯结彩，热闹一堂。水灵将本就光亮的桌凳又抹了一遍，摆上茶具、水果、豆干、花生等，又叫长滩啸吩咐醋坊伙计做好准备，现场表演炒煳米，以展示他们的创业风采。

这就不得不说一说媳妇水灵，她是家庭生活的行家里手，系乌江上有名滩师张思江的独生女。自小聪明伶俐，人也长得漂亮，堪称五里滩上的一枝花。长大成人后，与英俊帅气的长滩啸自由恋爱，结婚生子，兴家创业，深得邻里好评。尤其性格活泼，热情大方，人缘宽广，是乌江上有情有义有担当的风火女子。因为有她在旁，长滩啸有使不完的劲，用不完的生活热情，闯风雨、走山门，尽显乌江男儿精神本色。

长滩啸本住乌江北岸长坡半山，弄船、务农样样精通，因媳妇水灵系古镇人，结婚后便搬到古镇创业。二人先后在龙角古镇建起了新房，开起了醋厂，兼营豆干等生意，由打鱼、种庄稼转向经商办企业，成了远近闻名的能人。二人勤劳能干，又童叟无欺，产品质量始终保持第一，其"五里魂"陈醋、"水灵香"豆干在镇上越做越红火。为照顾家小，他们专门给双方老人安排了住房，但长滩啸的老父老母离不开住了几辈子的长坡老屋，死活不到镇上来住，儿子只得偶尔回家探望，寒暑假则带着已读初中的大孙子根兴回去陪伴，还将小孙子根旺送到两老身边。长滩啸夫妇平日随岳父岳母住在古镇，二老看家照厂百般细致，被他们当家中宝供着，一家子生活得既幸福安宁又井井有条。

当晚，乐伯一行便住长滩啸的家里，大家落座宽敞明亮的客厅，品茶闲聊，参观醋坊，心情特别愉悦。乐伯是个细心人，特别拜见了长滩啸年迈的岳父母，二位老人已八十多岁，但身板硬朗，精神矍铄。

见女儿女婿引了乐伯等人回来，岳父张思江显得十分高兴，他是乌江上有名的滩师。张思江这会儿边倒茶水边说："你们真是有办法，让那古老活计又现身了。"乐伯道："老人家是老滩师吧！""老滩师谈不上，但乌江都装进骨子里去了。"老人谦逊而又壮志不老似的回应道。"哟！老伯一定有数不完的江上情吧！"乐伯见老人出语不凡，改称老伯以示亲近。

老滩师凝视窗外，叹了口气："我大半生都在乌江里滚，江岸的石头都磨遍了，江上的歌儿都唱尽了，那些往事不用提了！"看得出来，老人虽过上了好生活，但他似有不尽的沧桑，心底里似乎埋藏了许多不愿提及的旧事。由于夜已渐深，不便打扰老人家歇息，乐伯便道："老伯早点休息吧，有机会再听你讲述乌江。"刚好，长滩啸媳妇也铺好了床铺，大家便都入室安歇了。

第二天拂晓，二老早早地起床，叫了长滩啸夫妇随他们去祭拜一位逝去的英雄。他们拿了坟飘、香烛、鞭炮，又叫长滩啸搬了一张小条桌，女儿水灵拿了蒲团，向屋外头的一座石房子走去，那儿有一座他们要祭拜的坟墓。

原来，清明节已到，岳父母要去祭拜"恩人"。乐伯喜欢早起，便也跟着他们前往，见墓碑正中刻着"大力士乐成碑之墓"字样，方知墓主名叫"乐成碑"。为不影响他们白天的行程，二老比往时更早起来，准备那些祭品。水灵说："这是我们家每年都要做的事。"老两口在长滩啸安好的桌上慢慢摆上水果、花生、猪头肉等供品，又吩咐长滩啸从一个小盒子中取出一把飞镖，架在供桌上，然后倒上酒，点上香，跪在蒲团上叩拜。

乐伯未见过中国人的祭扫仪式，也跟着上了三炷香，以表对主人的尊重。他的脑海中闪现出一个念头：碑上的大力士与父亲曾提到过的祖舅会不会有联系？

可二位老人家正在专心致志地做着祭拜的事，也不便询问。但摆上的那把飞镖，实在让他不解。只见那镖新得锃亮，镖身打了蜡油，明明晃晃不见得一丝锈，镖柄钻了小孔，系一绺红巾。

张思江道："老哥，我们又来看你了，你的心爱之物也带来了，你摸摸吧！莫生了手艺！"叩拜完又放了鞭炮、烧了纸，才算把仪式办完了。

乐伯在长滩啸夫妇收镖入箱搬桌子的时候，扶着颤巍巍的张思江回屋，这时威宁、汤姆也已起床洗漱完毕，水灵放置好镖箱后，去镇上买来了早点。这时，乐伯向思江老人问起了那枚定不寻常的飞镖。

· 第六章 ·

　　老人张思江曾是这乌江上响当当的汉子，与长滩啸爷爷长树青同为乌江远近闻名的滩师，他俩包运的盐船信誉极高，享誉川黔。也许是英雄豪杰自古惺惺相惜，当年有名的"大力神"乐成碑，背盐运货往来行走于龙角至黔州道真地界，三人结为生死兄弟，情同手足。乐成碑年长为大哥、长树青为二哥，张思江最小称三弟。

　　话说老岳母乃黔州人氏，年轻时出落得一朵花儿般的人才，就像现在白里透红的女儿水灵。在媒人的撮合下，与近三十岁的张思江一见钟情，双方皆满意，是一桩美满姻缘，只待择期举行婚事。

　　那一年，乌江下游鸡冠岭岩崩，船不能通行，便靠郁山盐下行龙角，启岸运务川各地。正好又遇船进黔州送瓷器，思江遂计划在瓷器送到后，便娶了媳妇回来，顺便在洋水装了郁盐，可谓一举数得。由于两地甚远，婚事从简，人员也不要求多，除了上行时各段请纤夫拉船外，便请了大哥乐成碑、二哥长树青及几个常在乌江上行走的兄弟前往。

一日，一伙土匪探得盐船过盐井峡，便埋伏两岸夹击。碰巧思江娶了媳妇归来，长树青、乐成碑等人行另一船紧随其后，两船相距不过百尺。忽听一声呼吼："留下船来！"随着一阵"呼啦"响过，一条绳子带着抓钩飞向船头，并有数人迅速牵绳拉船，两岸似妖魔鬼怪一般呼啸着砸石头、抛棍棒，如天降石雨飞向船来。

张思江不断呼叫："我乃思江也！望英雄们高抬贵手，为我等放行。"但众匪见即将劫成的财物哪里肯依。船已横过江来又见石雨纷纷砸下，思江照顾着媳妇，无计可施，心想我命休矣也罢，苦了自己如花似玉的媳妇啊！正危急万分，只见一枚飞镖射来，将绳子一下截断，拉绳众匪一窝倒在地上，这时思江顶着铁锅，迅速调舵，命暂避舱内的几个兄弟奋力划桨，顺流而下，躲过了劫难。

但跟在后面使镖的船只却未能幸免，船被石头砸破后进水，乐成碑头部也被石头砸中，一头栽倒在船头。长树青等人奋力将破船划下百米后，又有飞钩袭来，见一小路相连，便架着乐成碑弃船而去，众匪见得手一船，也不穷追。

张思江行得下游一里左右，见后面无船跟上，心里不免焦急起来，便停船靠岸，欲安排人沿岸探寻，正要起身，见四个人架着乐成碑从对岸快步而下，当即派人迎上去，快速将乐成碑扶进舱内。乐成碑鲜血流了满面，浸透了衣服。张思江媳妇忙掏出身上的帕子叠了按在乐成碑头上。大家已能见到龙角古镇灯火，便急速将船划向码头，将乐成碑背上岸去，码头上有不少人在装卸货物，见张思江、长树青扶着重伤的乐成碑，纷纷赶来看望，镇上的医生也火速赶来救治并连夜请神医虎俊生来龙角。

但由于伤得太重又失血过多，大力神没有熬过当晚。弥留之际，乐成碑断续地说道："那枚飞镖就——留给思江做个——纪念！树青——喜欢喝酒，这葫芦——留给他吧！"说完便闭上了眼睛。众人哭喊着："大哥，你不能死啊！你醒来吧！"之后，大家埋了英雄，那年英雄才四十七岁。

人们将土匪抢盐的事报了官，在张思江、长树青的带领下终于查到了土匪下落，并参加清剿，为乐成碑报了仇。于是每年清明时节，张思江都要取出这枚飞镖，带上家小祭拜"恩人"。

"后来，树青的长孙长滩啸与我家水灵自小在乌江上往来，感情日深，长大后结为了夫妻，本来他们有辈分差异的，但新社会新风尚就不谈这些了。现在长鼎山也不叫我叔了，他可是随二哥和我在江上漂了半辈子的人了，与他老子一样，喝惯了江风，醉透了岁月，但上辈子结的兄弟还是不变的。只可惜二哥前年也走了，不然他也会来上香的。"

"那乐成碑还有什么后人吗？"乐伯听完张老伯的讲述，不禁泪水盈眶地问道。

"哦！他婆过媳妇，名叫谢金枝，人长得漂亮，又挺能干的，可惜有一年，乌江洪灾暴发，她去五里滩上捞水柴，被恶浪打走了。之后，乐成碑心里再容不下其他女人，便没有续弦。另外，他好像有个妹子，嫁入信宁古镇一家开药房的人家，当年大哥背盐定界'黔蜀门屏'，得了内血症，幸得妹夫虎大夫医治恢复。据说那位黔州的大力士却没那么幸运，回家后便吐血而亡，被当地人敬为英雄。可虎大夫开的什么药房，他们的具体姓名、地址，我们都不清楚。大哥和我们受伤那一次，他妹夫虎大夫也曾赶来救治，但尚未赶到他便去了。以后的几年两夫妇还来过龙角上过坟，再后来就没见过他们了，听说后来遭了火灾。哎！真是可惜了好端端的一家人。"老人家噙着泪水回忆道。

乐伯的心里似有千言万语要表达，但他没有再说其他，只是默默地倾听老人家讲完他那些不同寻常而又似乎与自己有某些情感牵连的经历。

过了五里滩，歇息了龙角古镇，上行江面开阔，水面平坦，长滩啸等人见吹起了西风，便都上船扯起风帆任船徐徐上行，大家轮换划桨，歇息时便围在乐伯身边看两岸的吊脚民居，欣赏奇异山色，倒也轻松。长滩啸用手指点着南北两岸山上山下的景致，向这些做客的游子们介绍乌江山水的壮美，那是云子山，那是和尚岩，那是一片梨树林，那是一坡枣树林。不知不觉又临中午，船正行至一回水沱。

见一山路相连，遥看半山有一吊脚楼，袅着炊烟，乐伯甚是好奇，正手搭凉棚仰视间，长滩啸一指道："那是我家老房子，今天请你们到我老家做客。"长滩啸也欲顺道回家去看看父母和孩子。

乐伯道："好，我正有下船走走的愿望。"同时，他心里清楚记着张思江老人讲到长树青的儿子长鼎山也是江上的老滩师。乐伯正好产生了前去拜望之意，便弃船下岸，要去看看这半山的农户。得到乐伯的响应后，长滩啸便将船交代给龚老歪等人上行等候，与水灵带乐伯一行下船。龚老歪他们便将船拉到上游一处路口歇息。

一行人跟随长滩啸夫妇上了岸，水灵走在前面带路，威宁和乐伯走在中间，柳鸣、汤姆及麒麟紧随其后，长滩啸走在最后。很快，一行人便来到长滩啸的老家。

"汪、汪、汪汪……"突然，柴扉处，一条黄狗大叫起来，接着一个孩童与一个老妪出来吆狗，正是长滩啸的小儿与老母，那狗不听招呼不断狂吠，这时长滩啸发出一声吆喝："黄二，没有眼梢？"正说间，一个老翁又拿着竹竿迈出门来，便是长滩啸的老父长鼎山了。

老人七十多岁，头发花白，面容红润，身手敏捷。听闻自家狗叫，迅即出门制止。见主人招呼，狗的叫声慢了下来但并未停止，那小孩见到爹妈，一下扑了过来。一声"幺儿！"水灵已将孩子搂进了怀里，亲了亲说："想妈妈了吧！"孩子说："想！天天都想！"水灵放下孩子："嗯，根旺乖！根旺想妈妈了！现在妈妈要去煮饭招待客人了，去爸爸那儿呗，爸爸也想你了。""来，旺儿，爸爸给你好东西。"长滩啸接过孩子，掏出身上的"变形金刚"递给儿子长根旺。

老父、老母见儿子儿媳带着一帮人来，甚是高兴，但又诧异，显然他们被麒麟的出现搞蒙了，这牛不牛、马不马的怪物从哪里来的？但他们马上明白过来，大门上尉迟恭不就骑着它吗？原来，老人家门上的年画就画着麒麟啊！他们凭此感觉第一时间认可了神兽，又见乐伯一行人慈眉善目随儿子行来，全无了陌生之意，立即搬出凳子，端出茶水、红枣相迎。

一行人与二老打过招呼后，开始享用茶水和红枣。来中国已有数日，乐伯尚未在农家饮品过这些东西，这种茶水喝起来略带清香甜润，这红枣虽是干果，嚼起来无比甜美。柳鸣见乐伯正要发问，又见汤姆嚼着还未下咽的甜枣，说这个

"咬！咬！咬！"，把"好！好！好！"说走了音，引得大家哄笑不止，他解释道："这是当地有名的老鹰茶和猪腰枣，是夏季清凉解热的好饮品。"

乐伯说："世间的茶叶种类太多了，这茶看起来简单却野味浓厚，而这枣子的确如蜂蜜般醇正，甚是少见，但是为何唤作猪腰枣？"柳鸣暗自佩服乐伯的中文水平，这样的问话已足见其不一般，柳鸣说："是因其形状而得名，它像猪身上的腰子。""哦！真像。"乐伯边点头边赞同，然后将一粒红枣送入口中品味清甜。威宁虽曾先来过龙县，品过碗碗羊肉，倒没有先尝过这猪腰枣与老鹰茶，也是边听边尝，啧啧称赞。此时，因临近中午，大家本有饥渴感，这些东西当然是最美的食物，一个个享用起来便特别爽口。

回过头来欣赏民居，见四周挂满了头年收的玉米、高粱、豆荚等农作物。房檐下架了一长排蜂桶，十来个陈旧的木制桶下都留有密密麻麻的蜂眼，面积约巴掌大小，蜂眼进出着飞来飞去的蜜蜂，"嗡嗡"之声传递着自然界勤劳而优美的语言。

这时长滩啸的老母道："你们是远方贵客，慢慢聊，滩啸和媳妇去推豆腐，中午就在我家吃顿便饭。"乐伯和威宁懂得中文，但听不懂二老的方言，汤姆更是摊了摊手，朝柳鸣望望，又摇摇头。柳鸣立即当上了翻译："老人家的意思是要推豆花来招待大家。"大家甚是高兴，不断地说："Thank you! Thank you!"老妪以为是豆子有没有，忙应道："有、有、有，我家老汉种了一长坡，新豆又下地了。"柳鸣不好解释，也跟着说："有、有、有。"大家皆忍俊不禁。麒麟站在一旁用嘴嗅着孩童的小手，孩童也将一些枣儿喂给麒麟。黄狗卧在一边晒太阳。他们已经开始熟悉了。

乐伯去过非洲许多地方，见过不少原始生态的民居，但在乌江边的这种民居风貌，还是头一次看到，虽然十分原始，其文明程度已经相对很高了。

就在大家忙着推豆花的时候，突然汤姆"哎哟"一声尖叫，原来一只蜜蜂飞到额头上，他下意识地用手去驱赶，被蜇了一下，或许是他在品尝甜枣时引诱来了蜜蜂。

长滩啸父亲赶紧从堂屋墙上取下一个葫芦，从葫芦里倒些药酒为汤姆抹上止痛。

就在此时，这个葫芦引起了乐伯的注意，他眼光一亮，像想起什么。葫芦除肚子一个核心的"福"字外，边上还有两行落款，为"聪明难，糊涂难，由聪明转为糊涂更难"。一枚细小的印章，已不很清楚，大体是篆书的板桥字样。老翁见状道："这是一把我父亲世交的老哥相送的壶。""乐长碑送的吧！"乐伯猜测道。"你怎么知道的？"老人一惊，感觉这个乐伯可不简单，随即料想亲家张思江可能讲过这些往事。乐伯看出了老人的猜想，道了声："正是思江前辈告诉我的"。"哦！这可是乐大伯送我父亲的好物件，陪了我父亲半生，又陪了我一辈子，那些江上的明月，不知和我们对饮了多少回。"老人不无感慨。

鼎山老人很有情怀，说起话来诗情画意的，想必念过私塾。威宁在一旁也觉得老人是一个有故事的人，见乐伯与之聊得投缘，也不便插话，只在旁边慢慢饮茶和嚼着枣儿。乐伯拿过葫芦又仔细地审视起来，他眉头紧锁，眼睛眯成一条缝，似在细细地想着什么。

"来喽，喝豆浆了。"正当乐伯沉思之际，水灵用茶盘给每人盛了一小碗热气腾腾的豆浆过来，威宁先端了碗递给乐伯，然后自己也端在手上，吹着滚烫的豆浆喝，刚尝一小口，便"Good! Good!"赞美起来。"It's so delicious!"想不到汤姆也喝起彩来，说是比在非洲牧场喝的牛奶还要鲜香。乐伯则用中文赞道："妙！妙！妙！"边呷边竖起大拇指。"都是公公婆婆种的豆子好！"水灵给大家端过豆浆后，听到大家的美言，不忘夸奖公公婆婆的功劳，又转身进屋点豆花了。"还是我们水灵会做事！"二老也表扬起媳妇来，屋内屋外都弥漫着喜庆和热闹的气氛。

在长滩啸家用过了午饭，汤姆拿出数张百元大钞递给长滩啸的老母，长滩啸夫妇见状连声谢绝："不收钱，不收钱。"水灵又道："你们是稀客，一顿便饭，不必客气。"老母也道："农村旮旯，你们看得起才来，哪有这么讲究？"怎么也不肯收饭钱，老翁也一同坚决推却。但汤姆"呱啦呱啦"地执意要给，水灵及老婆婆的话他一点也不理会。最后柳鸣给老人家解释："这是他们的心意，是给你们的小孙子买小书包、小玩具用的。"二老才勉强收了下来，并一个劲儿地说："这才不好意思，让你们破费了！"二老的那种慈祥和淳朴令乐伯等人特别感动，这点从乐伯的表情得以反映，让柳鸣也大感意外，他想：这些人既仗义又仁厚，虽然语言和文化不同，但表达的情感是差不多的。

大家辞别二老，开始继续赶路了，按上午与龚老歪约定的地点，他们需要到上游一个渡口汇合。正待大家齐心协力赶路时，忽然从天边滚来一阵雷鸣，乌云不知什么时候已从南边快速地漫了过来，天空中潮起成群的飞燕不断地往来翻飞，随即远方的山林卷起阵阵风声。纵是加快了脚步，但硕大的雨点已打在了身上。

乐伯在非洲丛林生活过，这类天气虽说屡见不鲜，但这阵势也催人心头发紧，他下意识地加紧小跑。麒麟紧跟在乐伯身边，像护卫一般。"不好，得找躲雨的地方。"柳鸣说。但前不挨村，后不着店，哪儿有躲雨的地方？真急煞了一帮行人。正在大家四顾茫然之际，大雨已倾盆而至。突然眼前出现一座小桥，桥对面有一个农户搭的草棚。

柳鸣忙招呼大家赶快过桥，大家飞速迈上桥去。说时迟，那时快，汤姆、长滩啸夫妇和柳鸣刚过桥面，只听"嚓啦"一声，完了，柳鸣心里顿觉不妙，本能地感觉后面的人出事了。

本来，从长滩啸老家出门时，乐伯走在前面，但走着走着，他好像有什么心事，走到了柳鸣和长滩啸等人的后面，虽相距不到几步，但此时正在桥上。汤姆、威宁及长滩啸刚过桥，柳鸣脚下一滑，半个身子已悬了下去，两手抓住一截树根，回身一望，桥已垮了下去。当长滩啸一把将柳鸣拉起后，乐伯与麒麟已掉下桥去了。大家都惊慌失措，直向桥下飞奔而去。

正在大家心惊肉跳之际，乐伯却稳稳地骑着麒麟跨出洪水走了上来。

原来山洪突然暴发，山上一块飞石砸在桥上，乐伯一下掉了下去，幸好石头未砸中乐伯和麒麟，危急关头，麒麟纵身跃下，让乐伯正好下落骑在它的背上。大家见此景况无不万分庆幸，迅速簇拥着乐伯和麒麟躲入草棚。乐伯坐下后，亦心惊未止，威宁急问："身体不舒服吗？"乐伯摆了摆手，示意没问题。他很快镇定下来，感激麒麟的舍身相救，心想这神兽太厉害了，关键时刻能如此反应，实在是难得，若不是它，怕是性命休矣。这次似乎重现了那晚在加蓬丛林坑道里救汤姆的镜头。他起身不断地抚摸麒麟的额头和肩背，心里已把它当成了不一般的朋友。麒麟也很温顺地靠着乐伯，好像他们是生死相依的知己。大家都向麒麟投去赞许和敬仰的目光。一会儿，风雨停了，他们便一起离开了草棚。

这时，船已被龚老歪等人拉至上游一处山民上下船的小渡口，船上的人也都吃过中午饭等候。乐伯等人依次上船，又继续上行。威宁回身远望，天边的乌云已从北边散去，天又蓝了过来，太阳更显刺眼。乐伯等人进舱里小寐，纤夫们开始拉船前行。

约半晌工夫，忽听前方江水吼声如雷，众人循声望去，只见离船还有一里许的地方，河中乱石横生，江面似千军万马奔腾，这时船靠帆和划桨已不能再向前行，顺江的下水风已将西风完全削减。"到了，到了，关滩到了。"有人高声直呼。

"下船。"随着长滩啸一声长腔呼出，大家火速下船拉住纤绳，又"嘿嘘，嘿嘘……"哼起祖宗们传下来的歌谣。

临近滩口，乐伯等人相继下船，减轻大家的负担，麒麟也加入众人行列，船便逆着滩口缓慢地爬了上去。

这时，乐伯见迎面大石上有"澎湃飞雷"四个大字夺目而至，字高约四十厘米，宽约三十五厘米，幅长约两百厘米，幅宽六十余厘米。近前一看，落款为"清康熙四十二年渝州知府陈邦器题"。原来此地为乌江有名的关滩，前人叹其险峻奇观，遂题字于大石之上。

如此，上岸下岸，乐伯、威宁一行丝毫不觉困倦，他们仿佛就为行路而生。乐伯尤其习惯这样的生活，他一直在寻找他想要的东西，所以相当轻松愉悦。他感到他们一行人正在一步步靠近他的目的地。就这样，乐伯一行穿越着绿水青山，穿越着古盐道逝去的时空，一路继续着乌江船运史章节的体验与回眸。

这其实对乐伯而言，并不实际，因为他毕竟是外国人，他并不知道乌江的航运史，但乐伯又不完全是一个外国人，他自认对中国文化很了解，甚至有些痴迷，而且他此行的目的是倡导人类与大自然的和谐相处，用一种体育运动的方式来进行表达和演绎。他要了解世界上的文化，尤其是具有上下五千年文明古国的文化，代表全人类五分之一人口的文化。

因此，柳鸣除了尽可能地介绍一路上的所见所闻，让乐伯更加认识这个美丽的国度。与柳鸣一样，威宁也在耐心陪同，他们对户外运动都存在一份痴迷。

这时，一路关注乐伯一行的"墨镜"，一边看着徐徐前行的拉纤队伍，一边掏出手机拨打电话。

"他们似乎已被包围了，乐的怪诞行为，引发了当地人极大的兴趣。"化名"蝴蝶"的"墨镜"在他所住的宾馆窗户前向胖子打电话报告。

"哈哈，或许那怪兽更引人关注吧！"胖子在一个烧烤店的餐桌上撕着鸡腿回应。

"呵呵，当然，那家伙本在中国民间就很有浓厚的传奇色彩。""墨镜"肯定道。

"继续跟着，必要时你可以离他们近一点。"胖子又喝了口酒。

"好的，我会跟住他们。""墨镜"带着不无聪明的口气。

"棒！我们的计划很伟大！"

"是的，我也得去弄只鸡腿啃啃了。""墨镜"从电话那头嗅到了馋味。

"呵呵，要不也来瓶法国干红……"胖子笑着挂了电话。

过县城的时候，两岸已见黑压压的人群，人群中有人大喊"加油！加油！"拉纤的人，还有麒麟都成为人们关注的焦点，人们在热烈欢呼，在稀奇中嘘哨、呐喊、鼓掌，夹道欢迎。

地方政府的公务人员等候在码头上，迎接这一行不平凡的客人，岸上的人们像过盛大的节日，庆祝着。这一切本不是乐伯所希望的，在未找到他梦到的那个地方之前，他喜欢安静而悄然地行动，但此刻也在他的意料之中。一方面，百年不见的拉船景观重现了，人们的血液里还留存着乌江一步一回头的影像。的确，当年从乌江回归的船队人们总在盼，总在码头接人，上货下货热闹非凡，本就带有回归、胜利、团聚的意味，本就有庆祝的气氛。另一方面，这传说中的神兽出现了，这是传说与现实的印证，这是百年、千年，甚至万年的奇遇。只要有一两个人先看到船队，十人、百人马上就会得到消息，齐刷刷涌出人潮，站满河岸及街道，这是人之常情。因此乐伯选择了正面相迎，投入当地乡亲的热情怀抱。

当然，地方政府早考虑在了前面，预先制定了方案，安排了交通管制，落实了现场的安全工作和应急措施，县级到镇级，镇级到街道居委，居委到小区，小区到物业，物业到户、到人。一切是那样快速，政令畅通。所以乐伯一行在安全、热烈、友好的氛围中上岸、过街，住进靠江最近的宾馆，并以外商的身份与政府相关部门座谈交流。

那个时候，地方政府正在考虑如何加快推动原生态的山区绿色旅游，发展地方经济，因此，在这样的背景下，以山地户外运动为载体宣传龙县难得的喀斯特地貌——世界自然遗产，提升地域文旅知名度，正好与乐伯等人的活动设想相契合。

话题从江岸传回深山里那片古老的土地。乐伯一行的到来使龙县餐馆、饭店、茶庄、客栈及不少人家住户都亢奋起来。

单说那麒麟，人们就倾注了大量的传奇色彩。其中有一位老师谈道："神兽龙头马身，有鳞片，与传说中的神兽无二，但传说中的神兽不食不喝，腾云驾雾，这家伙除长相相符外，其他方面与一般动物无二。至于说麒麟通人性，那狗也通人性，大象也通人性，就连牛都通人性，不是有水牛击退野熊，救出主人的真人真事吗？所以稀奇之余，没有必要大惊小怪，地球照样转。倒是那麒麟为雄的，如果再来一个雌的就好了，不用克隆就可以繁衍后代了。"这时，大家一阵怪笑。但这老师如此一说，人们觉得甚为有理，便不再大惊小怪了。

乐伯一行引发的热浪逐渐平息，人们又各自忙碌着生计去了。

·第七章·

　　乐伯一行还未到达目的地，继续向前进行着既定的行程。因为信宁古镇才是乐伯坚持要去的地方，并是他拟定的行船终点，所以长滩啸等人又率众逆水行舟上路了。

　　话说至信宁，还得两三天的行程，行到中嘴峡谷，天色便融进了浅黑的帷幕，大家选了一块滩涂地歇脚。这是众人在野外扎营过的第二夜。

　　水灵想到晚上歇息时间长，且外面月明星稀，风景大好，便将锅灶搬到沙滩制作晚餐。大家一起动手在沙滩立石搭灶，拾了些岸边的柴火开始煮起了火锅，纤夫们放下了纤绳后围着水灵，又有说有笑起来，他们洗菜、刨洋芋、切肉，又架起鼎罐淘米、煮饭，像氏族社会回归。长滩啸更是精神爽朗，添着柴薪，让那火苗儿高效地舔着锅底。汤姆也"咿咿呜鸣"地哼着不明不白的调或说着别人听不懂的话打些杂。

这边，乐伯与威宁、柳鸣一道在淡月之下的沙滩上漫步，乐伯用英文扯着闲话，大意是今晚的月亮还不算最圆，要再过两夜才是满月。威宁问："想你的苏丽雅了吗？""哪能不呢？"乐伯道。柳鸣不便插话，自是听着，跟着他们的脚步并略保持些距离。他俩继续用英文漫不经心地扯着，显得特别轻松恣意。

乐伯问："Mr. 皮特，你来中国多长时间了？"

"我此前来中国已有四次了，第一次是 20 世纪 90 年代，中国龙县发现了举世闻名的芙蓉洞，我携夫人孩子慕名来观光。中间两次分别是参加中国青海、浙江的自行车越野比赛。最长的一次是第四次，差不多待了一个月时间，那是 2003年的事。"

乐伯又问："是什么东西吸引了你？"

"那年 10 月，我要去中国黔州参加世界自然遗产申报的座谈会，研讨中国南方喀斯特申报的工作事宜。我和波克便提前应邀来了龙县，主要在龙县的芙蓉洞、天生三桥、仙女山逗留，做了前期考察。后来在座谈会上，我们有了充分的发言权。也是那次，我和波克聊了来中国渝州龙县举办国际山地越野挑战赛的设想。"

乐伯不禁称赞："你是这方面的专家，他们选对了人。"

威宁说："自 1989 年为期两周的国际首次专业越野赛——莱德加洛伊斯赛（Raid Gauloises）在新西兰岛举行后，人类体育事业由此走进了一个全新的时代，各国也纷纷兴起了户外运动的热潮：艾科挑战赛（Eco Challenge）、七星国际越野挑战赛（Mild Seven Outdoor Quest）、青海湖'环湖赛'、中国黄山国际自行车公开赛、浙江宁海'户外运动基地'赛事的诞生加速了户外运动的兴起和推广。"

"中国的赛事你都参加过吗？"

"只是一部分，青海湖和浙江宁海的我参加过，我也只是个越野赛的爱好者，不像你喜欢研究这项运动。"

"在中国搞这项运动你已有过体验，这里的人有发起这项运动的冲劲儿吗？"

"是的，中国山地国际越野挑战赛 2002 年才开始引进，各个城市都有着迫切的愿望和想法，其反应和推广工作差不多是火箭般的速度。"

"没想到这项冒险运动在中国这么受到喜爱。"

"这正是此行吸引你的地方吧！"

"中国发展迅猛，现在已是第二大经济体强国，他们知道富裕之后该做什么。"

"是的，这里已不是百年前的中国了，他们的现在和将来让我很着迷。"

"我们就把一项伟大的计划，带给这个神秘的国度吧！"

"祝你好运！"威宁竖起了大拇指。

乐伯也笑了："这儿的山，这儿的河流，实在是太美了，它们会给我带来好运的。"

边说边聊，三人不觉间已行到沙滩的尽头，柳鸣指了指天上："两位老师，我们折返吧，上边的月亮在说，火锅就要熟了。"

威宁："哦，好吧，我们该享受一顿沙滩上的美餐了。"

三人说笑着返回，水灵正好在招呼："先生们，围拢来哟。"

次日，江岸村舍的鸡叫完第三程，纤夫们便扯船上路了。

这样，从县城出发不到三日便将船拉到猴子堡滩，这里已可遥遥看见信宁古镇风貌。

乌江在这里拐了很大一个弯，与芙蓉江交汇，并由南向西缓缓折去，一座古老的石拱桥连接在芙蓉江出口两岸，古镇便建在两江四岸蔓延开来的四五里长的范围内，沿江依山而建的吊脚楼房及亭台楼角，此时，在夕阳下披上金灿灿的外衣更显沧桑古气、苍茫厚朴。乐伯、威宁等已早立船头，观看古镇风光了。

只听威宁叫一声："快看，快看，那石壁上有几个闪闪发光的大字。"大家循声望去，顿见芙蓉江桥的西桥头下有一面巨大的临江石壁，石壁上凸显着"李进士故里"五个大字，似用金色漆刷过，此时在西斜的阳光映衬下，亮着几朵光焰。乐伯一声惊呼："妙！妙！妙！这一定是一个文化古镇。"

柳鸣便趁势给他们介绍道："清代这里出了一个进士，名叫李铭熙，生前为百姓做了许多好事，他过世后百姓为了纪念他，在那石壁上作了'五字寿'摩崖石刻。其字雄浑超脱，气势磅礴，我们在这二三里之外亦清晰可辨。不过那些漆粉倒是现代人给刷的。"

乐伯："是的，我们看得很清楚，字写得很漂亮。"

柳鸣："信宁古镇历史悠久，从唐武德二年，便在这里设县，取名信宁，比现在的龙县老多了。"

乐伯："那故事一定很深厚的，得给我们补补。"

柳鸣又指了指乌江北面令旗山下的丘陵，南面罐子山上的岩洞，说到长孙无忌、说到日本人丢的炸弹、说到天下第一洞芙蓉洞等新奇故事与风物，一种悠远古朴的气息已向大家扑面而来。柳鸣尽量拣重要的讲，语速恰当得体，让乐伯在最短的时间里领略到信宁的特色和文化精髓。乐伯频频点头，汤姆见乐伯点头，也跟着点头，偶尔柳鸣也用英语给他点明一下。这时乐伯又掏出了他的小本子写了什么，柳鸣还是没有看清楚，也不便去看，只是下意识地感觉到，可能哪儿又打动了乐伯。

船继续行着，众人已开始随长滩啸唱起来了。只听一个个扯起嗓门："隔河看妹看不清啰，哟——嚯、嚯——哥想过河水又深啰，哟——嚯、嚯——只要情妹有心意啊，哟——嚯、嚯——河水干了来接人啊，哟——嚯、嚯……"

那阵势就像凯旋的将士，那昂扬的号子声像诉说着滩师们又完成了一次逆水行舟的壮举，又完胜了一次百里纤道鬼见愁的难关，那声音被绳子连成一串，生怕别人不知道他们爬上了滩头，生怕古镇阁楼里的女人们听不见。

当他们正沉浸在与古镇的初识中时，长滩啸等人已走上了一片宽阔的沙滩，船迅速地转过了大湾，古镇及摩崖石刻更加清晰地出现在眼前。

突然，前面飘来两组有节奏的哨声，并伴随紧促的鼓点从上游飘了下来。随即两条龙舟从古镇东段的上游河道飞速而至，本来河面尚宽，但众人仍急速将船拉到边上，让出河面，只见两条巨龙呼啸而来，龙头一人击鼓，龙尾一人摇旗呼哨，两排桨齐刷刷随节奏全力划水，从离木船约十米远的地方眨眼飞过。

只听长滩啸大喊："永生、长久，加油、加油……"众人也跟着一齐喊"加油、加油……"早被吸引的乐伯、汤姆也有些忘情地跟着众人喊出鼓劲儿的声音来。这种声音就像火苗一般，点燃乐伯等人的内心。

原来，长滩啸呼喊的永生、长久都是乌江上玩水弄船的人，是他昔日的船友。他们正在准备端午节的龙舟赛训练。

沸腾的心平复下来，乐伯又开始扫视古镇，显然，遥遥望去那三山分割、两江交融的码头让他有一种特别的亲切感、新鲜感，他一方面是在找寻梦中的山地户外运动基地，另一方面还藏匿着旁人难以猜透的情愫。

此时，在外人看来，乐伯对这个镇上出的进士无比感兴趣，他要柳鸣给他详细地说说。柳鸣只得翻肠倒肚地给他一一道来，他也不嫌听得累。有时他不像一个寻找山地户外运动基地的人，更像一个游山玩水、研究人文古迹的人，或者来体验异域文化的人。当他得知李进士为地方百姓做事，后来参与"戊戌变法"活动惨遭清廷杀害时，他为之动容、叹息。

踌躇间，船已抵达码头，一行人正准备下船，一艘机动船"突突突突"地开了过来，船上装满一群光膀子的壮汉，后面拖着两条龙舟。那是永生、长久所在的船。

永生、长久二人上前与长滩啸打招呼，长滩啸向他们介绍了乐伯和威宁等人。永生说："听说了，还有麒麟，这真是很神奇。"这时麒麟正站在人群中任大家围观。长久插话道："这是我们传说中的神兽，想不到在这儿见了面，真是太幸运了。"长滩啸道："你们这么晚还在乌江上玩？""哦！再过十天就是端午节，芙蓉湖的龙舟竞赛就要开幕，我们在这儿练最后几天。"永生道。

"年年你都要参加，今年也不会例外吧！"长久问长滩啸。

"要的，怎么会少了我嘛！我们龙角队到时一定雄起。"长滩啸拍了拍胸脯。

"好的，我们端午见。"永生和长滩啸击了一下手掌道别。

由于临近端午节，家家户户已包了粽子准备过节，街道夜市亦有粽子叫卖，柳汤二人联系好旅店后也顺便购了些粽子回船。乐伯要与大家在船上共进散伙的晚餐，还要将船和滩师们的费用结算清楚，买粽子也算提前和大家过个端午节。汤姆还另外买了些包圆和卤猪耳，水灵也多炒了两个菜，将买的十来斤粽子全煮了，长滩啸又倒上半桶古镇产的"百年乌江"老酒，在甲板上专门拼了长桌子要庆祝二十余日拉船的胜利。

大家划拳行令特别开心，乐伯端着杯啤酒与大家一一碰杯言谢，他满面红光，洋溢着一个绅士的幸福色彩。他和大家喝了半盅后，便从席间抽身出来走到船头，吹吹江上的夜风，见古镇夜灯通明倒映江水，清波细浪徐徐西去，一轮钩月西挂，天宇澄碧，水天相接，远山苍茫，无不安宁静谧。这时威宁、柳鸣也跟着来到船头，三个人都显得特别欣慰愉快，也许是因为这沿江之行有太多的意味，他们也像古人一样抵达了一个个重要的驿站，穿梭在乌江的古与今之中。

乐伯与威宁、柳鸣共同举杯相贺，说："我们来敬一个人吧！""你是说那个投身于汨罗江的屈原吧！"威宁已经猜透乐伯的心思，柳鸣暗忖，乐伯实在厉害，他的眼光比刀子锋利，他的中国情结比玉石还细密。柳鸣他们将那芬芳浓郁的"百年乌江"酒倾入江中，并投下几粒粽子，柳鸣说："这乌江的水与大海相连，汨罗江的水也与大海相连，乌江的水终会与汨罗江的水碰头的。"威宁："虽然端午节还没有正式来临，但我们预先带给屈原的礼物终将在节日那天到达。"

当晚，船上一番饮食热闹后，乐伯与大家一一谢别。在与长滩啸握手时，乐伯拍了拍滩啸的臂膀，道了句："好样的，乌江人，端午节再看你的表演。"长滩啸也谢道："感谢乐伯！很荣幸与你们相识，咱们于芙蓉湖相见。"

因为前面听了长滩啸与长久的对话，得知长滩啸要参加端午节的龙舟赛，所以乐伯非常期待，在道别时说自己那天一定要来参观比赛并为他们助兴。

长滩啸在完成乐伯的邀约之行后，恰好有几天时间回去准备龙舟赛，他的那帮兄弟本就在乌江上行走，参加这些活动简直是信手拈来，不需要费多大周折。因此，他一口答应了与乐伯的约定，到时一定要好好竞技一场，让这位外国朋友一饱眼福。

不知不觉，乐伯等人与大家相处已半月余，相互间结下了很深的情谊，一时分开竟有些难舍。深深地拥抱和紧紧地握手便是真情的表达。直到乐伯说"后会有期，多多保重"才纷纷散去。

十多天的跋山涉水颇有些累，滩师们离去后，汤姆和威宁便回房休息。但乐伯和柳鸣却丝毫没有睡意，见客栈外面有一个相通的阳台，二人便穿着睡衣到阳台上继续欣赏江景，分享清淡而静谧的月光。忽然，江对岸一灯火苗映着夜色，显得特别灵动，若山夜的眼神在闪烁。它依稀在一处房舍外的土丘前像蚕豆般亮着，引起了乐伯的注意。

柳鸣说："那是唐长孙无忌墓的长明灯。""哦！就是你说的那个无忌之墓？那李世民内兄的陵寝？"乐伯一下想起白天船上柳鸣的介绍。柳鸣说："是他，那个写《唐律疏议》的人就葬那儿。""还有人为他点长明灯？"乐伯一下来了兴趣，连续几个追问暴露了他的怀疑——这深山之内为何有如此特殊的墓葬？

柳鸣肯定地点了一下头："是真的。墓主人就是那位为'贞观之治''永徽之治'建立了不朽功勋的大唐宰相，他后

来因为反对立武昭仪为后，被诬陷为谋反罪流放于黔州。来
此不久即被逼自缢而死！就葬在这乌江边的令旗山下。"柳鸣叹
着气道。

乐伯追问："后来呢？"

"上元元年，长孙无忌的冤案得以昭雪，尸骨遂迁至太宗昭
陵陪葬，而这里的长孙无忌墓也就成了一座衣冠冢。"

乐伯道："中国古人很讲究死后的墓葬规格，衣冠冢也不
简单吧！"

"你说得没错，墓地原占地三亩，规模颇大，纵横三四十
米，呈大圆土堆，面朝乌江，头枕令旗山。墓前左右分立石
马、石狮各一对，墓阶沿下方是一块石海坝，坝中伏着长两米
余，高、宽近二米的石龟。正前方立着高高的牌坊，左右两侧
各有灯塔一座，左灯塔旁有石供桌一张，四周置有石条凳，这
石桌石凳供人存放祭品和临时书写祭祀文书之用。右灯塔旁设
有石香炉一座，供人们焚香烧纸。石牌坊的外面是一条宽约三
米、长约百米的青砂石梯坎路，一直连通到河边，是人们前往
祭拜的通道，古朴庄重，颇显宽阔。"柳鸣像教科书似的陈述。

"那现在呢？"

"哎，历经千余年的沧桑风雨，现仅存直径三十余米的黄土
一丘。墓冢北侧，有明万历年间洋水知县吴元凤立的'唐太傅
长孙公无忌之墓'碑一方，向后人昭示，这一历经千年而尚未
被历史尘烟湮没的荒冢主人，乃是大唐盛世的一代名相。"

乐伯说："在美国读大学那会儿，我曾研读过一段时间的法
律历史，甚至找《唐律疏议》翻了翻，那可是中国古代现存最完
整的一部法典，代表着中国乃至世界的封建法律的最高成就。"

柳鸣非常赞同："是的，这部法律对于中国封建社会的治

理，发挥了功不可没的作用啊！"

乐伯感慨道："想不到，真是想不到！大概就因为这后人给他点长明灯吧！"

柳鸣道："是啊！过去的每年清明节或是7月10日，地方上都要组织民众祭拜已远去千年的长孙无忌。"

乐伯不解了："坚持千余年，这费用怎么解决？"

柳鸣说："为无忌墓点灯、添油，费用由地方政府给一部分，古镇百姓筹集一部分。"

乐伯感慨："长明不灭，考验的不只是人、社会，还有国家的长久稳定等。"

"是的，长期坚持祭祀一个人很不容易，尤其在以往我们这些被称作西南蛮夷的地方。"

"这里的祭祀仪式应该很庄重吧！"

"现今的祭祀已十分简化了，长明灯只在端午、中秋、春节等传统节日期间，由附近的村民自发点灯或燃放烟花祭奠，平时是看不见的。过去，一般正式祭拜前一周左右，负责看管无忌墓的人便将墓前墓后打扫干净，添油点灯，营造气氛。而正式祭拜头一天，便要鸣锣宣告祭拜消息，让镇上的大小士绅、民众知晓祭拜日的到来，并在墓前的大坝子上摆上十来张大方桌，做好祭拜的准备。具体事宜及参拜人员皆由镇上的司仪官来安排布置，除必须参加的人士外，其余皆凭自愿，但都以能参加为荣。来祭拜的人多数是镇上的乡绅名流，有时县官也亲自到场参祭。人们来时准备了香烛纸钱、炮仗及相关供品，并杀猪宰羊、烧茶弄水，请上镇上的大厨师主持埋锅造饭，做好饮食服务工作，场面既庄严肃穆又热闹喜庆。"

乐伯有些兴致勃勃："我得找个时空通道，也去唐朝一次，拜谒这位高人。"

两人对着话，仿佛真的走进了唐朝，祭拜时，人们按仪式程序点上香烛纸钱，遥寄哀思，地方主要官员代表参祭者读祭辞……

这时，透过袅娜的香烟，人们又能听到玄武门惊心动魄的杀伐声、呼叫声，又见到那足智多谋、智勇双全的无忌，为大唐的建立疾步行走在长安街上。继而又看到那个迷倒两朝的美丽女人武则天，下旨贬谪老臣无忌……当"噼里啪啦"的一串鞭炮响起，不知是谁为早祭屈原，竟在这午夜刚过之时，点燃了鞭炮。乐伯、柳鸣猛然醒来，抬腕一看已是第二日凌晨，急忙掉头回了卧室。

乐伯躺下后，仍无睡意，这古镇的碑刻、长明灯、"百年乌江"老酒，以及这一行来接触的那些人和他们传递的烟火气，总觉与自己意外亲切，有着密不可分的联系。他心里又萦绕起了父亲的声音，要不要明日去古镇寻一寻自己的根呢！自己不是还带着老人家的夙愿吗？然而乐伯又摇了摇头，自己还是先把这些放一放吧！难免影响自己和方奇合作的事业啊！或许祖父祖母、父亲会给出最恰当的机会逢面的，再说此行总有时间和空间来安排的，迷迷糊糊中乐伯进入了梦乡。

第二日，威宁有事要离开大家了，正好服务方面有柳鸣前后周全，而乐伯本身熟悉中文，且有他自己的想法及行程安排，所以威宁决定回美国一趟，办理他的其他事情，同时也向方奇说说乐伯这边的情况。在和乐伯道别时，他许下了一个约定，那就是待乐伯寻梦目标落实后再来中国相会。

送走威宁，柳鸣便按乐伯的意思，带他们前往天下第一洞——芙蓉洞游览。

"喂！好！好！哦！谢谢！谢谢！"站在芙蓉洞景区大门外的坝子边，柳鸣不断地对着手机说着"好"和"谢谢"。

原来，为避免各地游客见到麒麟围观而形成拥堵，芙蓉洞景区已做了特别安排。当乐伯一行站在景区外的亭子里，正陶醉于一库碧水、峡江两岸的青山和那一路清香四溢的芙蓉花开时，柳鸣已收到了地方文旅委打来的电话，他们为乐伯一行开辟了绿色通道。对此乐伯很是感动，他感叹道："这些也只是在中国才能办到罢！"

到了景区后，乐伯认真欣赏着如诗如画般的外景，在生态植被茂密苍翠的江岸半山处，一临崖山洞吐气问天，四周古木葱茏，藤蔓葳蕤，叶猴嬉闹，鸟雀翻飞，山上青峰揽云，山下碧江照镜，一条公路，一条缆车道，从古镇连到景区，两根过江速滑钢绳横空架岸，营构出一幅绝美的自然景区图画。

乐伯拍了拍汤姆："好看吧！""咬、咬、咬，太太咬了！"汤姆对"好"的发音还没有学到家，引得柳鸣也有些忍不住笑。"是的，这儿太咬了！""不光咬、咬、咬，这儿'海陆空'都有了！"乐伯也笑了，并提到"海陆空"三个字，显然又联想到了他的山地户外运动。

的确，乐伯的整个身心都融入了他的伟大计划。这项起源于20世纪初的健身运动目前已风靡全世界，体现了当今人们追求的生活时尚备受广大体育爱好者和旅游爱好者的青睐。其运动项目主要有：山地越野跑、山地跋涉赛、山溪湖泊舟渡赛、山地自行车赛、丛林定向越野赛、攀岩、岩降、索滑、负重越野、沙漠穿越赛等。这是一个多种元素组合，考验运动员野外综合技能的耐力、意志，突出团队协作配合的现代新兴运动，而这里的外景条件对举办户外运动十分有利，水上漂的、天上滑的、地上跑的都能组合得尽善尽美、优越有余。

柳鸣在参加乐伯团队服务前，已做了不少研究，深知中国山地国际越野挑战赛已规划在人流量大、设施完善、知名度高的风景名胜区内举行，各举办赛区的地方政府和群众都十分欢迎支持，都想通过赛事活动推动地方旅游文化及经济社会发展。龙县也正是看中了这一环，所以要求朱大安所处的文旅委要拿出方案来付诸实施，柳鸣承担了具体的策划任务，此时与乐伯等人的行动恰好不谋而合。

在听到乐伯对芙蓉洞外景的赞美后，柳鸣也十分激动，这表明乐伯对龙县山水十分钟情满意，他信心满满地对乐伯道："好看的还有更多，它等着我们呢，我们进洞吧。"

一名导游边走边介绍芙蓉洞的发现、景色及传奇故事。由于事先的特别安排，洞中除了美女导游优美动人的解说外，就是乐伯一行啧啧称奇的赞扬。

导游介绍道："芙蓉洞是芙蓉江景区的重要组成部分，与美国的'猛犸洞'、法国的'克拉姆斯洞'并称为世界三大洞穴。"

乐伯道："'猛犸洞'和'克拉姆斯洞'，我都去过，但就洞外的景色，芙蓉江已先胜了一截，只不知里面如何。"

柳鸣笑道："进去后，你便知道了。"

导游又道："芙蓉洞位于芙蓉江右岸，距信宁古镇四公里，县城二十一公里，1994年正式对中外游客开放。这个大型石灰岩洞穴，形成于一百二十多万年前的第四纪更新世，发育在古老的寒武系白云质灰岩中。开发前被当地一个上山砍柴的农民发现。"

乐伯道："那位农民真是勇敢，第一次入洞是需要勇气的。这洞有多大规模呢？"

　　导游流利地答道:"主洞长二千七百米,总面积三点七万平方米,洞体宏大,宽高多在三十至五十米之间,其中'辉煌大厅'面积为一点一万平方米,最为壮观。"

　　"哦!这太不可思议了,真是上天眷顾这方热土。"乐伯由衷叹服。

·第八章·

　　导游悦耳动听的介绍既抓住了大家的神经又吸引了大家的眼球，就连乐伯也专注地听着、看着，不时发出衷心的赞美。

　　导游继续道："中国地质学会洞穴研究会会长朱学稳教授给予芙蓉洞'一座斑斓辉煌的地下艺术宫殿和内容丰富的洞穴科学博物馆'的高度评价，国际洞穴联合会主席安迪先生评价芙蓉洞是'世界上最好的游览洞穴之一'。开放伊始，芙蓉洞即被广大游客誉为'天下第一洞'。"

　　正说间，众人已行至洞中一高大宽阔的地方，这便是介绍中的"辉煌大厅"。其石柱、石塔、石钟、石坛、石笋、石花、石旗、石幔，如禽似兽，似人若仙，数量之多、形态之美、质地之洁、分布之广，实属罕见。

　　乐伯指着洞顶、洞壁的石旗、石幔叹道："它们的形态太丰富了！"

导游道："洞内钟乳石类型化学沉积物种类繁多，从早期到现在、水上水下、宏观微观、碳酸盐类到硫酸盐类，林林总总，包括了世界各类洞穴近三十余个种类的沉积物特征。"

乐伯惊叹："啊！厉害！厉害！"

见客人赞叹，导游又银铃似的道出："洞中主要景点有'金銮宝殿''雷峰宝塔''玉柱擎天''玉林琼花''海底龙宫''巨幕飞瀑''石田珍珠''生命之源''珊瑚瑶池'等，其中'生命之源''珊瑚瑶池''巨幕飞瀑''犬牙晶花''石花之王'被称为芙蓉洞五绝。"

"哇！丽雅、丽雅，你出来吧！"对着那一帘巨幕飞瀑，乐伯竟惊呼起老婆的名字来。汤姆、柳鸣等有些惊愕，但转瞬便明白了，显然，那汪巨大的如凝固的瀑水，又如一帘雪白的帐幔背后，乐伯似乎看到了他心爱的女人。

尚未从那曼妙的帷幕中回过神来，又一处激荡人心的奇绝景致呈现在了大家面前，"这是生命之源，是洞中的灵魂！"当美女导游介绍时，脸上不禁泛起一抹红晕。众人不及细想，早已望了过去，只见一根高近两米，粗约八十厘米的石柱，坚挺地竖立在前方的路旁，它长得光滑锃亮，整个儿生机勃勃、性感无限。

大家都心领神会，只听乐伯道："它的阳刚挺拔仿若现代竞技运动与全民健身活动的一种完美结合，是中国山岳文化、地域文化与国际时尚的一种完美结合。"

"这是造物主的专题设计，要人们不忘生命的源头，大家看了，就往前走吧。"导游不失矜持地补充。

待美女导游向前走了几步的时候，柳鸣给大家做了介绍：

"当年国际科考探险队进洞科考，新西兰两位美女见到这柱子时，又抱又吻，狂叫不已。用一连串叽里呱啦的英语赞美。"

乐伯："这天下第一洞，又配上了这石柱，更显天作之美，应该是神灵的安排。"

柳鸣："这洞子的确神奇，造物主考虑得十分周全，除了那些千奇百怪的钟乳石外，把这人类最神圣最基本的繁衍本源也完美展现。"

到了珊瑚瑶池，只见一泓净池中的红珊瑚和犬牙状方解石，斑斓多姿，如莲花一般，朵朵开在清澈的水池中，令人叹服。传说这是观音打坐念佛的地方，自然有一种圣洁严肃的氛围。

柳鸣见乐伯被珊瑚瑶池深深吸引，道了句："您老现在可以比较一下猛犸洞和克拉姆斯洞了。"

乐伯笑了："这池子，这儿的所有，实在太美，太神奇了。真不愧为'天下第一洞'。"出了洞口，乐伯掏出了他的本子，记下了神秘的符号。但他又想起了他心中的佛或是湖，而洞中的石头与水他都留意过了，印象深的还是美女导游介绍的"五绝"。可他心中的佛究竟在哪里呢？这东西是有还是无？它时时在心中悬着，它能出现在现实中来吗？乐伯在心中问自己，构思着下一站如何走。

而柳鸣心里有一种特殊的感觉，好像和乐伯很快便一见如故，似乎早就认识，不过具体在哪儿记不清了，乐伯也确实很像自己和朱莉登长城那一日看过那片奇云后梦里出现的仙人。不过梦中的仙人年纪要大，鹤发童颜，眼前的乐伯要年轻许多，毕竟才五十多岁，那仙人与之相比可能似父子关系般的印象更贴切。梦中那位八十多岁的老乐伯，穿着宽宽大大的长

袍，长袍上绣着水墨画般的高山流水，手上拿一把拂尘，俨然
是古时的庄子、老子。柳鸣自个儿暗自好笑，乱扯胡琴，人
家来自国外，什么时候与你梦中的事连到了一起？乐伯好像
注意到了柳鸣的心事，他问柳鸣："想家里的媳妇啦？"柳鸣
说："不是媳妇，是一个与你有关的梦。""说来听听。"乐伯似
乎很感兴趣。

　　柳鸣展开他的奇梦，说自己想写一本书，反映山地户外运
动的起源与发展，这本书应该风靡全球。这项运动本来起源
并不早，而且是一项富人运动，但它发展迅猛，很快传到人
口众多、资源丰富的中国，而在中国龙县，人们对组织开展山
地户外运动赛，推广地方旅游及经济发展可谓朝思暮想、梦寐
以求。由此而拉开了龙县人举办山地户外运动赛事的序幕，小
说即以此为背景记述了那些扣人心弦而又跌宕起伏的故事。柳
鸣的书很快就要完稿杀青了，但总觉得还缺点什么，他得去寻
找第一次开展山地户外运动的那座山峰。他想要在那里立一块
碑，让人类记住它，记住它的起源，或许今后待该项运动发扬
光大后，更体现它作为起源的标志所表现的意义和作用。最重
要的是，他要找到下一个开展山地户外运动的理想乐园。于
是，柳鸣约了乐伯，他牵着神兽，很像传说中的麒麟，他们一
起去了南美洲的亚马孙河，看能不能寻找到那座山峰或新的理
想乐园。乐伯是一个很神秘的人，麒麟仿佛是他的化身，总能
对乐伯的心思心领神会。所以柳鸣的行动要看与乐伯是不是心
灵相通，或是不是有共同的想法，否则，麒麟就不会配合或对
柳鸣表现出异常行为。

　　柳鸣带着一些怀疑的想法与乐伯出发了。大家走了很多
高山、峡谷、原始森林，向着亚马孙河的方向走。但走着走

着，却去了中国龙县的仙女山，在过龙水峡的时候，柳鸣和乐伯出现了意见分歧，他坚持要走到沟底，这是一个很深很深的地缝，仰望只能见到一线天了。柳鸣说天色已晚，大家从桥上走过去得了。不料神兽突然向柳鸣冲了过来，柳鸣只得在前面跑，累得上气不接下气，好容易才走完一下一上的陡峭峡谷。柳鸣知道旅途上的行走有时需要挑战极限，但也要节省时间，可此时乐伯不考虑时间问题，到对岸后，柳鸣见乐伯有一丝狡黠的眼神划过，想起那神兽要吃人一般冲来的样子，还有些后怕的，它后面腾起一股烟尘，近乎飞沙走石，柳鸣当时感觉完了，就要被它撞飞的……而乐伯好像是在示意神兽吓唬他，柳鸣怔了怔，不承想乐伯还有如此诡异的一面。待柳鸣稍稍定神后，大家忽然听见前面传来一阵古怪的吆喝声，"咿咿哇哇"此起彼伏地叫着，像《西游记》里面的妖怪冒出来了。神兽本能地竖起了耳朵，乐伯的神情也严肃起来。

突然，一只疣猪从前面的树林里猛地窜出，但一下子又栽倒在一个洞口边了，柳鸣一行人赶紧跑过去观看，到了洞口，大家都怔住了，那疣猪一半边已被烤熟了，洞口边原来有一个形似猎人设置的火塘，里边还有明晃晃的炭火，疣猪似乎因箭伤而倒在了火塘边，未烤熟的那一半边身体还在动，眼珠子在转，但它没有痛苦的表情，似乎很安详。柳鸣上前将疣猪推了一把，疣猪顺势滚进了火塘。瞬间，峡谷两岸的野果子像潮水一般滚落，四周的树木响起一阵林涛。一直闷着的乐伯说了句："这是疣猪的灵魂，再也没有人追赶它了，它得到了安宁。""来吧！尝尝野味的鲜。"乐伯撕下一块很香很香的疣猪肉给柳鸣，又撕一块给神兽，神兽摇了摇头，示意不饿，乐伯刚要自己吃下一块，一伙赤身裸体的人从丛林中突然现身，他们头上扎着树叶，脸上涂抹着烟墨，腰上系着一些谷草兽皮，只把那羞处遮着，手上拿着弓箭、长矛，仿佛远古蚩尤部落的人群，又似非洲某狩猎族群，突然出现在了面前。神兽怒视着他们，但他们没有退缩的意思。"来吧！都来吃一点吧！"乐伯把剩下的烤肉每人分了一份，那些人便又咿咿哇哇地吆喝着围着乐伯等人跳起了舞蹈，柳鸣一点也看不懂他们的舞蹈文化，但明白他们很高兴，很兴奋。"来吧！跳吧！"乐伯索性将火塘里的火取出来点燃一堆柴火，让这些疯子似的人们狂欢。乐伯又取下身上的米酒壶，用壶盖倒了些酒出来，准备伴着烤肉享用。

这时，一个头儿似的人向乐伯的酒壶指了指，意思是想讨要一些，乐伯顺势将手中斟满酒的壶盖递给了他。那头儿竟用手指将酒沾了沾，自己先尝了尝，然后给每个人伸出的舌尖上点一下，要大家都分享这饮品。待那头儿再要酒喝的时候，乐伯却没有给他酒了，而是从身上摸出几粒谷子，并示意酒是谷子酿成的。那头儿反应很聪明，将谷粒用一张树叶包了又包，放进了腰间的草袋里，他又很感激似的和乐伯他们作别，然后吆喝着他的弟兄们散到林间去了。

走完地缝已是第二日，他们又钻进了一个神奇的山洞，洞子里的路时宽时窄，时上时下，一会儿平缓一会儿陡峭，路面全用青石条铺成，偶尔有泉水从路上的小桥流过，又消失到另一条暗河里。一路上下虽然艰辛，倒也各自不拖后腿。而在走那些陡坡时，柳鸣暗想乐伯年纪大了应该不好走吧，同时又担忧那神兽四只蹄不便迈步吧，心仿佛在为他们悬着。可出乎意料的是，他们好似一点也不费力，走起路来腾云驾雾一般，特别细细观察时，他们又好像是在地上踏踏实实地一步步行走。柳鸣除了觉得神奇也说不出其他，反正大家都一伙了，团结一心游山玩水吧！正这样想着，对面来了一个人，好似昨晚在林中遇见的那伙人中的某一个。

他背着背篓，背篓里放着一个大大的青花瓷瓶，柳鸣看是一个非常精美的瓷器，心想这么原始的地方哪来这种东西？那人见是乐伯他们，因为昨晚已见过，也不面生，就点头笑了笑然后从大家身旁走过了。

再往前走，长长的洞壁两侧贴满青花瓷一般的壁画，壁上雕着观音像和佛像，还有各种飞禽走兽图案镶嵌其间，精美而古朴。

柳鸣只听说历史上的敦煌壁画才有这些花花绿绿的图像，它是灿烂的文化遗产，没想到这洪荒老林里竟隐藏着精美的文物古迹。

又走了一会儿，在一里之外，见洞壁有些残迹，好像有人敲过，柳鸣顿感可惜，又暗忖是否自己也敲一块走，那一定是价值不菲的文物，是人类文明最宝贵的东西。乐伯似乎洞察了柳鸣的心思，眼神很微妙地动了一下，那神兽也似乎跟着动了一下，柳鸣愈发奇怪，它咋能通晓？也许是自己心虚吧！不过呢，柳鸣见识过那神兽的厉害，便也搁置了那份一闪即逝的窃心。好在只是想想而已，并未有丝毫的行动，否则在乐伯面前就太丢脸了。

壁画的尽头豁然开朗，一片村落出现在了眼前，大家来到一块大大的土坝，坝子上有很多人聚集，多是妇孺，朱莉也在其中。朱莉不是去读大学了吗？怎么会在这里？柳鸣真是有些纳闷。朱莉闪着那双美丽的大眼睛来到柳鸣面前，和乐伯打招呼，同时也打量令她倍感惊奇的麒麟，但很快就融入团队。原来她正处于实习期，在此研考一个古瓷遗址。一个文物贩子被查到后交代，村子里有一个商代古瓷器窑子，她便申请来这里了。

人群中，一个拄着竹杖的老妪正与另一个守着碎瓷片地摊的老妪在理论。只听守摊老妪说："李来芳，你们家是不屑这些的，你们有谷米、有牲口，不像我家要这些碎片子去换粮食。"李来芳却说："王素芝，这些是老祖宗留下来的，是几千年的古物，要好好保护起来，今后搞旅游开发。你家长顺好脚好手的，要找粮食，自己多下田去干。"

这些人穿着都很原始，像用麻布织的衣服。那叫李来芳的人像是这群妇孺的首领，不知她先前说了些什么，但朱莉说了，那是她给她们做宣传，不要去挖掘古窑，更不能去敲那洞中的壁画来卖！那路上碰见的男人正是那守摊妇人王素芝的丈夫姜本福，不过夫妻俩并没有盗卖瓷器，那花瓶是他们祖上传下来的。

乐伯听了后，走到老妇人面前，抓起几块瓷片看了看，又放回到老妇人摊上，王素芝见乐伯身边的神兽十分害怕，乐伯说："不怕不怕，它不伤人的。"乐伯问她："要多少钱才卖？""一个铜钱吧！""现在用人民币了咋还用铜钱呢？"乐伯说。但那王素芝却说："就要铜钱。"乐伯便道："那我就给你两个铜钱吧！"不过乐伯接着说："这些瓷片让它回到原处比放在这里更值价，它可能要值百个铜钱甚至千千万万个铜钱。"这下所有的妇孺都有兴趣了，乐伯说："你们都要爱护那洞中的壁画，那是祖宗为你们留下的宝贵遗产，到时候会有很多的人为你们送钱来。"大家都觉得乐伯可以信服。特别是那位拄着竹杖的李来芳深深地向乐伯鞠了一躬。守摊的王素芝也收起摊子不卖了。

在李来芳的迎接下，乐伯他们终于进了村。

村子叫红宝古村。这样的村名已很有诱惑力，朱莉说："红宝古村的古村二字好理解，说明该村源远流长，历史悠久，而红宝二字就特别有意思了。后面有一座叫麻琢岩的大山，山峰酷似牛心也被当地人称作牛心山，山下有一条神秘的河谷汇集着无数条溪流，叫作大洞河河谷。其中一条却是红色的沟岸，听来芳老奶奶讲，牛心山中有宝藏。"听着朱莉的介绍乐伯不时微笑着点一点头。

进了村子，李来芳便安排人员接待乐伯一行，她给那些妇女们讲村里来了贵人，要大家都拿出好东西来招待。果然，你家抓瓜子、他家拿鸡蛋，就连那个与李来芳争执的王素芝也端来了热气腾腾的茶水。

乐伯很感动，但求她们不要麻烦了，并向她们告别要继续赶路。乐伯最后问了一句："村上的男人们呢？"来芳说："他们都到山外的大田里种谷去了，说是一个仙人送他们的，还喝了仙人赐给的酒，壮了精神。"听完这话，乐伯充满了春风般的微笑。

突然一声鸡叫，柳鸣的梦便醒了。

柳鸣讲完这个梦，乐伯也听呆了，原来这些事既像他曾经在非洲的经历，又像他祖宗传给他的一些中国故事。

他感触道："许多关于人生的感叹，都把梦当成是一次次的起始和归结，一切的美好都由梦而萌发。几年前的世界，户外运动公开赛仅仅是一个美国富人发起的运动项目。现在却成了各国助推地区旅游行业、扩大城市影响力的一种手段。这便是户外运动梦的延伸。"

柳鸣点了点头："你说得太对了，咱们政府已把中国龙县户外运动公开赛作为国际户外运动的第一大赛事来抓，你来得也正是时候。"

"一个成功的山地户外运动竞赛，无论在哪个地区举办，其国际影响力都会跨越地域性，这个地区本身会因为这场比赛而被赋予国际、年轻、健康、快乐的时尚符号。千年造化的龙县山水，借此一定能一鸣惊人，展现不凡风采。"乐伯看了看远方，又转过头来为柳鸣做着补充。

"是的，应该说，龙县山地户外运动的展望，一定会开拓龙县的国际眼界，也会让参与它的人们开拓山地户外运动本身的眼界，因此，你们的到来必然是龙县地方风物及体育精神的归纳与提炼，是一次城市价值的评估与重置。"柳鸣非常肯定乐伯此行的作为，对龙县的梦想及自己的使命充满信心。

"如果资源整合布局与谋略符合我们寻找的目标，应该会有这一天的分享与超越。"乐伯也憧憬着。

"龙县政府的决心很大，他们在努力耕耘与发展，也想筹办一场大赛，把龙县国际山地户外大赛提升到世界第一大山地户外赛事的高度来谋划。"柳鸣道。

"'龙县第一'这是一个不错的话题，借势举办首届国际山地户外运动会并做系列策划，将会有不凡的影响。"乐伯握了下拳肯定道。

"这种提法，会不会令你的对手方奇不愉快呢？打造'龙县第一'就是龙县凌驾于竞争对手之上并且具有无可复制的识别力。"柳鸣有些担心，提出了他的意见。

"不会的，我们邀请的队友不只是方奇，再说他更喜欢别人用'第一'来挑战他。"乐伯解释。

"他一定很强大，有着你们美国人鹰派的不可一世。"

"借着'龙县第一'承担起传播世界户外山地运动的责任，不是很好吗？"乐伯以反问的方式作答。

"因为'龙县第一'就是影响世界户外运动的噱头，它只是一个载体而已，同时，'龙县第一'，更是吸引合作伙伴参与龙县城市开拓的价值。"柳鸣忽然被乐伯的话所启迪。

"那朱莉是谁呢？"乐伯突又接到了刚才柳鸣讲的那个梦。

"那是我的媳妇，在文化馆工作。"柳鸣赶紧回道。

"想她了吧！"乐伯瞟了一下柳鸣，开他的玩笑。

"是的，出来也有些日子了。"柳鸣笑笑，问乐伯："你呢？也想你的夫人了吧！她一定是位美丽的女老师吧！"

乐伯道："她是我的一位大学同学，有一个诗意般的名字，叫苏丽雅，喜欢动物，在美国的黄石公园工作，常年和她的研究团队生活在野外。现在，她正在赶时间做一个'北美灰熊与人类'的课题研究，还带了两个博士生。"

"她也是亚裔吗？"柳鸣有些好奇。

"她是白人，流着英格兰人的血液，是英国的留美学生。她的好学和她的科研项目很受麻省理工学院的肯尼迪教授的喜欢，因此，毕业后，她便留了校。"乐伯的脸上洋溢出幸福。

"她很漂亮吧！"

"她是当年的校花，那双美丽的蓝眼睛，以及文静的气质和丰富的学养，使她成为大学里许多男孩的梦中情人。小伙子你满意了吧。"乐伯打趣，柳鸣倒是不好意思再探话题。

·第九章·

　　提起夫人，乐伯自己收不住话了，只见他两眼放神，泛着幸福的光芒，滔滔不绝地讲起了他的罗曼史。

　　"那是麻省理工学院大四年级学生联合组织的一次山地户外运动，就在校外的一座山上举办，苏丽雅报名加入了我们的团队……

　　"在一个穿越溪流的赛段，苏丽雅走在中间，我就跟在她身后，忽然，她一声尖叫，脚下一滑，被一个浪头卷了出去。面对这突如其来的状况，我没有丝毫的犹豫，闪现的念头便是赶紧救人。看似齐腰的溪流，流速甚急，想快却使不上脚劲，我索性顺着急流奋游而下，眼看苏丽雅就要冲到瀑布的滩口，便不顾一切地飞扑过去。

　　"就那千钧一发之际，我抓住了她的大腿，使劲地往回拽她，虽然隔着运动裤的布料，但温热而紧张的气息却瞬间传遍了我全身，或许把她拽痛了，但我又不敢松手。要知道这是我第一次碰触到一个心仪姑娘的身体，既有些不好意思，又必须果断出手。更何况是如此勇敢而漂亮的姑娘，救她算是我的幸运。

"那时，苏丽雅也顾不了矜持了，她挽住我的脖子往回游。我们没有想太多，只为了尽快上岸，非常默契地配合着用力划水，我的臂膀就仿佛是她最安全的依靠，而苏丽雅温热的体温及她身上散发出的芳香正沁入我的心脾，很快我们便游过了深水区。

"水已不深了，完全能踩河床走路了，苏丽雅才羞红着脸松开了我的臂膀。其实，我在想河面为何不再宽一些呢？这样苏丽雅在我的臂弯里能多待一会儿。

"这时，队友们已过来接应我们上岸。苏丽雅也是一个好强的姑娘，全身湿透的状态下仍然坚持完成比赛，幸好已是末尾的赛段。虽然比赛输了，但我比赢了比赛还要兴奋，鼻子好像还能闻到苏丽雅身上的芳香。

"比赛结束后的一个星期天，苏丽雅邀约我一同散步，顶着清晨的阳光，她换了一套橄榄色的连衣裙，更显秀气端庄，美丽动人，在校园安静的林荫道上她伴着我小鸟依人般慢行，羞涩而甜蜜。我本来是一个外向型的人，面对她的垂青，竟一时张不开嘴。

"还是她先开了口：'那天，你为什么要救我？'

"'这个时候谁都会救的，我最近，所以是我的运气不错。'苏丽雅脸红了，我也有些脸红，不知道答得对不对。

"'那一刻我真有些慌了，你晚来几秒，或许我就下滩了。'苏丽雅蹙了蹙眉。

"'不会的，你若下去了，我便跟着下去，当时就有这种想法。'说完这话，我轻轻捏了捏丽雅的秀手，像在展现自己的勇敢。

"'哦！若真下了滩就不好了，我水性本身不好。'苏丽雅搂着我的胳膊，把头靠了靠，带着些庆幸的腔调。

"'哈，我不知道你水性差，那幸好就在那一瞬抓住了你，不知抓痛你没有。'此时我想起了当时用力有些过猛，所以想问问她。

"苏丽雅脸更红了，但她却说：'那时就慌了神，没感觉到。'

"就这样我们慢慢打开了话匣子，走着走着，前面出现了一个牛排档口，我们二人要了一个靠窗的座位相对而坐。

"服务生拿了菜单过来，苏丽雅将清澈明亮的蓝眼睛转向我，那满是温柔的目光像在告诉我：坐下来歇歇并享受一点美食吧！我点了牛排又要了两瓶啤酒、两块面包。在牛排还没有上来之前，便将啤酒瓶的盖拉开，插上一根吸管递给苏丽雅，又将面包递过去，我的动作流露着绅士的潇洒自如，然后又自己拿了一块，也开一瓶啤酒拿在手上。就这样我和她对视着饮了起来，一双亚裔的眼睛与一双蓝色的眼睛开始了碰撞，像两束电光交融。

"当我们还在彼此专注时，香喷喷的冒着热气的牛排来了，我拿起盘子里的小刀将又酥又软的牛排切下一块放在小盘子上，又浇上一层奶油，再递到苏丽雅的面前：'来吧！尝尝这源自澳洲的盖特美味，一会儿我们再点巴西烤串。'苏丽雅看着我的举动，而我总怕哪一点做得不完美，显得不够绅士。服务生又为我们点上两支蜡烛，在烛光下两个人的脸庞散发着红润幸福的光，尤其苏丽雅细白的皮肤在烛光下更显柔美光滑，像月光投洒在徐徐的流波上。

"我们慢慢地享用着牛排，慢慢地饮着啤酒，彼此欣赏着，随意地聊着天儿，不想被任何人打扰。之后，我们去查尔斯河划船、晒太阳，不知不觉间便玩了一整天。临近傍晚，苏丽雅要回校了，我送她到女生公寓，见到苏丽雅关上门后，我跳了起来，又情不自禁地甩了一个响指，奔回了自己的公寓。"

乐伯一口气叙述了他和苏丽雅之间英雄救美的金玉良缘，听得柳鸣如痴如醉。

"当晚你吻她了吗？"柳鸣带着诡笑，仍不满足似的探问。

"很想，但怕苏丽雅觉得轻浮。"乐伯很诚实。

"其实，你们西方人挺开放的。"柳鸣补道。

"哦！那夜真美，我想第二次约会时争取机会吧！"乐伯道出了当时的想法。

"她接受了？"柳鸣似要打破砂锅问到底。

"嗯！"乐伯回应着点了点头："那是在一个舞会上，是我约她去的，可以说是世界上最美的舞会。好了不说了，得赶上今天的行程。"乐伯及时收住话题，与柳鸣的早餐就这样在美好的回忆中度过了。

"哎，你们是乐伯团队？我是接你们的司机卓娅。"这声音柔美而声调有别，明显是一个中文不好的外国姑娘在向刚吃过早饭的柳鸣他们打招呼。

"是的，我叫柳鸣，乐伯团队的向导，我们正准备下楼呢。"柳鸣循声望着从楼下奔上来的姑娘。

那是一个飘着长发、闪着蓝眼睛的漂亮女孩，二十四五岁的年纪，浑身充满青春朝气。她向柳鸣大方地介绍着自己。

卓娅是俄罗斯人，可谓标准的东欧美女，她本是北京体育大学休闲体育专业的留学生，专修户外运动，特喜欢骑自行车，她和她的男朋友梁生辉都是校园自行车队的种子选手。今年来到龙县喀斯特公司实习，当她听说美国亚裔人乐伯来中国的相关消息后，专门找公司负责人软磨硬泡要做乐伯一行的服务志愿者。

喀斯特公司也正在酝酿成立一个专门的工作机构研究山地运动并与文旅委的方案尽快接轨，拟通过参与举办户外运动公开赛规划方案，进一步带动地方旅游业的发展，壮大公司的经营，扩大企业的国际影响，诸多地方正与文旅委朱大安团队及乐伯团队的想法一致。但龙县相关经验并不充分，乐伯自发来龙县寻找理想的户外运动基地简直再好不过。公司在不影响乐伯意愿的情况下，想要尽可能支持其考察工作。见这俄罗斯姑娘如此大方热情，很是感动，便欣然同意其前往。

楼下，一辆中巴车已等候在宾馆门前，乐伯等人已换上了休闲的运动装，正准备开始今天的行程，没想到有这么一个姑娘来接他们。

汤姆收拾好行李，一行人便上车出发了，乐伯坐最前面一排，汤姆与柳鸣坐第二排左右位子，方便柳鸣探身与乐伯、卓娅交流。中巴车后排拆下了几排座位，这样麒麟或站或卧都不成问题。这辆车是地方政府专为乐伯一行准备的，除了乐伯等人步行计划外，将陪伴他们走完所有行程。原来柳鸣已事前向朱大安作了汇报，上级部门认为乐伯将给当地户外运动发展带来极大助力，决定加大支持力度。

一上车，卓娅便与乐伯聊上了："Mr. 乐，来中国可愉快？"

"很愉快，尤其今天。"乐伯很懂得幽默。

"你来自美国哪个州，我可熟悉美国地理了。"

"怀俄明州。你去过美国吗？"

"去过，就去年的暑假，去了休斯敦，去看姚明打球。"

"哦！巴克利吻驴屁股那场，你去了？"

"去了，哦，你也在？"

"可惜我们不认识，不然我请你吃牛排。"

"呵呵，真有意思，看了人家吻驴屁股后，我们去吃牛排，那还真爽。"

"当然。"

"太巧了，我们居然在同一场地观过赛。"

"世界太小了，随处都可遇见。"

"是的，哪怕不在同一半球的二人，也有相见的一天。"

"啊！有趣，你是俄罗斯哪里的人呢？"

"伏尔加河上的喀山，那儿很美。"

"那儿曾是喀山汗国。"

"不过我现在是中国渝州人了，那儿已成了遥望的故乡。"

"因为中国小伙子吧！"

"是的，他还在北体读博，他喜欢我唱《喀秋莎》。"

"你或许流着伊凡诺夫家族的血液吧！"

"你好厉害，对俄罗斯文化都这么了解。"

"我猜的。"乐伯显得如博学鸿儒一般。

"看来我们还有聊不完的话题，等有机会专门找个时间喝茶吧。"卓娅像知音般留着聊天的空间。

就这样乐伯与卓娅便一见如故了，他们的聊天竟没有代沟。

卓娅有说有笑，调节着一路的心情和气氛。车沿着一条公路向一座翠绿的大山行去。

柳鸣原以为乐伯到了芙蓉洞，会趁势去芙蓉湖、芙蓉江峡谷寻找他心中的基地的，但他选择了折返县城走向仙女山。当乐伯决定向仙女山方向出发时，柳鸣才知道自己的想法与乐伯没有同步。随后，柳鸣明白了乐伯的想法，半月来的水路已见了乌江的大气与豪放，这下要去领略大山的雄浑与壮美。

而此时的乐伯却在联想着梦中的"佛与湖"或是"湖与佛"的山水关系，从乌江到芙蓉洞，他见识了一幅幅绝美的画卷，但还没有找到心中的那片桃源，所以他决定改向山川探行。

很快，乐伯一行便来到了天生三桥大门前，只见门边一块硕大的指示牌：景点正在维修，游客转其他景点，由此带来的不便，敬请原谅。下置喀斯特公司三桥办。旁边值守的门卫摆着手，示意车辆不得入内。

乐伯见此有些懊恼："哟！真不凑巧，我们进不了门了。""咯咯咯……"卓娅却笑了起来，然后她将驾驶台的一块"工作用车"的牌子翻了过来。原来景区维修只是不便接待游客，并不影响乐伯一行的考察。如此大家便十分顺利地走进了一个幽静的世界。

景区大门其实处在一个山崖边，环视周围，怪石嶙峋，古木虬髯，别有一股苍莽原生之气。透过崖边林木，隐约可见左右两边是一空旷谷地，下临深渊，大家正行走在一个似山体空了的岩体上。乐伯想这或许是天生三桥的某一座桥顶了。柳鸣猜到了乐伯的想法，便道："这正是天生三桥青龙桥的桥顶。"

因正门下方通道正在修造电梯，卓娅与工作人员交流后，引着大家至侧边一条小路通行。穿过一段密林幽径，一个山洞出现了，洞壁上刻着"药王洞"三个字。这是一条天然形成的隧道，洞高二米余，洞宽一米许，弯弯绕绕，曲径幽深，麒麟亦能顺利通行。洞内时有滴水，落在脖颈上凉飕飕的。洞中已配合钟乳石的形态设计了彩虹般的灯光效果，显得既自然又神秘。

行约二百米，一丝自然光打到眼前，大家一齐涌向山洞的出口。

"Wow！Wow！Wow！哇！哇！哇！"汤姆惊奇地叫了起来，出口外是一块断崖处的平地，也是一处不错的观景台，往下俯观，下面的地貌形如天公雕琢镂空的"支"字，无比宽大而深邃，占据了山谷巨大的空间，"支"字横笔及"又"字的交叉点恰如三道凌空而驾的天然石桥，其余的空隙为空谷与桥下的孔洞，它们相互贯通。乐伯屏住了呼吸，扫视着这无比震撼的人间仙境，然后，又回过头来看大家的身后，见这穿洞的岩峰凌崖高耸，山形酷似雄鹰，乐伯正站在鹰的鼻孔处张望。

卓娅却是又蹦又跳地不断指点："哦！那儿好看，一道白练从山涧飞下……哦！那儿好看，一对黄鹤飞进了烟霞……"弄得大家一阵惊喜一阵好奇。

一条石梯路顺左壁的山崖而下，大家边走边看，不急于赶路。他们像在脱离人间世界，遁入深谷，向地球的心脏靠近，而身后那山鹰随着距离的拉远越发完整越发神似，像要展翅高飞。他们从它的鼻孔处沿脖颈、翅膀慢慢下滑到脚底，再回首，顿见一座天然的巨型石桥飞天而架，起先看到的翠绿山峰就若桥上镶的一颗彩珠。沿桥洞远看，见洞中另有一桥相连。除柳鸣以外，大家都万分惊奇，仿若走进一个由石桥撑起的天地。

这时，天已收成谷口，形如一个脸谱，乐伯说："像某个艺术大师。"卓娅说："这儿的景致或许就是他雕琢的。"

与其他人的观感完全不同，乐伯他们只是感叹而做出一些形象的比喻。而其他游人第一次看到那收拢的天口总是高声呼叫，唏嘘不已，似把那口子当成了仰天的口哨来吹了。乐伯打了那比方后，再没有发一点声音，或许因乐伯无声的缘故，汤姆便也没有一点声音。柳鸣不知道这一点怎么理解，也许乐伯真正被这鬼斧神工的大自然给吸引住了，也是真正地震撼到了，就像见到了他的苏丽雅，既让他怦怦心跳而又让他安静下来。

此时的乐伯在脑际间突然浮现了他的好友兼对手方奇的身影。原来刚看到的山鹰峰，让他仿佛见到了对方鹰队强大的影子从天而降，从那鹰峰岩上飞身而下，扑向他的队员，而他的队员们来不及应战，一个个被击倒、呻吟……

"嘿，乐伯，你累了吧！坐下来休息？"柳鸣注意到乐伯神情有些凝重。

"哎！我们继续走，这真是漂亮，景区的级别很高吧？"乐伯定了定神回应道。

不等柳鸣回话，卓娅便不无兴致地解说道："天生三桥是世界自然遗产核心景区、中国5A级旅游区，也是国家地质公园，属典型的喀斯特地貌景观，形成于距今五十万年至三亿年间，皆由三叠系的石灰岩组成，具有雄、奇、险、秀、幽、绝等特点，是中国乃至全世界罕见的地质奇观生态型旅游区，被探险专家和地质专家赞为'地球遗产，世界奇观。'当年威宁他们专门来这里待了好几天。"

"哦！太棒了，你知道的这么多。"汤姆在一旁表扬。柳鸣也向卓娅点头并比着大拇指。

"此行我备足了功课。"卓娅笑了笑，又接着她的讲解，景区以天龙桥、青龙桥、黑龙桥三座气势磅礴的石拱桥称奇于世。三座石桥桥高、宽、跨度分别在一百五十米、二百米、三百米以上。"

"了不起，如此高大的三座天生石桥实属罕见，当为世界稀有。"乐伯顺着卓娅的介绍感叹道。

"是的，这是世界上最大的天生桥群。"卓娅肯定地抿了抿嘴。

"这天生三桥如三龙的化身，龙县亦因此而得名。"柳鸣补充道。

大家边走边听，见桥群四壁林森木秀、峰青岭翠、纵横交错、悬崖壁立，桥底却绿草茵茵、修竹摇曳、流水穿石、鸟语花香，心情特别舒爽。尤其见"三桥"凌空、"舍身崖"高耸、"望峰石"远眺、"绿茵塘"深邃、"仙女洞"神秘，景致连绵，引人入胜，使人流连忘返。

这时，离乐伯等人不远处，一部手机响了起来。

"'蝴蝶'，'蝴蝶'，你还好吧？"身处加蓬的胖子在湖边的岩石上架好鱼竿后，拨通了电话。

"很好的，我也跟着他们游山玩水了。""墨镜"站在一处桥头的角落里边看乐伯他们行动，边接着来电。

"忘记了正事吧！"胖子有些戏谑地说。

"没有，都一程一程记着呢，他们也很有趣，与一个俄罗斯姑娘见上了。""墨镜"说得很认真。

"更有意思了。"胖子耸着肩。

"她好像是留学生，后来加入了中国国籍。"

"好的，伪装好，不要暴露。"

"当然，我是一个很虔诚的游客。""墨镜"很自信。

乐伯一行正忘我寻找着梦中的基地，丝毫没有注意到身边有一个强大的组织心怀不轨。他们要干什么呢？中国警方有察觉吗？这些都是未知的谜。

在一路温馨徜徉的过程中，卓娅用她那特有的嗓音及俄式中文韵味，又给大家做着滔滔不绝的诠释。

"这里的山、水、瀑、峡、桥构成一幅完美的山水画卷，我们游历于山水之间，不仅可以观赏到优美的自然景观，而且可以让我们忘却尘嚣陶醉于仙境。"

"妙、妙、妙，说得好！"汤姆不禁鼓起了掌。

下面的路正在加宽铺设，柳鸣告诉乐伯："地方政府的建设力度正在加大，不光注意高质量高品位地打造景点设施，还提倡全民保护一花一木、一鸟一石，做到人与自然高度结合，融为一体。现景点已安装电梯，加宽人行步道，方便游客的游览。"

乐伯道："中国政府已经走在前面了，这大山大川与人类和谐相融，向全世界人民展示它的美丽，是当下各国发展地方经济的新热门，如果让山地户外运动在此扎根，开展竞技项目，再合适不过了。"

说话间，一个古驿站迎面而至，飞檐翘角，青砖灰瓦，正落在山鹰崖壁的根部。一条之字路与驿站相连，绕向古宅背面，穿山鹰胯下延展而上，那胯部便是三桥中最高的一座——青龙桥。连于青龙桥右侧的便是天龙桥，沿驿站左侧顺谷而出约三百米开外连着另一座桥——黑龙桥。

就在这时，山谷间传来一阵阵水流的激荡声，似风送雷鸣，直捣耳鼓，众人循声望去，只见左岩半壁上一股水桶粗细的暗河飞泻而下，一路击出写意般的水花水雾，而风与水交欢的"哗哗"音响，绵延不绝，震响于空谷，待以为消失在岩峰后背时，它又婉转回头顺着相通的青龙桥桥洞向下游缓流到黑龙桥处，再加快流速跌石而下，腾起龙吟虎啸般的出谷气势。在水流过沟壑地带的险要处架有人行拱桥，与落座三桥底部的古驿站，构成了真正的小桥流水人家，平添了与世隔绝的幽深及悠远横秋的古韵。

柳鸣与乐伯等人仿佛行走在古丝绸之路或古盐茶之路过往的时空深谷，若在麒麟的项上挂上铃铛，就恰如世间独有的神兽帮队。除柳鸣、卓娅外，其余的人都深为诧异，这深谷之中何来如此古宅？

大家虽说走得不紧不慢，但也有些口干舌燥，便进了古宅欲找些水喝，正见一老者在烧水煮茶，准备送往洞外的施工工地。

柳鸣忙上前招呼："水桶给我吧，这儿过去不远，麻烦您老给他们倒些热水吧！"老者见乐伯一行，已明白二分，他早听人讲过乐伯一行来龙县的事了。他将手头的茶水桶交给了柳鸣，热情地招呼大家落座，也取了盆盛了不少水给麒麟。老人看上去七十出头，腰板硬实，精气神特好，讲起话来中气十足。乐伯选了一张临窗的方桌坐下，看着老人利索的动作，暗中佩服其身体的健朗。

这时，房壁上一件东西引起了乐伯的注意。这是一条一端扣着铁钩的绳子，已挽折成一捆，绳端作腰箍拴了几圈，然后拧了一活扣，若将绳子挂于高处，将活扣一解，绳子便会顺利打开。这应该是攀登山岩所用之物。乐伯心想，老人一定是个攀岩高手。

·第十章·

　　这房屋与主人似乎都笼罩着一层神秘的色彩。待老人将茶水沏好后，乐伯问道："敢问老人尊姓大名？"老人说："免贵姓虎，名虎跃。""虎老伯，能给我们讲讲你这宅子的来历吗？"老伯见乐伯如此谦虚又称他老伯，笑呵呵地说："今天不忙，我就给你们讲讲故事吧！"

　　过去，山里的货物主要从乌江水路出入，乌江沿岸山民的生活物资又靠马帮和人力搬运，相传自唐代始，每行五十里便有歇宿的站点或铺子，久而久之，人口逐渐集中便形成商贾集市，又由官府设为驿站。但这里前不着村后不着店，大有"一夫当关，万夫莫开"的深沟峡谷之险要，设此驿站，实为稀罕。

　　传说很早以前，有一个叫虎姜的青年，跟着药王许林春学医，因为体健力大、身手敏捷，又有攀岩如飞的本事，所以他常在悬崖峭壁上采下名贵药材，协助药王救治了许多危重病人，因而深受药王一家人的信赖。许林春老婆过世得早，他身边仅一个女儿陪伴，后来收了虎姜为徒，便一同在白果铺开了个草药店，日子倒也过得风顺。尤其是虎姜的出现，让许林春美貌如花的独生女英莲情窦初开，而虎姜也深深地爱上了聪明贤惠的英莲。二人同在许林春的教诲下学医行医，望闻问切，救死扶伤，而且取长补短，医术不断精进，感情也日益加深。作为师傅的许林春看在眼里，喜在心里，想的是有这么个徒弟做未来的女婿，自己这把老骨头算有了依靠，对故去的老婆秋妹也有了交代。可就在虎姜、英莲都沉浸在美好向往中的时候，镇上一家财主儿子看上了漂亮的英莲，财主便找人提亲，但许林春父女早把心思放在了虎姜身上，一口回绝了亲事。

财主仗着财大气粗，派人强娶。许林春为保护女儿，和强娶的人抓扯了起来，被财主的家丁一刀刺中昏死过去。眼看着英莲就要被财主儿子掳走，虎姜终于采药归来，奋起拼搏，他不畏强暴，勇敢拼杀，很快将家丁及财主儿子击倒。剩下两个伤兵见主子被打死吓尿了裤子，慌忙抱头鼠窜而去。

这时许林春苏醒了过来，要求虎姜和女儿快快离开，并断断续续对虎姜交代："姜儿，你要照顾好英莲！"说完一口鲜血涌出，老药王闭上了眼睛。英莲哭喊着："爹爹，爹爹……你不能丢下我啊！"虎姜叫着："师傅，师傅……你不能走啊！"情急之下，虎姜一把将师傅背在背上，拉着英莲，乘夜飞奔而出。转过两个山湾后，他将许林春的身体藏于一个山洞，然后与英莲趁着月光，又逃十几里山路，躲进了这深谷之中。

当晚，透过桥洞可见远处的山边有不少的火把在晃动，并不断有犬吠声叫起。二人选了桥下一处干燥的岩穴住下，这是虎姜与老药王曾经采药住过的地方，留有一些柴火，还有用过的三石灶，是个理想的藏身之处。二人将原来留存的一些柴火架在三石灶上，生火取暖，由于地处深谷洞中，外面看不见火苗，亦算安全。

英莲紧紧依偎在虎姜的怀中，虽暂得喘息，但一想起老父亲的死，又悲上心来，泪珠不断地往下流，并越哭越伤心，叫着："爹啊！你没享到一天福就去了，你好可怜啊！姜哥哥，我们咋办啊！"那声音异常令人心痛，虎姜抱着悲伤的英莲，既揪心又悲痛，也一行泪珠滚落，但他马上擦干眼泪，不让英莲知道。他已在心里暗暗下决心，要给自己心爱的人撑起一片天，要让老药王瞑目。

天明后，二人烧了些土豆、红薯充饥，又到附近村子购了一口棺材，将老药王入棺，藏在那洞中一个靠顶的岩穴上，跪拜后才离去。

之后，虎姜、英莲便在深谷里搭草棚住下，在谷底种草药为生，并生儿育女，过着自由自在的生活，那时这深沟峡谷，很少有人光顾，因此只有虎姜、英莲夫妇出没在人迹罕至的幽深小路上，偶尔将草药背出山外换回生活物品，衣食倒也无忧。

贞观年间，因为山体滑坡，通向前面的火炉铺路道中断，一伙探路人从深谷中探路而来，发现了虎姜一家人，甚为诧异。这时虎姜已是老药王的岁数，本已隐姓埋名，虎姜与英莲也是儿孙满堂，过上了安定日子。过路人等也不知过去的事，只管考察路线，见此处虽然陡峭闭塞，但若组织人力修凿，定可缩短原路数倍的距离。本来，很早以前就听人说过此路可开，但崎岖陡险，又怕土匪出没，宁可绕道，也不涉足。现正处大唐盛世，社会相对安宁，又遇外路中断，所以官府便派地方官吏来探路改道。深谷发现人居的消息也一并传到官府，当时一个名叫武洪的举人来此当县令，得知此事后，亲自到现场查勘。见这里位置特殊，地处要冲，既可节约官文传送时间，又可做必要时的避难所，可进可退，是设驿站的好地方，便将此事敲定。

虎姜曾上街卖药，听集市上的百姓传闻该县令为官清正，便将六十年前的事一五一十向县令说了，县令听罢不但没有怪罪虎姜，反而说虎姜除暴安良，应敬为英雄。这驿站由官府拨银两修建，并将虎姜的旧房改善，还安排几名兵丁把守，负责维持过往秩序和处理异常情况。虎姜的孙子虎正也被招入驿兵队伍。

如此，虎姓子孙便在驿站代代繁衍，其医术也一代代传了下来。第一代老祖虎姜去世时定了一个规矩，除幺房子孙留驿站守老业，就地传宗接代外，其他子孙均可外出开药铺做生意，弘扬虎家医术。到了清代，虎家已在龙县各地开了不少药铺了，其中办得最好的要数信宁古镇的和平药房。那是信宁李姓一家开办的，特邀虎家一长房子孙做药房掌柜，生意十分红火。后来，在李家三弟李铭煊支持下，虎家医术还被推介到洋水龚滩一带设号行医。

"到我这一代已是第五十代了，但代代不忘草药传医，扬我国粹，这壁上的玩意儿便是我年轻时用过的，现在孙子已接替我了，不巧，今天他出去采药去了。"约一盏茶的工夫，大家在驿站听完了这段传奇故事，犹如穿越了一段奇妙的时空。乐伯、汤姆已听入了神，那麒麟也似能听懂一般摇头摆尾、神态兴奋。而乐伯在兴奋之余，起身向虎跃老人深深地鞠了一躬，并意味深长地道了声："有机会要再来看您老人家。"虎老伯也不禁多看了这位中年人一眼，似有某种情感碰撞。

正当他们告辞时，柳鸣也正好赶回来和大家会合，一行人便穿黑龙桥而出。

行至桥下，卓娅兴奋地跳起来："你们快看，九天落下的珍珠！"她一边用手去接那半空掉下来的水珠儿而陶醉，一边又指着那泉眼及滴水的沉积物大赞好看。

只见桥腹洒下颗颗水珠，在阳光下闪着七彩之光，迷幻无穷。离那洒下水珠不远的右桥端半壁处约百米的地方流出酒杯大小的山泉，泉口两侧附生着长年累月积下的青苔及钟乳石，尤显大自然的生命蓬勃和诗意灵性。

"那儿有只猩猩在望着我们。"卓娅指着一处岩石惊呼。

"太形象了，它那双眼睛多么深邃。"汤姆也呼应道。

"啊！真是的，看着是婆罗洲的红毛猩猩。"乐伯如此赞美。

"大家再仔细看，那嘴巴里仿佛衔了个人。"柳鸣指了指。

"还真是，那人在动呢。"乐伯也看清了。

仰望上空，见一酷似"猩猩"的岩头俯望而下，一双洞眼似两个深邃的猩目，正与大家对视，那猩目下方的鼻子、嘴巴亦活灵活现。真叫人难以置信，世间竟有这般神似动物的自然景观。

突然，从猩嘴飞下一根绳索，几个人本就惊奇，见其如丝抛下时，立即警觉起来。这时，一个人影好似蜘蛛一般从洞眼处弹出，然后顺着丝线呼啸滑下，其速度之快令人瞠目结舌。但见那影子在离地约二十米的地方忽然减缓，是绳上人在腿脚间一挽，瞬时控制了滑速，随后缓速滑至地面。

　　大家终于看清了来人，身高一米七余，二十六七岁，浓眉大眼，肤色黝黑，透过衣裤亦能看出如铁一般结实的身体。来人穿一身迷彩服，背上背篓里有几株带根的草药，还有几块刚割的蜂巢。

　　下到地面后，那人离乐伯等不过二十米距离，并未搭话，放下背篓后，迅速地向不远处的岩边走去，前手抓住一个石桩纵身一跃，身轻如燕般上了三米高的岩屯，将一头挂着绳子的铁钩从缝隙中取出并抛下地来。然后，又倒转身用手扣住刚才扭过的石桩，并轻松一跃又燕子般落到了地面。

　　年轻人这才拿起带钩的绳子一端一阵猛拉，绳子"窸窸窣窣"甩着尾上了刚才的洞眼，与此同时，他向乐伯等人招呼着："麻烦后退。"这时半空中一根细长的"飞蛇"，带风坠地，他也闪身后退到了五米外，绳子整个儿全部回到了地上，接着便又迅速将绳子折成一捆，如乐伯先前在驿站壁上看到的一般，然后才到沟边掬水洗手、洗脸。

　　返回来时，他向乐伯们打了招呼，当大家与他握手时，才发现他的手指与常人不同，一看便知是长期攀爬岩壁磨炼的结果。原来，这正是虎老伯的孙子，刚上岩去采了些药，还取了些蜂蜜下来。乐伯先前已在笔记本上画了一个圈，这时，柳鸣想他一定会再掏本子的。果然，乐伯掏了本子出来。到现在，柳鸣算明白了，凡有乐伯震撼的景致或人物他都要用特殊的方法记录下来，或许这些都是他要寻找的目标。

　　"你叫什么名字，为什么有这么好的身手？"乐伯上前问道。

　　"我叫虎云飞，从小喜欢速滑，在武警部队当过兵，现已退役三年。"

　　"经历不凡！你是虎老伯的孙子吧！"乐伯用敬佩的目光看

着这大山里的"飞虎"。

"你们就是大家都在讲的麒麟客人吧！见到你们太荣幸了。"虎云飞也看出了乐伯一行的身份。

"这是我们的缘分，我们会后会有期的。"乐伯特别高兴。

"欢迎你们到我家做客，你们自远方来不容易的。"虎云飞诚恳地邀请道。

"谢谢！虎老伯已和我们分享了许多。"卓娅热情地回道。

"不去家里，那也尝尝我刚采的野蜂蜜吧。"

"那太好了，跟长滩啸家的蜂蜜不一样吧。"汤姆边说边咽了咽口水。

"这个好，跟长滩啸家的蜜差不多，只不过在这里还多了些野趣。"乐伯接过虎云飞递过的一小片蜂蜜尝了一口。

"这样的美味，你们已经品尝过了呀！"卓娅有点不服气地边嚼蜂蜜边问柳鸣。

"是的，怪你跟来迟了几天，不过今后有的是机会。"柳鸣既带几分调侃，又有几分安慰。

大家尝了蜂蜜，谢过虎云飞后，继续赶路。

而在另一片丛林里的草地上，一个人正在高声呼叫："来吧！宝贝们，你们该来我的阵营了。你们在这里将继续保持你们的肌肉，将为人类山地户外运动的发展施展你们的绝活。来吧！'黑驹驹'，昨晚没被肉式震动机震趴吧！大家想看你的障碍越野跑了。""哦！出列吧。驹驹哥！"列队的士兵们一阵掌声和哄笑。方奇的员工们都聚在一起看热闹。这是加蓬奥果韦橡胶林初夏的早晨，特别清新明亮，方奇站在草坪前边临时搭的台子上，吆喝起他的"宝贝"们。台子上有一块很大的宣传牌，上面写着"方奇山地运动特训学校"。台下站着十多个刚从美国陆军特战队退役的士兵，他们应征到这所山地运动特训学校，既做竞赛队的队员又做学校的运动教练。

那被称作"黑驹驹"的人叫丹尼尔，他长得黑，脚长手壮，肌肉发达，列在队首。丹尼尔先向方奇耸了耸眉，挤了挤眼，又转过身来和队员们摆了摆手，做了个调皮的鬼脸，然后出列做好起跑的准备。只听一声哨响，他就如一匹脱缰的黑马飞越而出，眨眼便冲到前面的障碍牌前，再猛一纵，双手如猿猴般在跳板顶端边缘轻轻一搭，便翻身而过。这速度之快，令人瞠目，博得众人一片掌声。接着前面一道绳梯、一道攀岩，均在"黑驹驹"的敏捷动作中快速完成。

"'红鬼'，该你了。"第二个出场的人是一个棕色毛发、花绿脸面的汉子，只见他走到一个迷彩色的布包前，取出一根军用绳子系上一副抓钩，然后走到教学楼前，将绳子在空中一舞，那抓钩便飞上楼顶的栏杆上，再将那绳子一扯，使劲拉了拉，确定抓钩已经牢固，便顺绳子一扭，人如猴儿一般灵敏地爬了上去。"Amazing! Great!"围观的人都发出了喝彩的惊叫。方奇对红鬼的表现也十分满意。

接着，方奇叫了声："'野牛'出列，你的拿手好戏不是逗母牛翘尾吧！""哈哈哈……"一阵怪笑后，一个虎背熊腰、长满胸毛的人走了出来，就在他们列队的旁边一堆水泥电杆码在那里，"野牛"将袖子一挽，然后双手一摊，吐上一口唾沫，搓了搓，便走上前，将水泥电杆一头向上抬起，并一把把撑高，略至一半处，顺势将那厚实如铁的肩膀伸了过去，千余斤的杆子便轻松地扛了起来。众人起先都屏住呼吸在看，这本要五六人才能抬得动的东西，"野牛"能行吗？这下看到了奇迹，众人不得不一阵阵狂呼。方奇更是高叫起来："真不愧为

'野牛'，蛮劲冲天。"

"上吧！'龙卷风'！"方奇话音刚落，一个半黑半白的翘臀女人，飞身而出，她叫阿布拉汉姆，只见她背了百余斤的沙袋快速奔向山头……

事实上，这些退役的大兵们都接受过美国陆战队野外的特种训练，都是身怀绝技的高手。方奇早就盯准了他们的身体素质，一方面请他们来办学校，招收更多的学员，普及山地户外运动，另一方面是为下一场与乐伯的较量做充分准备。他知道朋友归朋友，比赛归比赛，他得要做卫冕的部署，首先就得从人员上着手。当然，乐伯在中国的情况他已通过威宁有所了解，他知道乐伯也已下决心要和他进行一场真正的生死对决。谁让他们相互之间太了解了呢。

看到这些招募来的退役军人个个都表现不俗时，他便信心百倍起来，他要拉起这支队伍进行他新的征程了。那是他为他们规划的魔鬼训练，他要针对预设的山地越野项目将这些队员调整至最佳的竞技状态。显然，这初次的表演已令他十分满意。

"黑驹驹"也如乐伯当年请来的锦林一般，身材修长而结实，是典型的非裔。"红鬼"名叫杰斐逊，是丹麦血统的美国人。那"野牛"是犹太人，名叫伯恩斯坦。还有"斑马"汉森、"驯鹿"布朗等，也都一个个健壮异常。他们从今天开始就跟着方奇训练了。方奇给他们每个人都取了个善意的绰号，像给他们贴了个标签，便于和他们逗乐，调节训练气氛。倘若乐伯在中国找到理想的山地户外运动基地，方奇就带领这支多人种队伍到中国应战。

此时，乐伯也正行进在他的计划中，他的那些符号或许已在心中编排起了他自己的密码，只是他偶尔还在叹气，那心中的"佛",究竟要表达什么,与他的行程有关系吗?它究竟在哪里呢?

来到白马山上,一块景观简介牌立在一个山崖的公路边,上面写着:"龙县白马山""中国龙县公园""创建中的休闲旅游公园""渝州最大的自然保护区、生物基因库,地处龙县西南部大娄山余脉。相传昔日有丁公骑白马到该山升仙,白马化为山峰,故名白马山。白马山主要风景名胜有银杉林、山虎雄关、城门奇观、豹岩天险、黔蜀门屏、袁家飞瀑、战斗遗址、喊鱼泉、峡门洞天……"

乐伯吸了几口新鲜空气,道:"这白马山与县境内的仙女山遥相对应吧。"

"是的,这两山遥遥相对,被当地百姓称作阴阳山,认为是白马王子与仙女永恒相守的象征,是两座代表美好爱情的神山。属中国境内以'白马山'命名的最大山系。"柳鸣说。

"还是一对爱情神山,一定有很美的故事!"卓娅兴高采烈的,少女的脸像熟透的春桃。

好久没这样走进原始森林了,乐伯心情特好,这比之非洲的原始森林又是一种味道,这种清凉、安静实在太难得了。他将鼻子一耸,又深深地呼吸起来了。汤姆也跟着耸鼻子,并顺手一指,"银杉!银杉!"那是一棵珍稀物种——银杉。如此看,汤姆对植物也还研究不少,能在异域他乡一眼识得这一珍稀树木亦是了得。柳鸣心想他应该受了乐伯的诸多影响吧!刚欣赏完银杉,路旁一株七叶草吸引了乐伯,他仔细地注视着它,又像在反复辨认。柳鸣见乐伯如此关注一株野草,有些不解。见乐伯在他的手机上搜索着,并将图像与实物比对。然后,他欣慰地叫道:"对,是它,我终于找到它了。"

乐伯为什么会对一株草药这么敏感呢？

因为他七八岁时就有这种草药的印象了，他和父亲乐方方去怀俄明州的落基山上采过这种药。

这时，那麒麟竟上前嗅了嗅，点了点首又扬了扬尾，像是也认得此草一般。

随即，汤姆用手中的棍子撬土，一个似薯类的茎块露了出来。

"这加在你今后的药里用吧。"汤姆待采好药后对乐伯道。

"是的，它很好，是中国药典里的名药，我想对我有用。"乐伯肯定道。

其他人都面面相觑，不知道乐伯有什么病，也不便相问。柳鸣想，乐伯可能对中医感兴趣，抑或他身体有恙，想用这深山中的草药治疗？也许汤姆知道其中的秘密，他在照顾乐伯的起居饮食和身体情况。日后方便时或可向汤姆问问，或许也有助于乐伯在此开展山地运动项目。

他忙向大家介绍着："白马山森林资源丰富，珍稀植物众多，属国家重点保护的植物有近四百种，其中荷叶铁线蕨、水杉、银杉、珙桐、鹅掌楸等具有极高物种保护价值。另外银杏、水青树、楠木、桢楠、穗花杉、银鹊树、七叶树、兰果杜鹃等高等植物有一千余种。已发现珍贵树种银杉五百余株，老、中、幼同堂，树龄最老的有千年以上，最大的银杉高约二十八米，树径近两米。遍生中草药材，主产天麻、黄连、厚朴、党参、三七、杜仲。遍生水果之王猕猴桃。"

"好啊，你比白马王子还要王子，你太了解这座山了。"卓娅对柳鸣的一番陈述赞道。

"哪里，哪里，得知今天行程，这是我昨夜专门背诵的。"

柳鸣打趣似的。

"真不错，用功，用功。"乐伯也竖着大拇指夸奖。

"咕喔、咕喔、咕喔……"突然麒麟高叫起来，接着"咕叽、咕叽、咕叽……"树林上空腾起几声大山雀的惊叫，同时"窸窸窣窣"地窜过一群猕猴，树叶和一些枯树枝随即掉落下来。"豹！豹！豹！"人们尚未回过神来，对面林子一个金色的花豹从大家上侧约十米远的地方闪电般穿过。原来，麒麟先有了警觉并给大家鸣叫提示，注意安全。

想必是看见一群陌生人进了领地，那花豹出来警告乐伯一行。

得此一惊，柳鸣索性又继续介绍起来："白马山还有丰富的动物资源，有大型动物三十余种，有国家一级保护动物华南虎、云豹、黑叶猴、白叶猴等；有二级保护动物小熊猫、灵猫、水獭等。有鸟类三十二科一百三十余种，有国家二级禽类红腹角雉、白冠长尾雉、鹰、鹃等。经常出没的有麂子、相思鸟、猫头鹰、猕猴、野猪、野兔等。"

"哦！有华南虎呀！我们安不安全啦？"汤姆提示道。

"不会有问题的，有的话，麒麟不会警示吗？"乐伯安慰道。

"是的，华南虎，藏得很深的，这一带常有人活动，它不会来的。"柳鸣也说道。

"哇，还有相思鸟，什么叫相思鸟啊？"看着惊奇美丽的卓娅，柳鸣道："就是那想你的鸟儿啊！""哈哈哈，知道是什么鸟了吧！"汤姆夹着半生不熟的中文反问卓娅，大家不禁一阵欢笑，一下打破林子的幽静。

"哇！不仅有相思鸟，还有故事，1949 年在这有过一场激战。"乐伯真是神人，他似什么都知道一样，他突然面向柳鸣说这么一句话。

"是的，就那场渝州解放中的战役。"柳鸣答道。

"是呀！讲讲解放军的王者之道吧！"乐伯提出了请求。

·第十一章·

　　柳鸣不无惊讶，暗想，乐伯对这座山有如此研究，一定有深厚的感情，但为何独对这座山情有独钟？

　　他来不及细想，转向乐伯道："在解放战争中，白马山以其雄奇的西南天然屏障之险要，成为当年国共之争的战略要地。

　　"其东北面悬崖陡峭，下临乌江天堑，西南面森林密布，各处交通要塞，腹部是川湘公路呈'之'字形横贯其中，当地老乡称它有'上十八（公里），平十八（公里），下十八（公里）'之险，战略地位十分重要。这在我们的来路上已经体验过了。

　　"1949年11月中旬，蒋介石为实现'确保大西南，还都渝州府'军事部署的梦想，在得知防守川湘的宋希濂部急剧溃败后，急令蒋经国持自己的亲笔信到龙县信宁镇督战，要求宋死守白马山。"柳鸣像放电影一般，对一行人讲述了一段中国近代史上鲜为人知的战争故事。

"哇！想不到，这山还有如此厚重的历史。更想不到的是你们把战场运动联想到山地户外运动中去，真是太有趣了。"卓娅说道。

一路上，乐伯对这项运动的痴迷让柳鸣非常惊讶。尤其是他对龙县人文地理的了解和渴求让他觉得这事一定不简单。

思考间，大家已步过一片密林，见前面一条清溪夹着凉风潺潺而来，那风吹进大家的鼻腔，近乎甜丝丝的，有如清润之气沁人心脾。

柳鸣道："这溪流名叫大沙河，流经黔州道真，注入白马山原始森林，全长近三十公里，最宽处十至二十米，最窄处五米左右。它像一条涓涓流淌的乳泉，滋润着这浩瀚的生物基因库。沿溪的植被繁茂，奇花异草、高山流水、天然湖泊等形成的天然风光美不胜收。"

这时，麒麟与汤姆已到溪边饮起清泉。卓娅也跟着去，遇这么好的水，她哪里肯放过。

只乐伯与柳鸣朝着溪流之上横跨的一座古桥深深地打量着。桥长约十二米、宽三米余、高七米余，全部由石块垒砌，桥头一石碑上刻"万寿桥"三字，年款乾隆四十八年。

柳鸣道："这没落的古桥虽经过二百多年的沧桑，却不失它的英雄气势和庄严厚重，站在这里，你也许会听见马帮的铃声在远去的时空中回响。"

此时，乐伯倚桥凝望，显得十分安静，仿佛真在听那时空中的铃声。

柳鸣又开讲了："据传，乾隆四十八年，年过古稀的乾隆皇帝开始第六次巡游江南。正处于康乾盛世的大清帝国：疆域扩大，国家统一，社会安定，经济繁荣，人口激增，手工业发达。这使得百姓能够安居乐业，尤其是农业生产持续发展，农民的生活得到改善。

"在这样的一种历史背景下，当地百姓为歌颂'康乾盛世'，特修'万寿桥'改善川黔通道，企盼乾隆能在巡游之际光顾白马山风光。将桥取名为'万寿'既寄望乾隆万寿无疆，也希望此桥永固万年。

"自古以来，这里与黔州接壤，两地商贸交流十分频繁，往返于黔州山与白马山的商贾、马队络绎不绝。但交通不便，极其封闭，进山出山要跋山涉水数天。特别是发源于白马山的大沙河阻断了这条贸易频繁的商旅之路。于是，进出的商贾们集资修建了这座万寿桥，使得往返渝黔两地的贸易更加顺畅，为促进渝黔人民的商贸及文化交流起到了重要作用。"

"你真是博古通今，好口才！"卓娅听了赞道。

柳鸣经卓娅一夸，又感叹道："二百多年的变迁，沧海桑田，'青山依旧在，几度夕阳红'。昔日的商贸之路，早已被飞速的机车所取代。"

这时乐伯才深情地插话道："在这青山绿水的静寂中，桥碑上那闪烁着'万寿桥''同结善缘'的古朴符号，让我们探寻到了山区交通的原始模样，以及祖先们那勤劳、淳朴的背影。"

"嗯，是的。如今，大小均匀的长形条石堆砌成的弧形拱桥完好无损，青苔爬满了石面，在丛林的衬托下，墨绿色的石桥更显古色古香。"卓娅也动情赞扬。

"来吧！异国他乡的朋友，在这'山映斜阳天接水'的地方'万寿桥'等着你。她的周围苍山滴翠，林海茫茫，百鸟吟唱，蝶舞翻飞，鸟语花香。哦，还有桥下的流水，这如同世外桃源的人间仙境会让你感慨：山美桥美人更美啊！"柳鸣像演讲者一般再一次向大家抒起情来。

继续前行，又顺山脊爬上一座峰尖，这时大家来到一座塔前。这是一座瞭望台——建于20世纪80年代，塔呈圆柱形，直径约五米，高约十五米。大家明白塔立于白马山最高处了，能登高远望，尽情欣赏茫茫林海的旖旎风光了。一个个争先恐后地上到塔顶，体验"山高人为峰""一览众山小"的诗情画意。

四周奇峰怪石，山峦叠翠，溪流潺潺，沟壑幽深。

柳鸣道："这里一年四季景色绝佳。春天，山花烂漫，处处锦绣；夏天，烟云缥缈，蓊郁清凉；秋天，层林尽染，姹紫嫣红；冬天，玉树银花，琼峰瑶壑。峰顶看云海有如置身海岛，银涛茫茫，看雪景一片净土，看日出景色瑰丽，看林浪流绿溢翠，山水秀丽，令人心旷神怡，流连忘返。"

"好！好！好！这山上四季都这么美。"卓娅又为柳鸣鼓起掌来。

乐伯接着道："这白马山不光风景优美，还像是一个集观光、度假、休闲、娱乐和教学科考为一体的好地方。"

"正是，它是一座真正的宝山。"柳鸣很赞同乐伯的观点。

乐伯又道："那盘山路，站在这上面看得更清楚了，接二连三的'之'字拐如一道九曲回肠，又像一根墨玉般的绕线，穿越着白马山的林海。"

柳鸣道："过去，此路为川黔盐茶商贸交流的主要通道。川盐经乌江运抵现在龙县的龙角古镇，再人背马驮地运往黔州的道真各地销售，并将茶叶、药材从黔州换回，又从龙角出乌江流向长江各地。"

乐伯拿出了小本子，边记边问道："你说的那块碑就在远处的那道山棱上吧！"柳鸣知道乐伯指的是那块"黔蜀门屏"，应了声："就在那山棱子的垭口处"。

乐伯感叹："先辈们真是太厉害了！"他的语调轻柔，但感觉很重，似有千钧长叹而缓缓落地。

其他人并未察觉，而柳鸣掂量了出来：我们这儿的先人怎么成了乐伯的先辈了呢？难道这个黄皮肤的美国人与龙县有什么关系？

而另一边，在县城热闹的巷口老街，人们正过着赶集的日子，只见街道上人来人往、车水马龙，各商铺门店都在忙着买卖，市场一派繁荣。

沿街那些卖五金交电的、销农药肥料的、整铁器瓷货的、售衣物鞋袜的、摆酒水茶饮的、开馆子火锅的、行医弄药的、逗乐杂耍的，总是叫买叫卖，人声鼎沸，显得无比热闹祥和。尤其那煮面条、下水饺、搓汤圆、叫豆花饭的小摊门店，人进人出，座无虚席。

这时，一个不速之客来到了一个药摊前，拿起摊上的半只"虎爪"问："你这儿竟有这么好的东西？"戴着墨镜的他倾身向着身穿半袍、腰扎黄色衬衫的摊主。

"这是雪山上来的，专治跌打损伤，要不要来一点？"摊主介绍道。

"不是保护动物吗？你们怎敢捕它？""墨镜"连发疑问。

"它是在追赶羚羊的过程中摔死的！"摊主拖着长长的音调。

"哈哈，是吗？"接着只听"咔嚓"一声，"墨镜"边笑边将手中的虎骨折断。

"干吗？你找死？"摊主"哗"的一下抽出腰间的藏刀。

"哎！别，你要我报警？""墨镜"一副满不在乎的样子。

"你，你……"摊主心知遇到了高人，识破了他用狗骨冒充虎骨的骗局，怂了，想要说什么又没说出来。

"我给你真虎骨吧！"

"你什么人？林业局的，还是便衣警察？"摊主有些发蒙，试探性地追问。

"我什么也不是，就这白马山上放羊的！""墨镜"本就装扮成了老农，这下又取下墨镜，露出了黑瘦的脸。

"你想干啥呢？"摊主将信将疑。

"我什么也不干，只想问你要不要真正的虎骨？"

"哪儿来的？"摊主被吸引了，指了指"墨镜"手中的断骨。

"不就是追羚羊摔死的吗？""墨镜"一本正经地说。

"哦——哈哈。"二人会心地笑了起来。

"什么时候交货？"摊主来了兴趣。

"不急，好东西哪有那么容易？""墨镜"显得不慌不忙，将眼镜重新戴上。

"那你说这些有什么意义？"摊主有点不耐烦。

"意义大着呢，你等我的好消息吧！""墨镜"说完，自己点了根烟，然后四下看了看，转身离开。

"那你……"未等摊主反应过来，"墨镜"的身影便已消失了。

这边，"墨镜"走到一个僻静的地方，立即呼叫胖子，报告他另一项工作的突破口。

原来，在监视乐伯一行之余，"墨镜"还在寻找组织的另一条发财路径，他们在非洲搁浅的生意，想从这东方重新开辟渠道。

"中国的市场应该是无法估量的，我已做了不少试探。""墨镜"情不自禁地幻想起了光明的前景。

"这行吗？他们不是管得很严吗？"胖子有些迟疑。

"不，他们人多，行医的，做餐馆的，弄古玩的，市场很热闹！""墨镜"述说着自己亲眼见证的市场景象。

"有什么渠道呢？你有好主意了？"这些是高利润高回报，胖子正愁手里的货出不了手呢，只是担心"墨镜"的主意不够成熟。

"慢慢来，鲜货就在中国这边弄，这边的大森林什么都有啊！存货嘛，我们本身不缺的，跨国弄些过来先开开路。"

"关键是地下暗路儿得能打开。"胖子边听边指导着要点。

"切入点肯定是有的，不妨先通过'芳芳'边境秘密通道弄些虎骨、象牙进来，我先小试一下。""墨镜"说出了建设性的意见。

"你有把握吗？"胖子显然还不够放心，担心此方案的可靠性，以及他们"芳芳"通道的安全性。

"有的，不过弄进来你负责，弄出去我负责。""墨镜"分工明确地表着态。

"不急，这只是次要，现阶段的工作主要还是搞清 Mr. 乐一行的目的和进展，他们才是我们最动人的猎物。"胖子用指挥者的语气下了结论。只听"墨镜"吐了一声"Yes"后，挂了电话。

仍穿行在白马山上的乐伯一行还沉浸在大山林海的幸福中，此时，他们来到了一片郁郁葱葱的茶林里。柳鸣指着对面的远山给乐伯、卓娅介绍：

"这儿呢，叫望仙崖，处乌江南岸，仙女山就在对面的北岸，那云中隐隐约约的山峰便是仙女的化身。"

"好美，那碧蓝的乌江像龙蛇在云间飞舞。"卓娅动情地叫道。

"啊！那些腾起的云层像马儿在跑。"汤姆竟也会用中文做比喻。

"这真叫人间仙境，那些马儿是白马王子放出去的吧！那飞翔的蛟龙是仙女放出来的吧！"乐伯的想象力很丰富。

"也像仙女舞动的彩带。"卓娅沉浸其中。

"是的，人们在这儿就是向往仙女与白马王子早日相会，他们已隔江守望了千万年。"柳鸣也感慨万千似的。

"我们在这儿好好地歇一歇，做一回王子，等一等仙女。"乐伯竟幽默地调侃。

"还用等吗？眼前不就是仙女吗？"卓娅得意地指了指自己。

"是，是，是，我们忽视了远在天边近在眼前的仙女。"乐伯洋溢着一脸的春风。

"嘻嘻！仙女请你们喝茶，刚好这儿有个琴台茶楼，我们可以去坐坐。再说我不是跟你早有约定吗？"卓娅边说边凑到乐伯面前，做了一个漂亮的鬼脸，又做了一个邀请的手势，于是大家走进了山崖边的茶楼。

"哇！白马山的红茶，太好喝了！"乐伯用卓娅的口吻谢谢她的款待。

"当然，要和大师聊，得用好茶！"卓娅也装乐伯老成持重的模样回应。

刚一落座，卓娅便提议："品山泉泡清茗，掏心窝说世界。""好嘞！"大家一阵欢呼。

"我来以诗开头吧！"柳鸣主动请缨。

"好，来一首。"乐伯、卓娅几乎齐声赞同，大家纷纷鼓起了掌。

"题目就叫《登望仙崖》怎么样？""好！"大家又一次鼓掌。乐伯给柳鸣出了题目。

只见柳鸣端起一杯茶，然后围着大家转了一圈，吟了起来：

"琴台烟月悠悠远，武陵春色忽忽间。青云难遮仙女面，白马望尽乌江天。"

"妙！妙！妙！好诗！译来大家听听。"乐伯边赞扬边提高了要求。

"琴台的烟月悠悠远去，武陵春色年年都在轮回，很快就来到我们面前，青云袅袅遮不住仙女的美丽面目。多情的白马王子啊！为了她永远守望在乌江的天际。"柳鸣向大家解析着他的诗句。

卓娅要柳鸣再来一首。柳鸣还真不怕考试一样。

"也给个题目吧！"

"那就叫《品仙女红》如何？"卓娅回味着刚呷的一口茶，又歪了歪头看看大家。"好的，来个《品仙女红》！"大家又是一阵掌声。

柳鸣走了几步嗅了嗅手上冒着热气的茶杯，也浅浅地尝了口茶，打开了嗓子："乘风卧云登高坪，唯慕清茗踏纷纷。饮尽江南春万盏，只爱仙崖三寸灵。"

"太有文采了！"大家又一阵热烈喝彩。

卓娅："也译来大家赏赏呗！"

"乘着风卧着云彩登上高高的天尺坪，唯独倾慕清香的茗茶而四处踏青。饮尽了江南众多的清茗，没有一处比得过望仙崖上的三寸精灵啊！或者说只喜欢卓娅今天招待我们的仙女红啊！"柳鸣还不忘夸奖卓娅一番。

"哇！真是太有意境了，今后要多教我中国诗词哟，也让我关键时刻作诗过把瘾。"卓娅大呼。

喝了一会儿茶，汤姆被外面的景色迷住了，邀了柳鸣去山崖边走走，继续去欣赏他眼里的那些马群，只麒麟留在乐伯身边，看他和卓娅谈兴甚浓。

乐伯与卓娅谈起了各自的国家，谈起了俄罗斯与美国。

卓娅道："我虽然已是中国的一员，但很爱自己的家乡，也希望俄罗斯与美国世代友好下去。"

乐伯也道："我们都爱自己的国家、自己的故乡。大国之间的竞争与较量的确是太复杂了，我们既然有缘相聚，要做的就是发扬山地户外运动，让它尽可能地远离纷争。体育运动应该是一片净土，不过有时也与国际关系发生联系，中国不是通过'乒乓外交'促进了中美关系的发展吗？"

卓娅道："的确，政治是为民众和社会服务的，体育也一样，而体育更是一种文化的反映，这种文化无国界，但它们之间有时会有很好的契合点。"

"对，这就像奥林匹克精神。"乐伯肯定地点了点头。

"是啊！如果没有战争就好了，人与人和谐相处、人与自然和谐相处、国与国之间和谐相处多好啊！何必非要兵戎相见。"卓娅很赞同乐伯的说法。

乐伯："如果用体育运动来促进文化认同，彼此交流，形成人类命运共同体，共同应对自然的挑战和资源供求的问题，共同消灭贫穷落后，共同提升全民素质，那才是做真正的地球人。"

二人似乎都是理想主义者，也许真正有一天，他们的美好想法能够得以实现。这就像某个哲人说的一样，南辕北辙的人总有一天会相遇，因为地球是圆的。

在白马山的林荫漫道间，年龄差距甚大的二人，达成了共同的想法和追求，他们有对未来人类文明发展的长远思考，就像两只蚕茧在一个厚壳里孕育着新的生命。

他们讨论起了人类要做什么，人类能否把自我毁灭的归宿转变为文明规则下竞技体育的崇拜存在？

乐伯道："世界上共同的人类文明规则谁来建立并维护？"

卓娅挠了挠脑袋道："这应该有两种方式吧！一种是以国家的形式，国民共同建立规则并由警察或军队来维护；另一种是建立人类文明的统一认识，以及价值观的相对一致，以个人的形式自我约束和遵循。"

"第一种方式当下已达成了，各国之上还有联合国在制定规则。"

"但那些单极主义者却不这样认为，他们用货币、航母、石油来评判所谓的规则，而多极主义者却坚定反对，所以人类走向自我毁灭的归宿有它的必然性。"

"如果是第二种方式，得有很长的路要走——或许是一项极限运动。总之，得消灭人性的贪婪、剔除占有欲的本性。"

"那么推崇竞技体育，以此作为替代战争的追求，是否可以过滤人性中的欲念？"

"或许可以的，艾弗里·布伦戴奇有句名言，'当你跨进体育的门槛时，就把政治抛弃在了门外了。'"

"没有了政治就没有了争斗，事实上很难做到的。人类要走的路实在是太长，像前面我们说过的，找到一个契合点就很不错了。"

"能否移花接木，把战争的欲望转成体育竞技的崇拜，这是一种大胆的设想，也正是我所向往的。"

"那么这项运动就得是最伟大而光明的。"

"实施人类今后共同的愿景，或许是我们今天要走的第一步。"

"是的，我和我的男朋友也讨论过这样的话题，他非常赞同我们要先迈出的这第一步。"

"你的男朋友也喜欢户外运动？怎么称呼他？我们可否见见？"

"他喜欢自行车运动，参加过中国青海湖'环湖越野赛'，他去摘了个银牌。其实那次我也参加了，但我没有拿到奖项，只把身体弄结实了一些。他叫梁生辉，在北体读研究生，正参加自行车队的训练。如果可以的话，让他来参加我们未来的活动。"

"很期待有这一天。他很帅吧！"

卓娅两眼放着幸福的光："他身材练得很结实。"

"你为什么没去训练呢？"

卓娅有丝小遗憾一样："哎！我差了那么一点点，否则，我不会来这实习了。"

乐伯安慰道："这里也可以得到锻炼。而且还有了我们的缘分。"

卓娅笑道："是的，相同的爱好总能让我碰见有缘的人。"

乐伯道："这太好了，你们两个都是不可多得的人才，将是户外运动发扬光大的有力助推者。"

前面他们似乎进入哲学话题的探讨，有向往，有追求，但后面又回到了当下户外运动的共同话题。诚如乐伯说的，实施人类的共同愿景，或许是今天要走的第一步。先向预设的好的方向前进吧！兴许那一天，世界上真有了全人类共同信守的文明规则。不是靠硬邦邦的兵器大棒，而是用强健的体魄去维持人与自然和谐相处的持续发展。当然，科技将为其文明规则做出更好的服务。

·第十二章·

　　一次愉快的探讨结束后，乐伯一行驱车驶向了大佛岩。那儿有气象万千的山水河谷——大洞河，更有壁立千仞的绝崖佛石——大佛岩。本来龙县的山水就处处都有风光，一路牵引着乐伯一行，而乐伯心里始终有"佛"字萦绕。

　　在大洞河河谷，乐伯一行享受到了溪水、浅滩、暗河、水帘、铁索道及原始植被织就的一派幽深叠翠风光。当大家来到气势磅礴的大佛岩面前，乐伯久久地矗立，不能释怀心中的那份纠结，他远观着那高立的岩头，那尊石峰似乎在与他梦中的一切重叠又分离，究竟是不是这里？乐伯似要望眼欲穿。

　　在对山下的灌木森林与洪荒沟谷进行反复审视后，他轻轻地摇了摇头，他没有看到他要的另一样东西——像明镜一样的湖水，或是浩渺的苍江。乐伯自己也有些恍惚，那心中的"佛伴湖"或"湖伴佛"它真实存在吗？他转向了大佛岩和鸡尾山之间的一个村庄，那儿有月牙一般的梯田依山傍水，此时正光烟映照，呈现美丽的田园风光。

临近正午，乐伯一行走进了村子。村人说，此处名叫红宝古村。乐伯不由得一惊，这不是柳鸣说的梦境吗！世间事竟有如此巧合。柳鸣也觉诧异，这为何与梦中的村落如此神似，但他没有来过啊！

位于大洞河乡的红宝村处在那海拔一千八百米大佛岩林区的下半部分。村内古木参天，植被浓密，流泉淙淙。眼前十来户农舍于林海边依山择地而居，青瓦木房，竹木掩映。田土时坡时湾，镶嵌于山峰林海之隙，有几个农人耕作其间，并飘来山歌哼唱之音，俨然一幅遗留世外的桃源画卷。

正当大家有些神往之际，村口蹒跚走来一个背柴的村妇，刚好找了个路坎歇息。柳鸣忙上前招呼，一看妇人不禁一怔，竟然那么熟悉，完全就是梦里的李来芳老人。柳鸣索性就直接招呼道："是李阿姨吗？""你们是……远方来的客人吧？"那李阿姨也似一见如故。柳鸣验证了这老人姓李，又问李阿姨："你就是大名鼎鼎的李来芳主任吧！"

"不是，我叫李长芬，我们这里没有李来芳。"不料李阿姨否认了，让柳鸣有些失望，但转念一想，那毕竟是梦，只差一两个字也算是巧合了。他赶紧向李阿姨道了个歉："对不起，把李阿姨名字给记错了。"

"走吧！到家里坐吧。"李阿姨热情地邀请乐伯等人到家里歇息。当麒麟从后面赶过来时，李阿姨也是一阵稀奇："今天才是吉祥哟，看到了传说中的麒麟。"随即，李阿姨招呼了邻近的几家人。不一会儿，两个老人、三四个中年妇女，还有四五个小孩都来和乐伯他们打招呼、看神兽。

乐伯对这近乎世外桃源的村落很有兴趣，便和他们唠了起来，想了解这里有没有湖泊。

原来，这里村落民风古朴，农忙下地耕耘，农闲上山采药，过着安闲宁静的生活。村前，那如鸡尾高翘的大山是他们敬若神灵的鸡尾山，山下有一个碧绿的人工湖，因长年水清见底，被当地村民称为绿地湖。大坝周围及库区山青如黛，苍松翠柏，林涛叠嶂，风光特别旖旎。

"有湖？"乐伯眼睛一亮，兴趣倍增。

"是个水库，建于20世纪70年代，在生产力十分落后的情况下，完全靠人工采用条石砌筑而成。坝顶弧长百余米，坝底宽二十余米、坝顶宽三米余，坝高近三十米，雄伟壮观，气势辉煌宏伟。"一位八旬老者介绍道。

乐伯心想村后山上的岩叫大佛岩，这又听说了绿地湖似乎看到了希望，那梦中的"湖伴佛"或是"佛伴湖"是否在接近目标？这些山水都不错，但还不是那理想中的梦境。

李长芬烧水煮饭，客气地说道："来了稀客，我们没有什么好招待的，就用一顿'杂菜饭'应付大家了。"只见她一边热情说话，一边将洗好的野菜、碎米加水拌和了，放在蒸笼上蒸。

乐伯有些吃惊："难道这里的粮食还短缺吗？"他望了望柳鸣，示意他到门外的坝子边上说话："难道这些人还在节衣缩食？不是说中国出了个袁隆平，不差粮食了吗？"并要掏钱帮助这个质朴的李长芬。

"不是啊！乐伯，这是古村落里保留下来的原始美味！"柳鸣针对这位他乡友人的疑问急忙做出解释，"像这样的家庭很多，是我们中国特有的农家乐。"

1

当香喷喷的饭菜端上桌后，早有些饥肠辘辘的卓娅、汤姆啧啧地称赞起来，不断地添饭夹菜，吃得特别欢畅。乐伯也是边吃边赞。

按乐伯的行程安排，他对龙县西北面的山山水水已进行了实地了解，但梦中的"佛"还没有定格下来，便又转向了芙蓉江峡谷，他的心中还在继续追寻，峡谷中的那些山川又会是一个什么样子呢？与芙蓉江峡谷相连的不是还有一个芙蓉湖吗？那儿的湖与自己的梦境之地有关系吗？乐伯在心里盘算着，又盼望着。

前几天，在芙蓉洞的外面，乐伯一行已经领略过芙蓉江的绿和蓝了，现在要进芙蓉江峡谷去身临其境领略那入骨的碧水，大家的心里都有说不出的激动，恰处五月的艳阳之天，天地空明，别有一番心旷神怡的感受。

趁太阳刚露出头来，众人有说有笑地登上了乐伯租的机动船，自山河口启程，向着一幅花青色的画中驶进。

湖光山色，船如一张叶片漂在水上，大家都站在船头观看两岸水墨春景，任船儿匀速推进，分出两面应接不暇的画卷。船头的人自是一会儿惊叫左岸，一会儿又高呼右岸，乐伯、柳鸣不时指点那绝崖秋水，卓娅、汤姆不时指点飞鸟跃猴，大家自是欢呼雀跃，任心情飘飞。

一路上，两岸山崖，烟峡云岫，曲折浩深，蜿蜒回还，犹如龙行蛇走，遁入新天。越往里幽林溪谷、飞泉流水、花鸟叶猴、扁舟野渡、苗寨古楼、打鱼人家，尽收眼底。

乐伯不禁赞叹道："乌江雄奇壮阔，芙蓉婉约柔美。而在乌江看到的，这儿有了，乌江上没有看到的，这儿也有了。"

卓娅接过乐伯的话道："如果说乌江是伟丈夫，这芙蓉水便是奇女子了。"

"形容得好！"柳鸣夸奖道。众人无不陶醉，无不情不自禁地感叹，人间仙境莫过如此。

如此观景二三小时后，乐伯一行来到了芙蓉江峡谷的朱子溪边，将船停了下来，决定在这儿上岸午休。离江不远的北岸岩穴边有两三家吊脚楼直抵眼前，一陈姓渔翁正收网归家，看得出来他收获满满，舱中的鳜鱼在活蹦乱跳。

他家吊脚楼的门上悬挂着一块"芙蓉江烤鱼"的牌子，老板娘恰好生着明朗朗的炭火在翻烤鳜鱼。只见那炭火上的鱼被铁架张开压成一块，老板娘灵巧地用刷子将调好的佐料刷在鱼块上，又撒些盐、辣椒面、花椒粉等，并反复涂撒，来回翻烤，鱼香便不断地飘出木屋。

柳鸣赶紧上前，和老板娘订了午餐。这家的二老均六旬年纪，甚是豁达，尤其老板娘极为热情，将老两口自备的烤鱼先给乐伯一行享用，然后又接着给大家翻烤，保证来客们吃好吃够。因此，大家又品尝了一餐江边的美味。

补充了能量，乐伯见上游不远处已豁然开朗，隐约露出一个村子，遂决定前往村头探探那里的风物。柳鸣发现，乐伯尤其爱好乡村的田庐井舍，热爱民间的风土人情。不知道他在找寻梦境的同时，是否还有其他情结要打开？柳鸣心里这样想，也自是一路顺应变化，做好他的服务。

行出不远，一渡口入眼，舒缓绵延的村落不时可闻鸡鸣犬叫。

正当乐伯手搭凉棚举目远眺，北岸山垭上突然冒出唢呐、鼓锣之声，随即一长队人流伴着有节奏的吹吹打打顺山路欢快行来。

　　人流前面有抬柜子、架床具、背被盖者，中间有扛磨墩、拿席子、抱洗脸架者。接着是一个着翠花衣、湛蓝裤，撑红伞的女子，以及一个着对襟衣、青布裤，挎红花的男子，这便是新娘和新郎，行于大队伍之中后段。新郎前面是吹号手及敲锣打鼓的人，末段则是一些送亲的红男绿女，轻松地随队而行。

　　原来，乐伯他们赶上了朱子溪南岸田家寨娶媳妇的热闹场面，抬嫁奁、搬东西、冲在前面的正是男方迎亲过礼的人。

　　北岸系龙县邻县洋水地界，那打红伞的正是从洋水娶过来的新媳妇，后面的则是她娘家屋里的亲戚，称为送亲客。柳鸣看乐伯等人没见过这种乡人娶媳妇的场面，便给大家做起介绍："婚庆是土家、苗家人最隆重的礼仪。一直以来，土家、苗家男女以歌为媒、木叶传情，崇尚婚姻自由；'赶苗拓业''改土归流'后，土家、苗与汉族聚居同化，男女须听父母之命、凭媒妁之言订婚成家；新中国成立后，土家、苗家青年又自由恋爱、结婚。

　　"土家、苗族婚庆习俗很有民族特色、地域差异，而田家寨主要为仡佬族，它与土家族、苗族都是生活在乌江、芙蓉江流域的少数民族，生活习俗相近，单是婚俗就极为讲究，包括：求婚放话、察看认亲、讨庚帖、送日子、哭嫁、过礼、娶亲等。

　　"求婚放话，即媒人为男方求亲，女方同意。这时放鞭炮三响，为'定准火炮'，表示祝贺、递信、知晓。

　　"察看认亲，也叫'定亲''插香火'，双方视为姻亲，逢年过节送礼物增进感情。男方提出结婚，就送一只带尾巴根的猪腿肉到女方家。女方若同意，则收下；若不同意，要再考察一年，则把猪尾巴割下来交还男方。

"讨庚帖、送日子，即讨女方的生辰八字后，男方选择良辰吉日，通知女方结婚'佳期'，双方积极筹办婚庆典礼。

"哭嫁内容广泛，主要诉说离别父母兄妹、感恩故土亲人的眷恋之情，有哭父母、哭哥嫂、哭伯叔、哭姐妹、哭梳头、哭戴花等。

"过礼则是结婚前三天，男方给女方送结婚所需的衣服、首饰等礼品。

"娶亲是男方正式到女方家迎娶新娘，其仪式喜庆而庄重。女方发亲时，要开脸、拦门、摸术、试轿、哭嫁。迎亲到男方家时，要拜堂、铺床（坐床）、闹新房等。

"'拦门'是土家族、苗族婚俗必不可少的节目，又叫'拦门礼'和'拦门酒'。其中以叭咕苗寨的最为盛行和最有特色。结婚的头天，男方请来乐队，张灯结彩，唢呐齐鸣，名叫'夜迎酒'。女方那边同样烛光摇曳、吹吹打打，名曰'打发酒'或'戴花酒'或'花园酒'，意在预祝姑娘婚姻幸福美满、花好月圆。第二天由新郎带着彩礼，整个娶亲队伍在押礼先生（又名领宾先生或带宾先生）的带领下，抬着'抬盒'浩浩荡荡来到新娘家。

"新娘家的迎宾先生带领女方三亲六戚在大门外组成人墙拦娶亲队伍，通常在坝子中进行，这就是土家婚俗中的'拦门礼'。这也是一场对歌比赛，双方均为对歌高手，往往唱得难分高低，给婚礼带来无穷乐趣。

"'拦门'对歌时，女方管客司：喜盈盈来笑盈盈，拦门桌子摆朝门；燃香三炷蜡九品，主东请我来拦门；我今拦门无别事，要请礼官先生报个名。

"男方带宾先生：耳听贵府先生请，在下×××来报名。望乞先生原谅我，请问高姓和大名。

"女方管客司：愚某久闻先生的大名，是当地贤良才子大文人，学识广博明八方，胸藏万卷通古今。今天红门大喜事，先生带来多少人？吹吹打打，炮火连天，从何而来？从何而行？从水路来，过了多少潭和滩？从旱路来，走了多少岭和弯？

"男方带宾先生：承蒙先生来提问，愚下是个山里人，出生家境贫寒微，少读诗书言辞钝。带来马匹一十二双，随行队伍七十二人；先从水路来，只见波浪滚滚，分不清是潭和滩。后从旱路走，到处云雾蒙蒙，看不清是岭是弯……

"对歌完毕，新娘家即在大门内的堂屋设'拦门席'喝拦门酒，款待新郎及娶亲队伍，然后'过礼''发亲'，整个'拦门礼'方告结束。"

"哟！这好复杂呀！我只想结婚坐回轿子就够了，才不要那些烦琐的过程。"卓娅听了柳鸣的讲述后，既羡慕少数民族婚礼的风情特色又嫌那些过程繁缛。

"这就是民族风俗，是百姓上千年生活的沉淀。"乐伯由衷地赞叹。

卓娅又问柳鸣："新娘不是坐轿吗，怎么走路，大晴天还撑一把红伞？"

"对面的山路多陡峭，男方的轿子应该等在田家寨的寨门外，就只能委屈新娘了，那红伞代表喜庆，走在路上万一遇天气变化下雨，也不致受到雨淋而慌乱。"柳鸣这样解释道。

"哦！明白了，他们是为了新娘的安全考虑，这里的人真聪明。"

"看来，土苗人的婚礼虽然十分讲究，但也能顺应环境，灵活应变。"乐伯又是一番赞赏。

一会儿，这拨人马便来到了渡口，渡船已早早等候在那里，据说田家寨的人已事先交代并给了喜钱，船家自是提前恭候到位。

"哎！大家快看麒麟，今天真是大吉，神兽现身了。"随着前面几位大汉的惊叫，迎亲队伍也齐齐赶到了码头。人群中自是一阵骚动，被眼前的新鲜事物给吸引，但又都不忘主题，回归到迎亲的喜庆中来，那几个吹鼓手更是铆足了劲儿，使劲吹、使劲打。

那新娘尤显矜持，轻轻地扬了扬红伞，瞟了瞟乐伯一行和那扬鬃踢腿的麒麟，只暗自欣喜。这时，后面送亲客中一慈祥妇女上前凑到新娘耳朵边说着什么，大概意思是你今天真是吉星高照，遇到贵物了，将来一定会大富大贵。新娘听了后，粉嫩的脸蛋自是泛起一阵幸福的红晕，然后她又偷偷地瞟了新郎一眼，那新郎也满是仡佬汉子的柔情回望着新娘如花一般的玉脸，但新娘却故意将红伞往下盖了盖，生怕周围的人注意到他们。其实，大伙儿正忙着看麒麟和搬东西上船。

"汪三、田五，你们几个行动快点，把龙头劲儿昂起。"押礼师在安排那几个膀大腰圆的壮汉继续抬柜子上船走前面。只见那方方正正的大红柜子，绑在两根粗壮的竹杠下面特别显眼，里面不知装了什么沉甸甸的陪嫁物，压得四人肩上的大竹抬杠"咯吱、咯吱"地响，看架势足有五六百斤，那么远的山路奔下来，四个壮汉竟然没感觉到费力，押礼师一喊，便又生龙活虎般地抬起了柜子。其他人等也都跟着上船下船，热烈而有序。

这时，号手们吹起了高昂的声调，锣鼓手们也应声而击打，喜庆气氛又燃烧起来。

"为什么要让抬柜子的抢到前面？"卓娅闪动那双机灵的明眸问柳鸣。柳鸣接道："这表示婚后第一胎生贵子。男方要选身强力壮的人抬柜子，才能保证走在前面。"

卓娅若有所悟："哦，还有这种寓意啊！"

"那些吹奏的调子似有不同，也各有寓意吧！"乐伯也问。

"是的，吹鼓手们在迎亲过程中要变换调子：在迎亲路上，号手要吹'过山调''过街调'，到了女家进门时吹'大开门'，进门后吹'喜乐调'，摆礼时吹'梳头观镜'，上头时吹'离娘调'，发亲时吹'小开门'，周堂时吹'满堂红''天长地久'，进洞房后吹'见郎调'，平时吹'中山帽''喜乐调'等。刚才吹的便是那雄浑的'过江调'了。"

迎亲队伍过江后，押礼师上前向乐伯一行发出邀请，希望他们到田家寨做客，同贺喜事。乐伯本有意前往，但明日即端午节，他们要返回观看龙舟比赛，不便再远行，于是婉言谢绝。临别时，乐伯问："那几个抬柜子的壮汉，可曾有联系方式？"押礼师便一一说了，才握手离去。原来，乐伯已在他的本子上落下了汪三、田五等人的名字，恐有他日后的打算。

乐伯一行在江边继续欣赏了一会儿景色，便返回当日途中见到的古苗寨歇宿，拟定第二日返回芙蓉湖观心仪已久的龙舟大赛。

四合院的古苗寨建筑很有特点，依坡地而建，左右及靠江一面为吊脚楼，典型的"杆栏式"全木结构。左侧坡缓处为一楼一底、右侧坡陡处为二楼一底，楼上住人，四周有走廊、木栏杆，底楼饲养牲畜。暮霭下，看着古色古香的苗寨，乐伯一行拾级而上，从院子正门进了寨子。

瞧这规模，寨子应有七八户人家，迎面的四五家门开着，里边有灯光，并有叮叮当当的家务劳作声音。

柳鸣上前探问，一清瘦老翁从四合院正房大门走了出来，目测七旬有余，头包青帕，上穿蓝布对襟衣衫，下着大裤脚白裤腰长裤，脚上却是一双现代的胶鞋，显得十分精神。他听柳鸣说明来意，当即邀乐伯等人入住叫座。随即，呼他老伴招待客人。老伴正好与孙子在赶牛羊入圈，应声后，立即牵着孙子来到大家面前。她身形矮胖敦实，年纪六旬余，头戴刺绣花帕、身上系花边围裙，衣裤鞋袜搭配与老翁相似，也容光焕发。那孙儿五岁左右，脸蛋红润，戴鱼尾帽，帽檐绣金鱼一对，口中缀珠子，帽尾吊银牌、银铃，衣裤鞋袜却系现代款式。

老妇也道："稀客！请坐，请坐。"忙着端茶倒水，抹桌扫凳。

原来老翁姓晏名重峰，人呼晏山大爷，老妇易茹心，人呼晏大娘。乐伯等人落座后便也如此称呼他们。

言语间，院子热闹了起来，靠正房右侧厢房的两家门也开了，两个十来岁的丫头从下屋门走出来，高矮、胖瘦、形象无二似双胞胎。另有一个十四五岁的小伙子从上屋门跳出来，皆进了老翁老妪的家门，原来他们是两位老人的孙子子青和孙女大凤、二凤，是晏家大儿、二儿的子女，那跟在晏大娘身边的小童则为三儿的独苗。又一会儿，两家的媳妇也带着猪草进屋，附近几户人家也陆续入门来寒暄。连同乐伯等差不多有两桌人。

俩媳妇以烧猪蹄、炖土鸡、推豆花、炒老腊肉等"苗家九大碗"菜肴招待大家，老翁以自酿的"小满"土酒助兴。乐伯沾不得白酒，便以土鸡汤代酒和大家碰杯，柳鸣、汤姆陪酒，卓娅兴致勃勃也畅饮了一小碗，惹得满脸通红，直叫："小满、小满，心满意足。"不敢再喝。

席间，晏山大爷介绍，幺儿、幺媳外出打工，大儿长久、二儿永生在家务农，爱在水上漂，端午节要赛龙船，便先去信宁了。

原来，老人是长久、永生的父亲，乐伯忙端起鸡汤碗再向老人致敬。

就在敬酒的举手投足间，晏山大爷突然全神贯注地端详着乐伯，他看乐伯的头脸、身板，然后轻轻地说道："哎！你多么像我心中的一个人，不过……"他又收住话并摇了摇头，把端在手上的酒一口干掉了。

这个过程虽然不长，但让乐伯明显地感受到老人在认真地打量他而又似乎欲言又止。这一刻几乎同桌的人都有这种感觉，鉴于大家都在喝酒吃饭，也不便问老人家为何有如此反应。

饭毕，院子里的人皆兴奋起来，在院坝升起了篝火，敲起了锣鼓，跳舞庆贺。随着"喔——咚咚，喔——咚咚，喔咚——喔咚喔——咚咚喔——"的伴奏，人们跳起了舍巴舞蹈，又名摆手舞。卓娅、柳鸣也被感染似的跟着人群摇摆起来，他们照着三个少年的动作翩跹进退，脚手顺边颤动，双臂摆弧不过双肩，每个动作结束时，双膝同时上下颤动一次，如此反复，竟很快投入欢乐中。尤其卓娅学得很快，舞姿柔和优美，如杨柳飘风，潇洒自如。

待到锣鼓停了下来，二媳妇亮出了清脆的嗓音，她唱了一首苗家人、土家人都喜欢的歌谣：

芙蓉台，苗家寨，

　　　　个个姐儿长得乖。

　　　　郎哥若是进山来，

　　　　有歌有酒好招待。

　　这时，人群中一大哥也唱了起来：

　　　　摆起舞，排成排，

　　　　个个郎哥好人才，

　　　　幺妹若是进山来，

　　　　教你摆手逗人爱。

　　　　哟——嗬嗬嗬——

　　随即众人同声齐和："哟——嗬嗬嗬——"

　　这一女一男将歌儿唱得清脆婉转，嘹亮悠长，激起了大家一阵欢呼和掌声。接着锣鼓又响起了"哐咚——哐咚——"的声音，人们又开始摆起柔美的身姿转圈。

　　而乐伯却与晏山大爷留在屋子里聊了起来。

　　"晏山大爷，您刚才在席间似有话说，却为何欲言又止？"乐伯首先发问。

　　"哎！你让我想起好多年前的事了。"晏老语气顿了顿，又摇了摇头，不欲细说。

　　"有什么不妥之处，前辈尽管指出来便是！"乐伯以为是自己进门后有什么不周。

　　"不是的，看到你，勾起了我心里的一桩往事，是我对不起他们啊，你很像我心中的虎医生，他们夫妇的死与我失职有关啊！"晏山大爷望着灰蒙的远山，露出忧伤的神情。

·第十三章·

当晏山老人冒出"虎医生"三个字时，乐伯浑身猛然一颤，但他立即镇定下来，让老人慢慢打开话匣子："年轻的时候，我弄过船，打过渔，跟随李明煊司令剿过匪，后来任了洋水县政府警备署的连长，驻扎信宁防汛署维护古镇安全。李司令就是那李铭熙进士的弟弟，曾组织乡人推翻了清朝洋水县政府末届政权。他带兵很严，我父亲也在他手下当过兵，在一次剿匪中我父亲牺牲了，李司令便把我接到他身边锻炼学习、带兵打仗，要求我严格管理手下，维护好古镇安全秩序，以防土匪袭扰，我拍着胸脯让他放心。

"不料，一天夜里我手下的一名士兵值班饮酒睡着了，就在三更天际，李司令家房外的药店起火了，当人们惊醒时，火势已封了大门，我迅即起床组织灭火，正值冬季，风大火猛，情势万分危急。街坊四邻皆奋勇上阵，拆掉上下两家半头房屋才将火势切断。

"一切以救人要紧，就在大伙灭火之际，我冲进了火海，我不断地呼喊'俊生哥——乐秀嫂——''俊生哥——乐秀嫂——'但没有他们的回音。

"这时房里边的卧室已浓烟滚滚看不清人影，突然听到一声轻微的咳嗽，我顺手一摸，好像是乐秀嫂，我便一把抓起她，背在背上冲了出来，把她交给火场外的人，又冲了进去。但这时火已完全罩住了房间，我自己呼吸都困难，正要往外跑时我的脚似被一只手绊了一下，我奋力抓起人就往外跨。当我踉跄地正要跨出房门时，一根横梁砸在了我的身上，待我醒来时，已是第二天了。在那场火灾中，我的手被烧伤了，一到雨天就隐隐作痛。"说罢，老人撩起了衣袖，他的右手臂上留有厚厚的疤痕。

"乐秀嫂和虎医生到底是没醒过来，这怎不叫人伤心？不过乐秀嫂刚救出来时还有口气儿，人们赶紧给她喂水，只听她气若游丝地挤出了几句话：她在火光中恍惚看到佛山的观音菩萨领着她儿子回来了，她要带儿子去佛山还愿，说完便永远地闭上了眼睛。而虎医生在被我救起前就被浓烟给呛没了。哎！也不知道乐秀嫂弥留之际说的佛山是哪里，要是知道的话，她的儿孙回来了还要告诉他们去那儿还个愿，完成她的遗愿啊！"

听着这些讲述，乐伯本就心潮奔涌，晏老又道乐秀嫂临死时提及"佛山"二字，更觉惊奇无比，心忖这虎俊生和乐秀就是自己的亲祖父、亲祖母啊！没想到他们是这样的悲伤结局。祖母弥留之时恍惚中看到儿子回家，这正是她思儿的最后一念啊！这个佛山与自己的梦境为何如此相似，这难道是祖孙心灵相通？他在心里暗下决心，一定要找到这座佛山，为自己和祖母实现愿望。

"事后，人们开始清查起火的原因，大家都说不清楚，于是那名值班的士兵被弄去洋水坐了牢狱，我也被降职处分。其实，这件事防范好了就不应该发生的，怪我管教不严，害了待人厚道的虎大哥和乐秀嫂，他们是我们镇上受人敬仰的好人，可惜好人命不长啊！"

说到此，晏山大爷长长地感叹了一声，然后顿了顿又道："好在后来李司令抓到两名在洋水桥抢劫的土匪，供出了匪首熊麻子唆使手下纵火烧房的恶行。李司令随即率兵去龙洋征剿，打死打伤了十多名土匪，熊麻子带领余匪躲藏到黔州，新中国成立后被中国人民解放军给彻底歼灭了。

"万没想到是土匪害了虎大哥和乐秀嫂，真是恶有恶报，善有善报啊！

"今天，看到你与当年的虎大哥十分相像，勾起了我的这些回忆！"晏山大爷含着泪说道。

乐伯早已湿润了眼眶，他脑海里也浮现出父亲留给他的那盒不平凡的录音带，父亲与祖母果真是母子连心吧！然而，他没有向晏山大爷表明自己的身份，他想，现在还不是时候。

他安慰晏山大爷："要怪要恨都是那可恶的土匪，您老就不要自责了。再说事情都过了这么多年，您要好好保重身体，不要为往事所累啊！"

坝子里，人们有说有笑地唱着、跳着。

卓娅小声地问柳鸣："不是说土家人才跳摆手舞吗？怎么苗家人也跳？"

"乌江流域生活的民族在习俗上有很多相近之处，现在龙县有土家、苗、汉等十三个民族，形成了丰富的多元地域特色文化。"

"跳舞应该是在特别的时间点吧？"汤姆也问起了柳鸣。

"是的，它原本在苗家、土家人特有的祭祀祈祷节日举行。这种跳摆手舞的日子也叫舍巴日，'舍巴'即'摆手'，'日'即'做'。土家语动宾倒置，意思是'做摆手'。'摆手'有大小之分，每三五年在摆手堂举行一次'大摆手'，其规模盛大，人数众多，一般持续七八天，把文体活动、集市贸易融为一体。'小摆手'规模较小，一般只需两三天，多在本祠堂举行。"柳鸣回答道。

"舍巴日的活动一定比这更精彩热闹呗？"卓娅像做了些了解似的。

"舍巴日的时候啊，摆手堂前的坝子要插龙凤彩旗。参加的摆手者穿上节日盛装，长者祭祀后，三声炮响，鼓乐齐鸣。'嗬喂'一声便开始放歌，男女相携、节奏进退、载歌载舞、通宵达旦。诗云：'红灯万盏人千叠，一片缠绵摆手歌。歌声嘈杂喃喃语，嗬喂一声答吆嗬。'在舍巴日，男女青年对歌、吹木叶、吹咚咚喹，各交好友、订下恋情。"柳鸣又做了详细的补充。

"嗯！很有特点，'大摆手'的热闹，应该不亚于龙舟赛。"卓娅说道。

苗家人盛情地接待了乐伯一行，又是敬酒、又是舞蹈，玩到近于午夜才散去歇息。乐伯却毫无睡意，他内心既有说不出的快乐又有先辈的过往哀伤，是他魂牵梦萦想寻到的，而祖父祖母的不幸遇难又让他悲从心起。那梦中的"佛"怎么还没有出现，他究竟在哪里呢？乐伯向着黑魆魆的山夜发问。

　　一路走来，乐伯与张思江老人的交谈，与虎跃老人的邂逅，与晏山大爷的对酒表现，柳鸣都看在眼里，总觉得这个乐伯不是一个平凡的华裔外商。他豁达宽厚、知识渊博，来到龙县后很快便融入其中，他的来头与龙县有关吧？柳鸣心里这样想着。

　　一次柳鸣问及他的祖籍，乐伯指着北边的方向、那座隐约望见的山峰说，远在天边近在心里。后来，柳鸣好奇又问过一次，他也这样表示，柳鸣也就不再深究了。

　　第二天一早，乐伯等人便向晏山大爷道谢，离开了苗寨，大家的心里都惦记着长滩啸的龙舟赛。尤其是还不期而遇地来了一趟长久、永生的老家。领略了苗家风情，所以个个都是收获满满，又从那幅水墨画中走了出来。

　　"走吧！今天我们该换换风格了。"乐伯在上船后第一句话就充满了喜悦。

　　"是的，将会有美妙的时刻，我们要去观看'抢滩笑'比赛了。"汤姆一高兴，字音又咬不准了，把长滩啸说成了"抢滩笑"。

　　"会有的，一定很精彩！"柳鸣也很期待看长滩啸他们的比赛。

　　一镜湖泊芙蓉湖泛着涟漪，四面的青山缀着红的、黄的、白的、粉的花儿，山倒映在湖中，洋溢着无限的生机。

　　北岸已摆了十余只金黄色的龙舟，呈一字排开，像等候出征的猛龙，已集结待发。一条沿湖公路自西蜿蜒而至，直连到湖边的码头，不断有车辆运送着赛事相关的人员。码头、公路的两侧和附近的农户房舍都牵了彩带，插了彩旗，也多了许多路标、指示牌。最醒目的是一个临时搭建的工作台及旁边硕大的充气拱门，点燃着赛事活动热闹的火焰。拱门两旁用氢气球托起"漫步龙县　品粽端午""共祭屈原一片心""热烈祝贺第三届龙舟大赛开幕"等数幅宣传标语。

柳鸣道："这里叫三河口，是芙蓉江与另两条溪河相交的地方，在此汇聚成浩渺的芙蓉湖，也是芙蓉湖最宽阔的地段，东面横岭连着蓊郁的罐子山麓，南面半岛便是氤氲的芙蓉岛了。这里依山傍水，村落相偎，既是库区人民进出的口岸又是芙蓉江峡谷景区往来的必经通道，是举办龙舟赛的最佳场所，有着六十平方公里宽广明亮的水域地理及理想的乡村风貌环境。"

乐伯环顾四周，点头道："水面平静宽敞，比在乌江里进行龙舟赛理想得多。这是天赐的宝地。"

"去看看那些漂亮的龙舟吧！"柳鸣向大家指了指湖边那排列有序的十来只"长龙"。

每只龙船长十八九米，除去龙头龙尾，船身约十五米，船宽约一米，船深约四十厘米。均以柏木打造，分赤、黄、青、白上色涂漆，结实耐用。每只龙船可容三十人，船员手中的桡片，长七八十厘米，上圆下扁，上圆部分装有长约十厘米的横柄，恰合壮汉手握粗细，下扁宽约十五厘米，全选上好铁木制作，载力极强。

整个龙船以头尾塑形，龙头是为标志，翘离水面足九十厘米，龙头上雕了眼、耳、鼻、角、腮和胡须等，龙头上写着"风调雨顺""国泰民安"等字样。龙头下方为三角形船头，便于分水，减少划水阻力。船头架了大鼓，是为鼓手掌握划水节奏而设。船中舱竖立斗杆，上方挂了龙角、信宁、石桥等帅旗标识，斗杆中间挂一面铜锣，赛时锣手将配合鼓手提振士气。杆顶还连线龙头龙尾，扎上了迎风飘扬的小彩旗。龙尾则装了保梢和棹。看上去精巧别致，喜庆无比。

"龙舟文化起源很早啊！应该上溯到楚国吧！"乐伯道。

"先秦时代恐怕就有了，屈原投江后，民间曾广泛流传'月亮汪汪，大水茫茫，留下屈原，淹死坏王'的楚谣。"柳鸣回应。

"真正出现夺标活动，却是唐朝吧！"卓娅闪动着她那双美丽的眼睛。

"不错，唐太守张说描述的'画作飞凫艇，双双竞拂流……急棹水华浮……鼓发南湖溠，标争西驿楼'正是唐开元年间在岳阳举行的一场争标比赛。"柳鸣向卓娅比了比大拇指。

"龙舟赛于20世纪80年代得到推广，现在已在超过八十五个国家和地区开展过比赛。"乐伯评价着中国龙舟赛的普及。

"特大的龙舟赛有一百五十人到二百人参赛，那阵势得多么震撼。"柳鸣补充道。

正说着龙舟文化，四周的人群开始增多并热闹了起来。

那些膀大腰圆、正值盛年的壮汉们，穿着苗族黄白青蓝对襟衣服，套红黑马褂，各二十人一组列队，开始做着赛前的准备了。

乐伯一行身边也响起了一阵嬉闹声。

"有些人昨晚摸黑回去，不知为了啥，我担心他累坏身子，今天没有劲儿哟。"男的边说边朝前面的长滩啸努了努嘴。

女："呲，八两，看你话里有话，就没得个正经，人家回去取锣也。"

男："哈哈哈，就是为了取乐，各人说的哈。"

女人娇嗔道："哎呀，狡狡客，就喜欢狡话。要乐，今天你们就要冲到前面，莫掉了链子。"

男人一副鬼脸："放心，只要你的鼓肯响，我会使出所有的劲儿！"

女人一阵哈哈："你这酒鬼平时耙分分的，只有到了水里才雄得起来，到时赢了，我叫你家况三妹罐罐煨蹄子犒劳你。"

"哈哈，那还要来壶酒才安逸。"

"是是是，到时还给你备一壶，拿马桶装……"原来号称喝老白干八两起底的姜长顺，与长滩啸媳妇水灵不知什么时候来到码头，开起了玩笑。长滩啸也在前面不远，任凭媳妇与姜八两他们说笑不完。

湖边已迅速挤满了人，公路上的车辆鸣个不停，那是进工作区的大巴车。前面的入口路段早已实行了交通管制，亏得乐伯一行的车辆已预先通行，进了最佳的观景区。乐伯还专门安排汤姆与麒麟留守在没有人流的地方观赏，免得麒麟又引起不必要的混乱。

组委会宣布龙舟赛开幕后，十支龙舟队便排好架势，只等裁判吹哨。只见长久、永生、长滩啸、姜八两在各自的位置上全神贯注地等待哨令，手握桡片，斜倾四十五度，哨声一响，便如离弦之箭飞射而出。

接着便是排山倒海的"加油"声响彻湖周。湖面群龙戏水，各不相让，各组桡片像飞翔的翅膀贴水而推。

永生队打头，超前长滩啸半个龙头，长久直抵长滩啸龙胫，其他队也都你追我赶。鼓手"咚咚咚"、锣手"呛呛呛"，随节奏合出铿锵有力、震耳欲聋的"咚呛，咚呛，咚呛咙咚呛……"的鼓锣声，舵手则全心一致，掌握着最佳的方向，配合施力。特别是那龙角号的舵手龚老歪，身弯腰俯，两腿前后开立成弓步，根据鼓锣节奏，随长滩啸他们的拉水节拍，不断用力蹬船。江面腾起一路路水花。

岸上的人自是欢呼着、跳跃着，各为自己的龙舟队呐喊加油，巴不得自己也飞上船帮忙。

每支团队都整齐划一地呼着号子，只听长久队呼着："划！划！呵啰啰划！"如此反复，桡桨就像机器一般节奏地翻打水面。眼看就要到千米终点，鼓锣声越来越密，似暴风骤雨疾来，桡桨的节奏更是空前激烈，水灵击出了急促的鼓点，让长滩啸他们如强龙狂冲，直插终点，那龙尾上的人亦是颠到节点上闪船而飞。

岸上的一群人飞跳欢呼："胜利了！我们胜利了！长久万岁！"一阵震雷般的暴喊。"我们赢啦！龙角赢啦！"未隔半秒，另一群人又为长滩啸他们呼了起来。长滩啸队以一线之差取得亚军，永生队得了季军，皆是一阵欢喜。

"这长久厉害，后来居上。"乐伯赞扬道。

"你看他船头前两行和船尾后两行都是队伍中最为强壮的人。"柳鸣道出了长久安排上的巧妙之处。

比赛结束了，颁奖台已奏响欢庆的进行曲，人们便围观颁奖仪式，分享胜利的快乐。而乐伯一行却仍停留在原地，他的内心还像湖面的水没有平静下来。

乐伯已在龙县这片山水里转悠了一个多月，他的笔记本已圈圈点点地做满了各种标记。该去的山川、峡谷，该去的洞穴、桥群，该去的森林、湖泊都去了，但他还是眉头紧锁，没有寻到最理想的地方。

站在芙蓉湖畔，他环视着这青山中的碧玉，似在聆听他内心寻梦的声音。他顺着那龙舟的斗杆，看着那飘飞的帅旗出神。然后他向着南面久久地注视着，像要望穿天空一般，汤姆、麒麟神兽也跟着朝一个方向看望着，柳鸣、卓娅也手搭凉棚望向西南。

突然，乐伯脱口大叫起来！

"是它！是它！出现了，佛出现了，湖也出现了。这太神奇了，太不可思议了！"乐伯此刻完全没有了平时稳重的范儿，像孩童般地狂呼。

"没错，没错，'佛伴湖'，世界上不会有第二处了。"乐伯像兴奋的孩子，"得感谢那个梦！感谢所有的人！感谢中国！"

众人循着他的手势遥望……

只见一道太阳的金光从东方顺西南那座山峰的顶部斜面射下，照出一尊"佛"的侧影来，"佛"像倒映湖中，不正是"佛伴湖"吗？汤姆也眼前一亮，想起乐伯当初醒来时说的"东方，佛伴湖"，竟然出现在这里。乐伯之所以高兴得近乎忘形，是因为他的心系着他的梦、他的事业、他的先辈。现在，他彻底放松、释怀了。

只见一座雄伟的山体由近及远，从湖边慢慢上收，酷似一尊坐佛侧坐天边。它的"佛头""佛肩""佛肚"皆轮廓分明，神形兼备，倒映在碧烟如凝的湖面上。山体在太阳的照耀下熠熠生辉，伟岸壮观，那尊坐佛也似在那儿弥望山河，护佑人间。

一行人站在这明镜的湖水面前，个个都好似沾染了禅意。端看这青峰绵延，山环水转，水天相连，白鹭蹁跹，渔舟唱闲的美丽画卷，心底平添了让人流连、让人喟叹的无穷感受。他们仿佛融入其中，插上了飞翼，飘至山水之间，云朵似乎就流动于他们的身旁。

这山的确生得出众，方圆数十里群岭相围，唯其孤峰高耸，高约一千八百米，站在山上视野十分辽阔，芙蓉湖拥怀而抱，乌江、芙蓉江尽收眼底。它的正面若一座笔架高挺云间，笔架上的三个尖峰以主峰显眼，左右小尖峰则如两边的配角相衬。而侧看主峰就如坐佛，两侧峰尖似两个肩头。当阳光从背面升起，一眼望去就似有万道金光闪射。

"龙县人称之为贾角山，以前有寺庙设于山的左肩下方，想是那时的人就找到了观'佛'的角度。"柳鸣打破大家的遐想，缓缓道出古庙传说。

"大约唐永徽元年，一位叫陈世方的石匠在这儿供奉观音而兴庙宇。当年，陈石匠住在贾角山东面的枣子堡，因手艺超群挣了不少银两，便向西山观音寺捐了大笔善款，以求菩萨保佑。后来，陈石匠的母亲得了眼疾，便去请观音寺的慧明和尚给母亲治病。慧明说：'你去贾角山有回音的地方取泉水回家为母亲洗眼，即可得治。'陈世方心想枣子堡有水的地方就那么两三处，从没听说哪儿有回音。但他又不好再向慧明刨根问底，便来到贾角山脚下诉苦，他每到一处有水的地方就大声地呼喊：'哪儿有治眼睛的泉水啊！'可都没有得到大山的回应，但为了治好母亲的眼睛他没有放弃，继续向上攀爬，到了半山处感觉有些累了，便长长地叫了一声'哟喂……'好舒口气，不料声音一发出，山的腰腹部就也出现"哟喂……"的回音。陈石匠顿时来了精神，叫道：'哪儿有治眼的泉水啊！'那边马上回应：'哪儿有治眼的泉水啊！'陈世方心想这一叫一应不正如和尚所说的，应该是找到地方了，又自言自语道：'泉水在山上吧？'此时山中又传来声音：'在肩上，在肩上。'余音在山野回环。于是他顺山爬到贾角山左峰下的一个石缝间，发现了一个酒杯大小的泉眼，正漫出清泉，水质清纯透亮，温润若脂，流入下方的树丛后，又消失于地表。石匠暗想此泉身处山巅，却有龙洞水源，也真是稀奇了。正口干舌燥，便凑到壁上喝了一口，顿觉甘露入脾，浑身舒爽，又掬一把浸入眼内，感到细腻柔顺，入眼毫无异样。便取回家为母亲洗眼。果如那慧明所言，母亲从此重见光明。陈世方见母亲复明，内心不胜感激，便打了尊观音石像酬谢慧明，慧明说：'你就把石像搬到那泉水边供奉吧。'第二天，恰逢当年的六月十九日，陈世方见太阳初升，那取水岩的上方正好出现了佛光，便组织族人将自己亲手打造的石像一路敲锣打鼓地送到泉水岩旁供奉起来。后来，取水治病的人越来越多，香火逐渐旺盛，慧明的传人慧觉便来这里扩建了寺庙，使这神奇的'佛家'之地得以流传数百上千年，至民国末年，才毁于一场山火之中。"

"这你都知道，怎么不早点说呢？也省得乐伯到处找他的梦境之地了。"卓娅眨着大眼睛向着柳鸣打趣道。

"我也只是因乐伯发现这一'佛像'秘密，才联想起传说的寺庙啊！"柳鸣顺着卓娅的意思，做了一个"冤枉"的苦脸。

"看来，这一切都是缘分，乐伯的梦要乐伯才能解开。"汤姆出来解围。

"也许只有经过一番寻觅，才能读出这一方山水的内在含意。"乐伯不无感慨地向众人解释。

"是的，观察事物，真要从方方面面不同角度去审视，才能看清其本质或神妙所在。"柳鸣见乐伯如此感慨也受启发似的补充。

"我刚才在思绪飘浮里聆听到了这座山的'腹语'，与你讲的陈石匠所遇也有神奇的巧合了，莫非大山腹中真能隔山喊话？"乐伯极为兴奋。

"没错，小时候读书常经过贾角山肚腹上的腰线，渴了饿了，哭了笑了，都爱和几个同学站在梁子上对着山腹喊叫，听大山的回声。你哭，它哭，你笑，它笑，你问它，它问你，乐此不疲，连唱歌也去对飙，看谁的声音大，谁的声音长，谁的声音最动人。"柳鸣精彩地描绘着。

"好神奇！"卓娅与汤姆几乎异口同声。卓娅又说："有机会，我也要去那里喊一喊山，要梁生辉一同去，喊'我爱你'。"

"我们可以来一个山地户外运动创新，设置一个有趣的项目叫'喊山'比赛。"乐伯提出了新的想法。

"喔咦——呜咦——"麒麟长鸣，也欢快地似要加入喊山。

"这山的妙处还远不止这些，留待以后细说吧！"柳鸣收住了话头。

·第十四章·

　　这山体的神奇回音、这湖边的遐想神游都给乐伯一行带来新的思考。而这些如何与山地户外运动联系起来，如何与体育运动精神联系起来，其实乐伯的心里已经有了一个宏大的规划。

　　他站在这一镜湖泊面前，右手平伸，竖起了一个大拇指，微闭左眼，用右眼瞄着，随即口中念道："湖中龙舟道，沿湖自行车道，沿佛登山步道，芙蓉江峡谷划艇道，抬滑竿道……赛道都是现成的，既符合人类亲近自然的健康生态环境，又满足人类极限运动的物质条件要求。"

　　大家听了乐伯的话，才发觉这水路、环道、桥梁，佛山的山径、岩峰、崖壁是那么包罗万象，将山地户外运动所需的地理条件通通容纳了。

　　乐伯开始在笔记本上勾画起来，他满面春风地感慨道："感谢上苍有眼！感谢中国地灵！”这处理想的山地户外运动基地无疑是人类的福祉之地啊！

很快，乐伯将消息传给了远在怀俄明州的夫人，以及身处利伯维尔的方奇，让他们分享他来中国寻梦的美妙。

方奇迫不及待地查看地图，又查询了相关资源，憧憬着他与乐伯在中国共同举办山地户外运动赛事。他决定飞一趟中国。不过他先得从加蓬赶回美国，还有一些准备工作要做。

而乐伯也还要到一个叫仙女湖的地方去看一看，这是卓娅给他介绍的。据说仙女湖湖边有个神秘的梦幻谷，景致十分迷人，被称作恋人出行的绝佳之地，那儿也许是今后山地户外运动场地的重要补充。

可万没想到来此神秘之地后，却出现了一个大家都想不到的意外。却说那日，乐伯等人发现“佛伴湖”的景致后，麒麟也兴奋异常，它又是扬首啸鸣又是摇尾蹶蹄，它好像太懂乐伯的心事了，他与乐伯完全心心相印似的同喜同忧，汤姆见状也觉不可思议，但一月来麒麟的举动已让大家适应了这种神奇，因此，大家也只是心领神会，觉得已经归于自然。

就在到了梦幻谷的那个晚上，麒麟竟然精神倦怠，昏昏欲睡。乐伯认为是这些时日麒麟太累了，所以任它早早歇息，心里思恋起锦林。

一行人在梦幻谷外面的村庄找了一家农户歇宿。这里的地貌，形如一道凹谷从山体由北向南延展而去，凹谷两边是翡翠般的原生态植被，若两条玉龙匍匐并行，谷间一汪清亮的小溪从花林间潺潺流出，一直延伸到村边，芬芳之气随清流徐徐送来。溪外逐渐开阔，分布开一大片草原，草原边的村子修竹成林，果木簇拥，瓦屋人家点缀于林荫之间。

　　乐伯见一户人家门楣上高悬"仙女村"的招牌，便提议："我们就在此投宿吧！"大家几乎异口同声："这村名真好！""既是梦幻谷，又是仙女村，好有诗意，要不，鸣哥来首诗吧！"卓娅向柳鸣努嘴。"现在又困又饿，哪儿还有诗意，快进店歇息吧！"柳鸣对卓娅露出一丝苦笑，接过她手中的东西进屋。大家于是进店安顿下来。

　　房主朱时友古道热肠，十分好客，对这一行人及神兽的到来感到惊喜，忙不迭地为客人们端茶递水，准备晚餐。亲自下厨煲制当地有名的"三叶土鸡"不说，他还搬出精心酿造的"仙女村酒"，让客人们尽情品尝。在朱时友热情的款待下，乐伯一行畅快地赏景休闲，放开了胃口品尝美食、畅饮美酒。

　　但乐伯不喝白酒，那是他的夫人苏丽雅对他的要求，要他爱惜他的肝脏，甚至还叮嘱他来中国后寻找那味"七叶草"。乐伯选择了葡萄酒，倒是汤姆、柳鸣、卓娅接了那醇香四溢的"仙女村"忘情地喝。

　　找到心仪的户外运动比赛场地，乐伯实在是太高兴了，连喝了好几杯葡萄酒，他脸色红润，阔额放光，神色亢奋。泛着红光的面色特别显示出他面孔中的东方人的帅气。其实他的脸上也有母亲西方血统的表达，东西方的交融，使得平时的他表情总是充满坚毅、自信而又不失温和厚重，特别表现出绅士温润的气质。

　　柳鸣也因自己肩负的使命可以随乐伯的考察取得阶段性的成果而振奋。

　　此时的乐伯忍不住向大家说出了埋藏心底的秘密。

　　他的祖地就在武陵山的天生三桥，他的祖父就是当年信宁药房的掌柜虎俊生，他的父亲于兵荒马乱中，凭着祖传的一技之长走南闯北，不料被日军当作劳工转至滇缅深山做搬运，幸得美军飞虎队相救，得以从日本人手中逃脱，转而去了美国。

然后，他又给大家讲了他在加蓬丛林的梦。是梦指引着他来到东方找到理想的户外运动基地。

乐伯说完这些，提议："大家也去敬敬我们一路的好朋友吧！它该休息得差不多了。"大家知道乐伯指的是一路朝夕相处的麒麟。正好它也满意地吃着美食，见一个个都端起酒杯来寻它，扬头抬腿，似与大家同庆同乐。汤姆乘兴道："你也来两杯'仙女村'吧！"麒麟真张开大嘴一饮而尽。卓娅："哇！它也能喝酒！真是了不得！了不得！"乐伯摸了摸麒麟的头慰劳道："谢谢你！我们的旅途因你而精彩。来，我好好敬你一杯！"柳鸣也诚挚地敬酒。麒麟来者不拒。

当大家都去休息后，乐伯还没有睡意，高兴之余，又升起了远方的思恋。也许离故乡远了，孤独便近了。月光与酒亦使他渐渐坠入忧伤与深沉。他想他的苏丽雅了，于是他拿出了临行前她给他的那封信。打开后，里边是一首写"蒲公英"的诗：

蒲公英

它没有哭泣。
把所有想哭的平庸与朴素
瞥进怯怯的眸子。
它在我内心深处
找了个安静的地方听风。
一阵欢快的马蹄声过了，
是牡丹追逐花前月下。

一阵热烈的锣鼓声过了，
是玫瑰庆祝良宵美辰。
它还在听，
听那荒野中路过的低叹！
那劈开荆棘的人出现了。
除了平庸、朴素，还有一张
苦瓜脸。
手里的刀镇着风中的刺。
那拓荒者的挥舞，
难免中刺毒、患胃炎。
自己根性苦，可为他
清热解毒，消肿结散。
所以就他了，就他做
着陆的怀抱。
就这样，它从我的心尖上
蹦了出去。
相拥的一刻大山嘘了嘘哨，
带走我的祝福。
像那把明晃晃的刀
做春天的自由者，
打开你羞涩的花儿。

乐伯看完这封特别的信，眼睛潮湿了，想不到他心中的女神还是一个多情的诗人。她把自己比作了那平凡的蒲公英，要为远行的似拓荒者一般的丈夫"清热解毒，消肿散结"，要给他祝福，"做春天的自由者"，至于那朵"羞涩的花儿"，应该就是自己梦中的追求吧!

翌日晨起,一行人准备出发去仙女湖,却找不见了麒麟。因天气暑热,这段时间麒麟都没有进屋歇息,往往就在屋外干燥处取一铺席子便歇了。这下众人慌了,尤其农户一家深感不安,这么神奇、吉祥的动物昨晚不是好端端地睡卧在那大箩筐里面吗?不是还和大家热热闹闹地喝过酒吗?怎么今早起来就空了呢?这要是怪起他们来怎么办啊!左邻右舍都跟着共同寻找。

柳鸣组织大家到房前屋后去搜索,他想麒麟或许是到竹林里方便去了,或许是到仙女湖去游泳去了。大家把该想到的地方都想到了,该找的地方也找了,却不见麒麟的半点影子。乐伯没有丝毫慌乱,他摆了摆手,示意大家不必再找了:"神兽精通人性,如果他走了,我们找是找不着的,如果他是去方便了或是去了其他地方,他自然要回来的。"

大家觉得他说得很有道理,也就停止了搜寻,吃过早饭便与农户作别。虽说阳光正好,又要去卓娅神往的地方游览,但众人心中都空落落的。那麒麟怎么就在梦幻谷凭空消失了呢?少不了的疑问总在一行人的脑间萦绕。

接下来,乐伯开始策划他的大事了,他得选好他的队员,组建他的"东方队"。

"Mr. 长滩啸!""到!"

"Mr. 晏长久!""到!"

"Mr. 晏永生!""到!"

"Mr. 梁生辉……"这次卓娅的男朋友梁生辉加入了他们的队伍,并担任起了训练助教的职责。

当长滩啸、长久、永生、虎云飞、汪三、田五、卓娅、梁生辉等都计算入列后，乐伯还需要一个人，这时他又想起了锦林。

却说锦林那日在加蓬奥果韦神秘失踪后，再没了音讯。原来，他昏昏沉沉穿过密林回到了他的家族部落，可是一回到家后便昏睡不醒，不吃不喝，如植物人一般。家人认为他"中邪"了，在部落族长的主持下，请来巫师，并聚集起来认真地祈祷。他们在脸上、身上画上虎脸或戴上驱鬼神用的面具，跟着巫师又唱又跳，围着锦林转圈圈，但锦林丝毫没有反应，只是沉沉睡着。后来家人没有办法，就让他安安静静地睡，盼望他哪一天能苏醒过来。

这一天终于盼来了，锦林突然转醒。当时，他心爱的丹妮正好守在身边。醒来后，锦林不敢相信他朝思暮想的丹妮会出现在他的家里，当得知原委后，他万分感动，抓着丹妮的手对她及身边的家人说，他一直在做梦，梦见自己变成了一只麒麟，随乐伯去了遥远的东方。梦中的故事太长又很美，他不忍打断，所以不肯早早醒来，还告诉他们，大家围着又唱又跳的时候就差一点把他吵醒了，他正在施救乐伯，那日乐伯从桥上摔了下去，情况万分危急。

丹妮和众人都万分惊奇，天地间哪有如此神奇的事呢？

"Hello? Oh, Mr. 方，你收到我的信息了吧。"

"Yes! Mr. 乐，你很棒，我们就快要见面了。"

"什么时候？"

"很快，很快，我会给你惊喜。"还在加蓬利伯维尔机场的候机厅里，方奇便接到了乐伯打来的电话。

方奇已经启程了，他马上回美国，要将乐伯的夫人苏丽雅带去中国，这就是他要给乐伯的惊喜。

而此时此刻，在美国怀俄明州的议会大厅里，大屏幕播放着黄石公园及落基山脉野外苏丽雅及她的学生跟踪观察灰熊的画面，背景音乐是锦林之前从中国台湾找来的《森林狂想曲》。

原来，这里马上要举行一个喜气洋洋的颁奖典礼。苏丽雅独辟蹊径，在北美冰寒野外动物科研领域取得了巨大成功，她付出十个春秋，终于使得"北美灰熊与人类"课题获得了硕果。

当贝多芬欢快的《田园》钢琴曲响起，州长迈克·戈登先生神采奕奕地走上了讲台，他挥手向台下的人们打着招呼，大厅里响起了热烈的掌声。

"先生们、女士们，你们知道美国落基山脉一望无际的旷野的象征是什么吗？是那里的山、水、森林吗？不是。是我们的北美灰熊，我们的亲密伙伴，使落基山有了灵魂。威廉·豪纳迪曾说过，'落基山脉如果没有一只北美灰熊，或甚至连一头熊都没有，那就只是半座山了，一切会显得那么的稀松平常、毫无野性。'为此，我们美丽的教授苏丽雅做了很多工作，她和她的学生们是落基山灵魂的守护者、研究者、拯救者。好吧！我们要把怀俄明州最高的奖项——这尊纯金灰熊奖杯颁给他们。"州长的颁奖辞引发了热烈的掌声。

他又道："下面我们请苏丽雅说说她的获奖感言吧！"

苏丽雅穿着绿色的长裙优雅地走上领奖台，和州长来了一个小小的拥抱，然后捧过奖杯向台下的人们举了举，便交给了奖台旁边的学生安徒生。

接着她开始发言："我们走进了冰寒的落基山脉，我们在那里一待就是十个春秋，我们弄清了北美灰熊的栖息环境、生活习性、繁殖方式等，它们真的是太有趣了。我们发现，那儿的草地贪夜蛾之所以没有泛滥，就是因为灰熊。数以万计的飞蛾喝了花蜜，然后在白天聚集在周围的岩石上。灰熊以此作为美餐，每天它们要消灭一万至两万只的飞蛾。

"它们还会找到松鼠在冬天储存坚果的贮藏室，甚至凭借极佳的嗅觉，跋涉数千米找到腐肉，实在是生存的高手。它们在冬眠的洞穴中产仔，幼崽的颈部有一道白色的圆环围绕，但随着年龄的增长这道圆环逐渐消失，这也是它们的生存之道。

"我们救助过受伤的灰熊妈妈，以及走丢的幼崽。除此以外，我们走进了山下的村庄，我们去那儿建救助站，还去那儿宣传《华盛顿公约》（亦称《濒危野生动植物种国际贸易公约》），呼吁大家给足它们觅食和生活的空间。因为它们的活动范围可以达到五百平方英里（相当于一千三百平方公里）。但是，伴随着人类定居点范围的不断扩大和延伸，它们的自然生存环境受到极大限制，从而威胁到它们的生存。随着大批欧洲殖民者来到美洲，北美灰熊的数量开始锐减。在不到一百年的时间里，北美灰熊的数量从最初的十万只减少到一万只。

"我们更不想看到人们把北美灰熊当作战利品加以猎杀，必须破除那些相信熊掌和熊胆具有神奇药效的错误想法。最初我们的行动遇到了来自木材业、州政府及家畜协会和狩猎协会的阻力，但我们不遗余力地去尝试，终于取得了保护、繁育、救治方面的成功。我们也可以像中国大熊猫科研机构一样在世界上独树一面灰熊保护的旗帜！

"当然，我得感谢我的大学教授肯尼迪先生的支持，是他在这个研究领域给予我鼓励，还有安徒生和约翰·琼斯两位才俊的恒久的努力！"

大厅里响起了雷鸣般的掌声。

两名学生向苏丽雅献上了鲜花，他们拥抱着，共同分享这难得的荣誉。

一直在台下关注着苏丽雅发言的麻省理工学院的教授肯尼迪端着盛满葡萄酒的高脚杯走了过来。

"祝贺你，Ms.苏，你很伟大！来吧！干一杯。"肯尼迪递过酒杯。

"谢谢！先生，你让我很受鼓舞，你什么时候到的？"苏丽雅很惊喜。

"州长向我发了邀请函，他知道我关注你的课题，我想在不打扰你的情况下出现在这里，所以我不声不响地坐在那个角落。不过听到你在台上表扬我，我都以为你看见我了。"

"我好感动！得再喝一杯。"苏丽雅又倒上了酒。

"接下来怎么安排？"

"我得给自己放一个长假了，我想要去中国，去看看乐伯的梦中之境。"

"真棒！祝你们早日团聚。有机会也去看看中国的大熊猫保护基地吧！或许对你的研究有帮助！"说完肯尼迪向苏丽雅举了举杯，又比了比大拇指。

"是的，他们俩都喜欢野外，中国的山川一定有他们喜欢的风景！"州长戈登接过肯尼迪的话头凑了过来。

在东方航班369号的舷窗前，苏丽雅正往外看着蓝天外的中国领空，以及那朵朵白云下掠过的山水，她就要与日夜思念的乐伯见面了。这块土地弥漫着温馨而朴素的气息。坐在一旁的锦林不像往日那么多话，他安静地喝着饮料，只在恰当的时候问问苏丽雅需要点儿什么。

方奇和威宁坐在不远处，也在闲聊着。

而在机舱的一个角落里，一个胖子一边看着报纸一边喝着咖啡，旁边放着拐杖。他半眯着眼缝，似睡非睡，瞟着方奇他们聊天。

他跟着方奇他们上了飞机，是要到中国来临阵指挥，实现他们不可告人的计划。

乐伯的手机响了，方奇说他就要到渝州了，一同来的还有锦林、苏丽雅和威宁。

乐伯日思夜盼的人就这样都来到了他的身边。他们相互深深地拥抱着，仿佛在倾诉着离别的日日夜夜。

方奇的中国之行十分愉快，见了"佛伴湖"后，他也陶醉了。他叹道：《景德传灯录》正所谓'镜明而影像千差，心净而神通万应'是也。"

他将乐伯的手紧紧握住："谢谢你，太谢谢你了，这里'横'的'竖'的都有了，是你发现了这无与伦比的理想胜地，你太伟大了。"两位既是对手又是朋友的人又一次默契地互相认同了。

柳鸣想不到这方奇也是谙熟东方文化的高人。难怪乐伯与之如此相谐，又如此相惜。真正像古龙笔下的"小鱼儿"与"花无缺"。他指的"横"就是那游泳、皮划艇等横向运动的场地，"竖"不言而喻，就是那些攀岩及速滑等纵向运动场所。

乐伯当然懂方奇的语言，激动地说道："这是绝世无双的好地方，这里融山、水、洞、泉、林、峡于一体，集雄、奇、险、秀、幽、绝于一身，是了不起的世界自然遗产地。这也是举办山地户外运动项目最优秀的基地。"

方奇比了一下大拇指肯定道："这在世界上是不多见的。"

　　"这些景致和我们结缘，也要谢谢威宁，他和我们走了很长很长的路。"随即乐伯和身边的威宁也深深地拥抱了一下。

　　"嗯，这儿气候也不错，属亚热带，对运动员开展山地户外运动十分有利。"方奇看了看四周，又吸了吸鼻腔道。

　　"来来来，太幸运了，咱们得干上几杯。"乐伯给方奇端来一杯红酒，又递了一杯给威宁。

　　"这山这水配美酒太好了。"方奇做了个调皮的表情。

　　"咱们得一醉方休了。"威宁也举杯碰了过来。

　　当晚，他们举行了热烈的庆祝宴会，欢迎方奇一行的到来，并为乐伯找到理想的比赛胜地而祝贺，他们在东方的大地上感受甜蜜的快乐。

· 第十五章 ·

  乐方二人当即拍板，他们梦中的山地户外运动公开赛就在龙县举行了。他们需要做的是策划赛事、招兵买马及组织训练。乐伯和方奇已经在行动了，方奇从美国陆战队退伍兵中选好了个个都强悍无比的队员，他充满着卫冕的信心。

  而乐伯在心中也有了自己的打算，他拿出笔记本，按照标记通知他的队员到龙县仙女山森林公园集合，告诉他们他的构想和目标，他要战胜方奇。

  队员们得知乐伯的想法后又惊又喜，惊奇的是山里人平时玩的竟然能成为一项体育运动，叫作山地户外运动，喜的是乐伯瞧上了他们，大展拳脚的同时还可以去争取大奖。

  一切都过得那么快，龙县的山地户外运动公开赛将要在两大阵营之间展开，相关的话题遍布各大电视台及报刊。

　　而麒麟的出现与消失也引发了热议，有的说它曾经来过，真实地出现在人们面前，有的说它是个谎言，根本就不存在。而随着比赛进程的推进，人们的讨论转向了其他方面，麒麟重新变为了传说。

　　锦林与乐伯讲述他消失、昏睡、长梦的过程后，乐伯也惊讶于这一神奇事件，他联想到麒麟的出现、相随、消失，也不禁对两者之间的关系浮想联翩。

　　他向苏丽雅说："我们与麒麟的相遇，本来在怀俄明州的那天晚上我就想告诉你的，但因为父亲的录音带没了心情，再说又怕你不信，怕你多虑，就没有提它，想待你亲眼见证。它陪了我几个月，就像落基山的灰熊陪你一样。真是遗憾，没让你见到。"

　　"我所认知的物种里，还真没有这种生物。"苏丽雅向乐伯摊了摊手。

　　"是的，我也不敢相信，不过我们也不要再讨论了，它似乎成了过去式。"

　　"哦，亲爱的！从有它变成无它，已经很哲学了。"苏丽雅调侃着。

　　苏丽雅又说："世间的事，有些需要去证实，有些只要自己认可就足够了。你认为麒麟是现实中遇到的并一起生活过，你就相信这一切是真的吧！"

　　"我当然信你，虽然我在我的研究领域有自己的标准，但我爱屋及乌，随你了。"乐伯不再纠结，本来在汤姆及柳鸣等人面前，他从未纠结过，而在夫人面前，他倒有些学生气了，这或许应归为男人柔情的一面。

　　当乐伯、方奇等人沉浸在前期取得果实的同时，龙县地方政府及相关部门也在紧锣密鼓地部署着下一步的工作。在龙县县委小会议室里，刘书记亲自主持会议，要求文旅委、发改委、公安局等负责人一定要做好服务工作，为赛事活动做周密准备。

"你们要考虑方方面面，为他们创造条件。要成立专门的工作组，制定工作方案。这是一个系统工程，必须落实责任、细化任务、分工协作。有什么问题提出来，我们一起解决……"书记说道。

当各负责人都纷纷表态，一定认真落实会议精神，全力做好协调配合及相关服务工作后，书记又对着朱大安特别强调："老朱啊！咱们要把龙县当一个大公园来打造，外国友人来举办山地户外运动，这是一个很好的载体，会把我们的地方风采推向全世界。所以我们一定要展示出龙县的独特魅力，你们文旅委担负起引领全辖旅游发展的责任，肩上压着不小的担子，一定要以全辖为大公园，一山一水为小公园，一角一貌为微公园，'处处是公园、处处是美景'的概念来规划布局，充分利用好龙县的河流、洞穴、湖泊、森林及人文、民俗资源，做好协调配合，以此集聚全国乃至全世界的目光，提升龙县的知名度和美誉度，让世界上不光有美国的黄石公园、法国的卢森堡公园、加拿大的斯坦利公园，还有响当当的中国龙县公园。"

朱大安对龙县公园的打造本就乐观积极，见书记又专门对自己做此强调，便充满信心地起身说道："书记，放心，我们一定处理好开发与保留的关系。一花一石、一草一木、一鸟一兽的养护，松竹梅、路桥亭、楼台榭的陪衬，皆要做到天人合一，绝不顾此失彼，时时处处想到人与自然的和谐相处，这是我们流传后世、造福子孙的大计。届时，让全域百姓都身处公园之中看比赛，拿出鲜花和美食接待好天下游访者。"

会议室响起了热烈的掌声，大家对朱大安的一番豪情表态予以赞许……对于赛事的准备，龙县县委、政府层面的工作已在高效推进。随后，县府办就相关工作动态召开了新闻发布会。

郭县长对记者们说："我们具备了充分条件，对在龙县举办国际山地户外运动公开赛，有足够的信心和把握……"

很显然，这场赛事不只是乐伯和方奇及其他热心者的事了。它牵动了中国龙县政府及百姓的神经。因此，柳鸣的使命并未终结，相反他的事情更多了，地方政府已把乐伯等人申报的山地户外运动赛作为重大赛事来抓，柳鸣就继续待在乐伯等人身边负责收集、整理信息，以及宣传报道等工作。这也正中柳鸣下怀，他除了身上的工作担子，不是本身就有写一本山地户外运动小说的想法吗？这样的工作安排，让他能够全程跟进，将对写作大有裨益。

而另一边的"蝙蝠"也没有闲着，他们也加大了活动的频率。

"嘟、嘟、嘟……讲。"在芙蓉湖畔，胖子放下鱼竿，拿起了电话。

"他们已经决定在中国龙县角力，我们的前期工作将见成效。""墨镜"走出新闻发布会的现场，向已来中国的胖子汇报。

"很好，什么级别的赛事发布会说了吗？"胖子问。

"很快提升到国家级，并可能成为国际级，这场赛事不只是乐、方二队之间的比赛了，将会有多个国家参赛。中国的国家体育总局派人协助指导。"

"漂亮，我们得大干一场。"随即鱼竿在动……"等下，我……"胖子被迫放下手机。

"弄到大的了吧！""墨镜"在笑。

"是的，晚上我们有美餐了。"胖子瞧了瞧还在挣扎的猎物。

"好，晚上烤了它，我开始准备方案。""墨镜"胸有成竹。

如何使赛事体现山地户外运动特色，又能产生全民参与、全民健身的效应，乐伯、方奇对赛事项目进行了认真反复的研究，他们要把这次大赛设计得既有挑战性又有娱乐性，同时要使规模空前，在国际上引起反响，以吸引更多更广泛的关注。因为这是在他们共同追求的梦中乐园中进行的比赛，所以他们要使这次比赛办得与众不同。

由于乐伯一行的考察及麒麟的传说，这场比赛一开始便披上了神秘的色彩，激发了人们的兴趣。电视台的新闻发布，以及政府的响应使赛事还在准备阶段时消息便已传遍全球。

本次赛事已突破乐方二人最初设计的规格了，它以乐方二人梦想为初衷，将为中国龙县的推介做出更大的贡献。

大赛组委会在乐方二队基础上另外邀请了多国组队竞技，大赛奖项设置"麒麟杯"由地方政府资助，乐方二人之间私下的竞技如约进行。双方的输赢同样按竞技中的比赛成绩决定，同时也与其他队一样参与政府奖项的争夺。此外，相关部门还将积极提供宣传、转播、安全、物资供应等方面的支持。原本乐方二人拟定整个赛事完全由他们双方发起承办，龙县政府协办，其费用支出及活动收入均由他们二人自主。但最后敲定，总体构架由原来的"二人搭台、'乐方'唱戏"，转变为"政府搭台、多人唱戏"的格局，并把比赛定在国庆日十月一日举行。

赛事的内容及相关运动项目由乐伯与方奇他们确定后，报组委会审批备案，参赛队的费用一律按市场化方式运作，从广告和传媒转播收入中支取。

一切都是那么地顺利高效，尤其是政府方面的积极作为让乐伯与方奇始料未及，包括安全保障、医疗救护、消防应急等赛事保证措施都考虑周全。中国做事的大气布局使他们二人的理想愿景得到了真正的升华。

所以二人的工作积极性也随之高涨，几乎倾尽了所有的热情，人员培训、志愿者征集、前期宣传等方面的安排部署方案出台以后，又邀请活动专家对工作人员进行了服务培训，提升统筹能力、危机公关技巧等实战能力。他们认为这不仅有助于提升龙县举办国际赛事的工作实力，也将成为活动预热的一个新闻热点，成为城市举办国际赛事方式的一次有效的探索。

为了热身造势，组委会建议从学校征集志愿者，乐伯和方奇都深表赞同。他们认为这是有趣的序幕，像一首好歌的前奏。由学校组织志愿者以社会实践的方式参与活动，既有朝气，又便于管理。

同时，发布部分外国小语种专才志愿者的招募信息，并且计划创作一到两首国际山地户外运动的宣传单曲。

如歌曲《你》："你"带来的是被关注的感觉，是一种面对面的交流，它也许是旅程中的伙伴对你的呼唤，也许是这一块土地对你的接纳，也许是传达给你的一种观念带领你成长。

并认为可邀请一名明星和志愿者演唱并录制成 MV 在电视及网络上播放，也可以利用媒体通过策划某个志愿者的个体新闻来增加前期宣传的热度，这些都是有可能的。

当大家正在讨论大赛的宣传策划时，柳鸣走进办公室告诉了大家一个好消息："暑假期间日本青少年将来中国举办夏令营活动，组委会拟组织中日青少年户外大比拼夏令营友谊赛，来丰富我们的活动内容。"

这真是一件意外之喜，用中日青少年的夏令营活动来为户外运动赛事预热是一个不错的主意，也深得乐伯与方奇的肯定。

乐伯说："户外运动是淬炼品格和毅力的一种优秀的方式，当教育承受着越来越多的社会关注的时候，对青少年综合素质的培养方式和检验标准成为教育部门和社会家庭的共同话题，这便是机会。"

方奇也说："组织中日中学生开展一次国际性的拓展竞赛，无论比赛结果怎样，都将使我们的山地户外运动意义有所升华。"

乐伯说："比赛中留下的数据和经验将有助于未来对孩子综合素质培养的标准设定，那么龙县也许可以拥有一个可持续发展的、常态化的青少年户外拓展基地，而如果我们将这次比赛纳入整体活动的一个组成部分，在本次竞赛闭幕式上进行颁奖，那么这项活动就又上了一个平台。"

方奇说："实现以前期活动预热竞赛，以竞赛扩大影响力的双赢，更体现了龙县户外运动的高覆盖性。"

不仅如此，组委会为了让整个赛事更烘托出户外运动的文化效应，还决定有计划地邀请一部分能给媒体带来宣传价值的励志选手参赛，比如身处逆境却仍然勇敢坚持梦想的各行各业的活跃人士。德国就有一个九十一岁的老太太玩双杠而技惊四座，收入吉尼斯世界纪录，吸引了全世界的目光。同理，本次邀请的选手也将接受采访，采访的内容经整理后在比赛中与大赛平行剪辑，既立体地呈现大赛的宣传方式，又让大赛过程中的舆论宣传精彩纷呈，吸引观众持续的关注和参与。

　　同时，采访将继续深入评委、观众、参赛队伍中，带领他们从户外运动的形式开始，讨论户外运动的精神命题。

　　乐伯认为："龙县人祖祖辈辈生活在深山老林，个个都是攀山越岭的高手，有这些地方健儿参与，将使户外运动更具包容性。"

　　方奇提出："可以设计一个沿芙蓉湖的万人马拉松赛，并在赛中穿插有趣的地方文化项目。"

　　乐伯道："这是个好主意，还可搞一个百人拉纤、唱川江号子的活动，更富有历史韵味。"

　　方奇道："这个好，这个好，这个我还没有见识过，只听威宁说起你们的体验。"

　　乐伯道："这是长江、乌江流域中国人的生活史，我们可以用夸张的手法来进行表现，这将会成为这里的一大亮点。这里的划龙舟、舞火龙等民间活动本质上都是大型团队合作完成的运动项目，可以从这个角度去结合本地文化进行宣传。"

　　讨论还在继续，不过这并不影响"蝙蝠"的活动，他们虽然更关心正式比赛时的人群动态及结果，但赛前的热度高涨也是他们想要的。

　　在一个公园的僻静处，一胖一瘦又隐秘地交流了起来。

　　"从组委会那边探得的信息看，这次大赛对赛前造势十分用心，并把赛事升级为了国际大赛，我们也得趁热打铁，多在网络世界里加速升温，把气氛造起来，以便开赛时吸引下注者。"

　　"这场赛事，一是宣传热度空前，二是预热活动众多，三是多方联合的影响巨大，四是国际关注超常。我们得认认真真打好这副牌。"

　　"我把收集的信息整理一下，传给他们先把'火苗'点起。"

胖子："哈哈哈，很好。"

接下来，"墨镜"转了话题："那批货应该到了吧？"

胖子一下收住笑容："是的，不过总感觉右眼有点跳，没收到收货人的回复，再等几天吧！"

原来，胖子在出发前，安排了一批象牙发往香港，这边"墨镜"已找到了收货的地下交易商，催着要货呢。

另一边，威宁听着乐方的讨论也说了自己的想法："能不能将中国传统文化融入比赛？"

"刚才说的百人拉纤赛就是一个极好的项目，马上中秋节就要到了。"乐伯回答道。

"哦！这个拉纤比赛本身很有观赏性，又正赶上中国人的中秋节，以上岸回家为终点，表现团圆意象。"威宁一点便通。

乐伯说："将群众体验赛道活动与中秋节日活动相结合有着非常好的意义，中秋之后，正是我们选定的比赛日期。"

方奇说："多组织几支队伍，尽量延长体验赛的赛道长度，体现拉纤的壮观声势，搞成接力赛，会更加热闹。"

乐伯说："选在乌江的五里滩进行，融入乌江号子元素，营造江上气氛。每个赛段完成后再体验当地少数民族的独特文化，如敬酒、对歌等，领取签到信物可继续下面的旅程，最后以获得信物的多少决定名次。"

方奇说："晚间可以举办独具特色的纪念嫦娥活动，举行联欢晚会进行互动，将热身赛推向高潮。"

乐伯说："晚会中，利用乌江航道独特的拉纤影像及乌江号子文化进行重要环节的节目设计，将民间的美好传说与龙舟、皮划艇等极限运动相结合，赋予乌江更多浪漫的情调。"

经威宁这一点拨，大家你来我往地说出了更多的设想。事实上，乐方二人的一些建议已得到龙县、渝州官方的支持，政府部门协调，邀请比利时、曼谷等渝州友好城市派代表参加赛道体验和中秋赏月活动，并参与演出，为大赛更添色不少。这样在龙县这片神奇的土地上，人们训练、热身、宣传，各司其职，各显神通，全方位地拉开了山地户外运动赛事的序幕。

·第十六章·

转眼便迎来中日青少年学生夏令营活动。

如乐方二人所料的那样，这一预热项目不仅为大赛带来了源源不断的话题，也就青少年综合素质发展唤起社会的关注和思考，使即将开展的山地户外运动大赛有了更高的落脚点。

晏山大爷把他的孙子们召集到身边说："大凤、二凤，还有子青，你们可不能给咱中国小孩丢脸，要拿出看家本领把他们比下去，让他们领教咱们的厉害。"

"爷爷，中日友好了，我们开展夏令营活动是为了友好交流。"大凤对爷爷说道。

"友好是对的，但不能忘记他们的侵略史，你们几个这次比赛反正不能输。"晏大娘过来帮晏山大爷的腔。

子青道："爷爷、奶奶你们放心，历史不能忘记，但面向未来，和平共处、加强中日友好往来是我们努力的方向。""我说不过你们，也许冤家宜解不宜结是对的。可你们必须全力以赴，长我龙县人的脸。"晏山大爷的手在空中有力地比画着。

"好的！"孙子孙女们整齐地回应爷爷、婆婆并敬了个学生礼，才高兴地走出门去。

与此同时，长根兴也被爷爷奶奶叫到面前叮嘱："当年，日本人来乌江投过炸弹，还炸坏了你曾祖父和你姆家留下的几只渔船，现在他们的后辈子孙上门比赛，你得拿出乌江后生的本事来，亮一亮铁打的筋骨，把奖给我们领回来。"

"我会努力的，晏子青、龚帅、汪帆，还有大凤、二凤她们也都做好了准备。"长根兴自信满满地表决心。龚帅、汪帆正是长滩啸好友龚老歪、汪三的孩子，这一批年龄相仿的孩子个个都喜欢跟大人一起在乌江上日晒雨淋、磨炼身体，体质和意志都经得起考验，在学校也是生龙活虎的健将代表。

龙县的七月，阳光灼人，暑气正升，但这丝毫不影响预热活动的正常进行。夏令营活动场地定在了仙女山一片清凉的草原上，这儿拥有蓝天白云、绿草清风的宽旷牧园，被誉为中国东方瑞士避暑天堂。近五百名中日两国的孩子们可算入了纳凉仙境。

只见空中飞来了十架滑翔伞。每个伞棚下写的文字连起来便是"中日青少年夏令营开营快乐！中日青少年の夏キャンプの楽しみ！"得意的是那飞翔的队形在空中不断地变换，从一条斑斓的长龙变成雁阵，又转为心形和蝴蝶，最后才缓缓降落。下面有十个画好的圆圈，每个圈里又有两个大字，连起来便是"为中国龙县国际山地户外运动公开赛热身！加油！中国竜県の国際山地の野外運動のために公開試合を行います！"

接着活动开始了，第一场是青少年绑腿跑趣味比赛，比赛赛道为五十米，每二十人一组，中日队各组织了十组学生参加。每组队员各出一腿绑在一起，并排站在起跑线上，听到哨声时出发，以最快到达终点为获胜。

比赛过程中，所有相邻队员两腿自始至终要用绑腿绳绑在一起，如遇脱落，需在原地重新系好后才可继续行进，否则成绩无效。行进时，要以规定的姿势完成跑步，不能随意变换。如中途有队员摔倒，待整理好后可继续行进。

晏子青、长根兴及龚帅恰好在同一组，而汪帆、大凤、二凤在另一组，他们横排立于起点线，等候着发令。

只听一声哨响，排在方队前面的第一排中日队员们起跑了，晏子青挺在正中，像这二十人的定心针，肩负起左右协调、稳步行进的大任，而长根兴、龚帅则位列队列两端，尽力保持着阵形，谨记老师的要求，不急不躁，严格按哨声节奏抬腿迈步。整齐划一的行进有力、快速，有着排山倒海的气势。然而训练有素的日本队也不落后，他们步调一致、动作标准，一个劲儿地前冲，前进的队友们整齐呼喊着："頑張って！頑張って！頑張って！（加油！加油！加油！）"

而晏子青坚毅的目光，沉着的表情，无声地传递到每一个队友的身心，长根兴、龚帅更是心领神会，他们始终紧咬哨声，像阅兵的队伍，保持不变的队形，踏着草原上熟悉的土地笔直地挺进。

前方还有三米、二米、一米，他们照样稳着步伐，而当日本队还有一米即到的时候，他们的队员想一举取胜拿下首战，却不小心破坏了节奏，眨眼间子青那一组已越过了目标线，而日本队慢了两秒。中国队瞬间沸腾，为首战告捷而喝彩。

"子青他们开了个好头。"永生、长滩啸等人正在场边观察，不禁为孩子们的首胜而兴奋地叫起来。

卓娅分析道："日本孩子们也不错，他们的技巧掌握得好，若不是最后那一丝动摇，恐怕不会落后的，接下来的比赛精彩了。""是的，我也这样认为。"一旁的梁生辉肯定地点了点头。

果不其然，在接下来的比赛中，日本队发挥得十分出色，胜了六组。大凤、二凤那一组输了，两姐妹哭成了泪人。长久见女儿们输了，反而笑了，这是要靠团队才能取胜的游戏，跟单打独斗自然不同，子青这时也赶过来劝两个妹妹不要气馁，在下一场探险活动中继续争取胜利。

探险活动是五人一组，到五公里外的木根铺，找到古驿站处的一所学校，拿到学校联络人给的信物即算完成任务，用时最短的组为胜者。沿途没有人提供路线，没有人供水供食，全由参赛队员凭地图自主行进，自备干粮和水，或路上寻找野果、山泉水解渴充饥。

长久他们对自家孩子参与这样的活动十分有信心，心想这对于山里的孩子来说应算小菜一碟了，常言道：养儿养女不教，龙山龙水走一遭，难道还怕那些远道来客吗？所以他们看完了"绑腿跑"的热闹后，便放心地回到自己的训练中去了。

的确，在探险活动中，汪帆、大凤、二凤等都很坚强，穿越丛林，沿着沟谷，向着木根铺一路奋进，路上他们采野菜，搭灶烧饭，既辛苦又快乐。在穿越最后一道丛林时，二凤突然一声尖叫："哎哟！好痛！""怎么了？"大凤急靠了过去，只见二凤右手紧捏着左手短袖处的臂膀。走在前面的汪帆和跟在后面的另两名队友也一下子围了过来。原来小凤的手臂碰触到了路边野树上的洋刺子，奇痒难忍。那家伙绿森森地伸着长毛毒刺，特别是长在身体上的尖刺毒丁令人毛骨悚然。汪帆手持一根木棍，将绿虫狠狠地打掉在路上，然后又用棍子一头对着毒虫猛力凿下去，直至将其陷进草丛的泥土里，一边猛凿，一边嚷道："可恶的洋刺子，叫你害人！"与此同时另两名队友递过茶水，由大凤帮着二凤擦洗红肿的手臂，一番功夫处理后，二凤的疼痛减轻了些，便又迅速赶路。而此时，远处已有几个日本学生向着另一条路在探索前进，他们的速度也令汪帆几人惊奇和叹服，只听大凤向着队友们嘀咕了一声："竟这样快，我们得当心点。"边说边拉着二凤钻进了密林。

中国队的另几组队友也在努力地攀走着。有的学生只靠出发前带的饼干等零食充饥，很快便因饥渴难耐越走越慢，有的甚至就往回走了。一个叫姜晓旺的学生背包带子断了，干脆就丢下不管了，由其他队友拎着，后来帮他的队友也拿不动了，便只好丢弃路边。姜晓旺走累了便不想走了，他的父亲姜长顺远远骑着摩托车跟在他们一队后面，替他捡回了书包，然后将他径直带回去了。

反观日本的学生们，他们顽强地坚持着，也有着很强的动手能力，一路上拿着地图不断地研究，调整行进路线，六个团队都先后到达了目标地，拿到了信物。尽管大凤、二凤这一组在中国组中取得了这个项目的单项冠军，但中国组只有四个团队按比赛规则完成了任务。

最终，晏子青、长根兴所在团队取得了小组奖，可团体奖却被日本队拿走了。

在场的中国学生及家长，每个人都在心里暗暗地打了一个沉甸甸的问号——我们输在了哪里？不过还是要感谢这次别有风味的友谊赛，它不仅为山地户外运动赛事造势，还给中国的青少年一代综合素质的培养带来了一定的思考。

在乐方二人的筹划下，接下来推出的"新人故事"项目是将天生三桥打造成见证爱情的圣殿，正对了青年的口味，让龙县在即将到来的国庆结婚高峰期中迎来更多的关注。

梁生辉、卓娅，柳鸣、朱莉，锦林、丹妮，这三对小情侣率先穿上了新郎新娘的盛装，在美丽的天生三桥过了一把牵手的大瘾。有人为大赛作的主题歌《你的梦》(*your dream*)，也在此以中外文版进行了预播，那美妙的旋律在天生三桥随那些新人的步履悠扬穿越，使龙县公园的神奇魅力也随之立体展现。

"旅程梦想"网络微电影竞赛也开启了。组委会采取邀请赛与大众竞赛相结合的方式，邀请赛的拍摄地点为龙县。大众竞赛拍摄地点不限，由网友自由选择，这也是一次以政府出面组织，招募冠名商、赞助商，进行市场化运作的一种前期推广方式的尝试。

乐方二人还考虑在美国和在加蓬的影响，各自准备了美联社及《加蓬赤道晨报》等媒体宣传报道，扩大他们的活动效应。

威宁说："我们可以选择一个深度合作的电视核心频道，利用该频道横向整合的资源衍生出多个频道的共同合作，在宣传方式上，采取新闻与栏目相结合，电视宣传与线下活动相结合的宣传方式，尽量为电视媒体提供鲜活的素材，节约宣传成本。"

方奇说："通过新媒体，我们可以触达本次大赛最核心的观众群。在网络宣传工作中，采取线上线下相结合，社交平台与大赛官方网站互相链接的方式进行，利用网络多开展一些参与互动性的活动；在赛事直播上，利用户外大屏全天候地投送竞赛信息。"

乐伯说："还有一点，户外广告是个重点，既是大赛的收入来源，又是我们自身产品推介的重头戏。"

威宁说："那我们就先核定户外广告的投入预算，由媒体策划团队根据预算做出最优的宣传资源配置方案来进行宣传，将活动宣传主题的内容进行布局，也就是说，让户外广告有一些变化，让其更加吸睛。"

方奇说："还可以来一个体育用品博览会。"

乐伯说："这个想法好啊。"

柳鸣说："组委会已有此打算，拟邀请国际体育用品品牌企业二三十家参与展示。"

方奇说："可在比赛环节纳入户外装备打包项目，回报赞助商家。"

威宁说："要求参展商家在博览会期间，开展现场活动，如滑板、山地自行车、跑酷、走秀等增强现场的观赏性。这种利用现有资源自行产生的宣传效应、经济利益、资源整合就是时尚的'微单元滚动'。"

方奇说："届时还可以统一制作易拉宝、X展架等宣传用品，要求各个参展品牌单位在其专卖店摆放，既宣传商家，又宣传博览会本身。"

"还应该来一个开幕式的大型文艺演出。"卓娅从外面进来冒出来一句。

"妙！以运动特色的文艺演出，开幕式程序加演出。"方奇赞同。

乐伯说："要让开幕式真正体现本次山地户外运动的主题。"

柳鸣说："所以我们要请权威人士充分肯定龙县瑰丽非凡的

生态环境和其在国际山地户外运动中的卓越贡献。"

卓娅说:"每一支参赛队在梦想宝贝的形体歌舞陪伴下入场,而梦想宝贝将从志愿者中挑选。"

威宁说:"开场表演也要以各种户外运动方式为创作灵感进行设计。"

方奇:"包括以明星或社会公众人物的一次激动人心、直追经典的演讲,演讲主题方向大致为旅程、梦想以及生命的意义。"

乐伯:"类似于我有一个梦想或网上观看麦当娜在纪念迈克·杰克逊晚会上的演讲。"

方奇:"正是,这类既吸眼球又动人心的东西能产生意想不到的效果。"

卓娅:"至于场内音乐,世界上尚没有户外运动音乐这一门类,我们就借本次活动将户外运动音乐设置为一个新的门类可以吗?"

乐伯为卓娅的想法又竖拇指又鼓掌。

"而这组音乐可以配合我们的主题歌《你的梦》一同作为公益音乐发行,也将成为我们的宣传使者,到时候邀请歌星与体育明星跨界演出,或者由多国明星共同演唱。"卓娅发挥着想象。

"还可将体育场中心设计为中国龙县天坑的形态,舞台地面用彩幕铺就,利用彩幕画面的不断变化营造出其中的生态环境,而舞台四周则设置为山地自行车的赛道,用于开幕式的表演。"

"这样可以突出中国龙县地理环境上的特色,真妙,带来了一份置身现场的体验感。"乐伯等人都很认同卓娅的建议。

"我想分别设计代表勇气、力量、快乐和爱的四个吉祥物。整体而言,这四者都烘托着梦想。"柳鸣补充道。

其实，关于赛事活动的渲染、包装，都可以由相关中介公司来完成的，但乐方二人组织自己的团队设计，一切事宜都要亲力亲为才放心满意。他们想，要将这项运动向全世界推广就要方方面面都精通，不断地研究，不断地创新，让这项运动不断地发展。

威宁说："赛事完成后，我们在中国建一个户外运动博物馆吧。"

乐伯说："户外运动博物馆，那就是除了常规的陈设物，体验项目也要有，如利用相对运动的原理让游客模拟绳降或高空运动。博物馆的外形设计则以背包、鞋这样的户外用品为概念，让博物馆成为一种装置，成为龙县的地标。"

威宁说："有这种构想，我们就在本次大赛中提前留心有价值的事物吧。如拍摄运动员在运动中的表情并经过加工后处理成一个主题为'face 脸'的装置作品。再如收集他们用各国语言书写的简短的参赛感言，将其雕刻后组成装置作品'行走的语言'，其实这个挺像户外酒吧的留言方式，是将户外爱好者最常见的交流方式转化为美术作品了。"

柳鸣说："可将组委会在组织山地户外运动大赛的工作成就部分纳入中国龙县城市营销模式展览，也就是说，赋予户外运动博物馆一个新的功能，因为龙县的城市营销与龙县的户外运动的成就密不可分，此举必将吸引更多来龙县调研城市营销的其他国家或地区观摩团的重视与关注。"

乐伯说："我们希望博物馆区别于普通博物馆，而深度贴近户外运动的本质，与体育用品博览会合并在一起运营。"

方奇说："户外运动博物馆正好可以作为我们投资的起点。"

乐伯说："这完全有可能，我们有了今天的基础，前景一定会光明无限。不过待我们完成比赛后再来研究博物馆的事吧。下面说说我们现实的议题。"

"我想，大赛需要一个好的主题。"方奇望着乐伯。

"Mr. 柳已设想好了，组委会接纳了提议，还构思得很好。"

"有主线吗？以什么为主线？"方奇感兴趣地问着。

"有的，就以它了。"乐伯指了指远方的山。

"能在其他国家引起共鸣吗？"方奇抿了一下嘴，又看着乐伯。

"极有可能，宣传的效应不可估量，何况参赛的，已不只我们俩。"乐伯对赛事有一种规模大、规格高的预判。

"现在已有二十多个国家和地区组队参加，可比我们最初想象得更热闹。"方奇显得兴致浓烈。

"我们两套方案在同一场比赛中进行，真是有趣。"乐伯比了两个指头。

"若多队参加，我们能走到最后，既能拿中国政府设立的大奖，又能按照约定赢得对方许诺的土地，真够刺激的。若碰巧我们都没有获奖，就按排名先后兑现承诺。"方奇反应很快。

"OK，就照你的意思办。"乐伯与方奇击了掌。

赛事围绕"和谐、自然、快乐、超越"的主题，通过国际体育运动与龙县喀斯特世界自然遗产景观的完美结合，促进体育、旅游、文化产业的互动发展，大力提升了赛事的影响力。

整个赛事以"山"为活动主线，山水结合，项目设置更富挑战性、运动性、地域性和文化性。赛程贯穿芙蓉洞、芙蓉江、天生三桥、龙水峡地缝、仙女山、乌江画廊等著名景区。比赛的难度、强度与乐方二人在加蓬的比赛相比是大幅提升。同时，在排位赛中加入了极具地方特色的抬滑竿项目，使比赛更加精彩激烈，更具观赏性，也让这一国际性赛事打上了东方特色的烙印。

中国渝州龙县国际山地户外运动公开赛的消息迅速发酵，通过报纸、电视及网络宣传，并开启了一场小铁人选拔赛作为预热宣传活动。

这样一来，全球的目光都聚焦到了中国龙县。不少国家地区也开始酝酿争相举办户外运动赛事，户外俱乐部迅速增加，户外运动爱好者队伍迅猛壮大，户外人群由最初的青年一族扩展到老中青幼全民参与。尤其在中国，人们走出城市、走向大自然，享受起了户外运动带来的健康生活方式。龙县的梦幻谷、仙女湖、黄柏渡、朱子溪、三河口等露营区人潮涌动。

"乌江画廊山峦叠翠，芙蓉碧水长……""望一眼龙县仙女山，心就飞出心尖尖……"一首《龙县之恋》已在大街小巷播放。

"有梦就有旅行，到龙县释放青春。""绿色星球——畅想自由……"标语已在高楼屏幕上滚动。

一时间，龙县的人们仿佛在宣告，一场热闹的盛宴即将开场。

·第十七章·

就在各项准备工作都顺利进行时，一个蒙面人趁黑夜悄悄打开了乐伯所住房间的房门。

见乐伯正在熟睡，蒙面人小心地拉开抽屉，寻找那本有特别记录的笔记本。一会儿，他找到了，并拿到浴室用微型摄像机一页一页地拍着。当他正要将笔记本放回时，乐伯翻了个身，蒙面人迅即趴到了床下。然而乐伯并未醒来，而是继续睡着。蒙面人及时退出了房间，并将房门轻轻关闭。

乐伯所有的规划方案都被蒙面人拿到了，"蝙蝠"开始行动了。胖子和"墨镜"铺开一张地图，在上面勾画着、测算着时间，他们很认真地为大赛设置起了麻烦，像在布设一张不能见光的网。

胖子说："我们支持的自由队只要与'鹰''虎'二队差距

不大，我们就能帮他们取胜。"

"墨镜"说："自由队从'猫国''鸟国''猩猩部落'招募了不少运动型人才，应该不差。"

胖子说："这样我们就不需要花太大的力气了。"

"墨镜"说："你刚才说，'三道防线'即能实现我们的目标。"

胖子说："事实上第一道防线不好把握，自由队不会轻易接近我们，除非他们出奇制胜。"

"墨镜"说："后面两道我们做到了也能万无一失。"

胖子说："干吧！老天会垂怜我们。"

乐伯的笔记本里除了比赛方案，还有加拿大、新西兰、韩国、俄罗斯等二十多个国家和地区参赛代表队的信息，其中的自由队是一支由一些小国家联合组建的参赛队伍。

"蝙蝠"也加快进行着下一步的行动。除了实施他们的干扰方案外，还全面铺开了他们的跨国赌博网络。在加蓬，他们已经尝到甜头，而本次赌赛他们已在香港、深圳等地布设了新的"庄家"，分别成立科技公司、广告公司和咨询公司负责赌博软件开发、广告宣传、资金操作等。最隐蔽的赌博网站设在了马来西亚，由胖子的老婆"花狐"负责幕后操控。接下来便是在各地大肆发展代理、招揽下注者了。

而当乐伯与方奇、威宁他们所讨论的系列方案成形并与组委会的指导意见充分融合接轨后，这一切的准备工作也就算铺排完成，方奇便回国"搬兵"去了。乐伯也趁还有一个星期的时间抓紧整合队伍，清点他的精兵强将。

在仙女山森林公园的一片林子里，乐伯的队员们已封闭式训练了三个多月，长滩啸、永生、长久、虎云飞、汪三、田

五、锦林、梁生辉、卓娅、水灵，还有龙县各地挑选出来的其他十来个队员，全都身强力壮，表现非凡。

转眼，山地户外运动已开赛在即，龙县大地秋高气爽，丰收在望。披上盛装的县城，江水碧蓝，城池鲜亮，大街小巷挂满彩旗、标语、热气球、吉祥物等，浓浓的运动气氛给金黄的十月添了温暖热烈的气息，完成了庄稼收割的人们多么渴望到户外去舒展舒展筋骨。

在龙县城宽大的世纪广场上，来自市里的领导正在发表热情洋溢的讲话：

"同志们：你们不是想看看人间的最美秋色吗？你们不是想环抱自然吗？你们来得正是时候，这儿是你们追求梦想的地方！

"欢迎你们！欢迎来到龙县！来到我们映照蓝天的镜子、我们云上的山水之乡、我们斑斓的万花筒，我们、我们丰收的世界已经敞开了怀抱。在这儿，你们的梦，你们的愿望，将得以实现。我祝贺你们！愿你们在比赛中感受到不一样的快乐。你们流下的汗水将会换取香甜的成果！像我们的稻子，我们的蜂蜜……"

他的讲话博得了潮水般的掌声。

接着，组委会主席宣告："中国龙县第一届户外运动公开赛开幕。"队员们按比赛流程向着目标的方向出发了，来自四面八方的客人也学着龙县人的样子，像过节一样，一个个穿上盛装或运动服，既看热闹又参与热身互动项目。他们跟着比赛的队伍，像河水一样尾随而去，直到撵不上他们。而前面的每一段赛道旁，又都涌出了当地的人群，自发地呼起"加油"的口号。

比赛一开始，现场就充满了紧张热烈的气氛。芙蓉湖的四周站满了观赛的人群，人们的呼喊就要将湖水吵翻。

抬滑竿项目（也称抬花轿）开始了。该项目要求至少一名女队员参加，在出发时女队员作为"新娘"必须坐轿，行至中途这名女队员可以换抬滑竿，抬轿先到赛段终点者为胜。

乐伯队的女队员本就卓娅与张水灵两人，考虑到卓娅身高与汪三、田五差异不大，配合起来用力相对均衡，所以卓娅在与梁生辉训练自行车的同时，又增加了抬物训练，这样下来，她也算是咬牙经过了魔鬼练习，肩臂上的皮子都磨起了老茧。现在她要当一回"新媳妇"坐上轿子了。

"野牛"伯恩斯与"斑马"汉森抬着"龙卷风"阿布拉汉姆飞奔而去，汪三与田五抬着卓娅与他们相持不下，两队队员的心里都暗叫：这是死敌一般的对手啊！他们喘着粗气，汗水已将全身湿透。汪三想将"野牛""斑马"比下去，只听他"嗨"的一声，吸气加力，田五便意会，也一并加速，继而"嘿咗，嘿咗"顺风而去，"野牛"们正咬紧牙关坚持，不料对手"嘿咗"一声冲向前方，也跟着"嘿咗、嘿咗"叫唤起来，脚步就像长在一头怪兽身上一样结实有力。

"野牛""斑马"刚要追上，卓娅见状下竿换了汪三，对方"龙卷风"见卓娅上阵也下竿换人，那"龙卷风"也着实厉害，上阵后不断向前猛扑而去，只见她双手握着竿把，收腹翘股，双腿肌肉不断地交错运行，俨然一只奔跑的健马。见眨眼间就要被追平，汪三示意换田五歇息，田五点头，迅速换位，由汪三和卓娅与对方比拼。这时"龙卷风"已在他们换人的当儿超出他们半个身子。就这样你追我赶，场面异常激烈。快到终点时，卓娅坐上轿子，汪三、田五紧盯前方提气而冲，胜了！

接着，抬木头比赛开始，每队二十名队员参赛，首尾两名队员负责喊号子、压阵形并中途替换体力不支的队员，其余十八名壮汉抬运圆木。队员要将长十五米、直径四十厘米、重量达两吨的水泥钢筋仿制圆木，从起点抬到八百米外的终点。比的是队员的体力、耐力和集体协调能力。

各队都在各自的赛道上做好了准备，裁判的哨一响，他们便像千脚虫一般奔涌而出。观众都屏住呼吸，见队员们都是虎背熊腰、身强力壮，特别是方奇队那些健壮如牛的家伙们，平增一股巨大的气势。围观的人群猜测着，议论着，为自己心仪的队伍鼓着劲儿，散发着一阵阵潮动的气息。

长滩啸与永生这次排在最前面，大风大浪他们都闯过了，但这一次不免也被那些大块头们的气势所压制。不过，他们却似久经考验的猛将，胸有成竹。尤其是水灵在台下给他们当呼号匠，那女人要用无穷的魅力把十八大汉的热血调动起来并使之沸腾。

"嘘——"一声尖利的哨声终于响了。三支猛队真如三组千脚虫飞奔了出去。

"鹰队"超越了半根圆木，自由队也在前方不远处。

这时，水灵发出了清脆而响亮的号声："莫要慌呃，扎稳桩呃。"壮汉们则跟着呼"嘿咗、嘿咗"。如此一来，队伍的声势爆燃，几近排山倒海。大汉们用心一致，稳步疾推。

只听："尾莫甩哟！""嘿咗、嘿咗。""心莫慌呃！""嘿咗、嘿咗。""脚莫晃哟！""嘿咗、嘿咗。""腰莫软呃！""嘿咗、嘿咗。""肩抬稳呃！""嘿咗、嘿咗。""用力上呃！""嘿咗、嘿咗。"眼看还有一百米就到终点，自由队已被水灵他们超了过去，但鹰队还势头未减，赶在前面一米。水灵舞着手中的号旗，号令像火山一般喷出："腿要张呃！嘴要唱呃！"众人提气激动地喊着："嘿咗、嘿咗。嘿咗、嘿咗。"一眨眼竟飙至前面，旁边落下半米的鹰队队员一个个鼓着牛眼、喘着粗气，不敢相信他们晚到三秒。"龙卷风"本是用口哨呼号，竟气得目瞪口呆，叼着半截哨子一下瘫坐到地上。

场上的观众雷鸣般欢呼，浪潮般啸叫。尤其虎队的粉丝团在圆木落地后，全体起立，为虎队又赢得本次大赛的一个重要项目而激动。

自行车比赛开始了，梁生辉、卓娅拿出了专业实力，而鹰队这次是"驯鹿"布朗与"黑驹驹"丹尼尔合作。从力量上看，梁生辉二人不占优势，但体力、耐力是长处。而自由队也是优化组合，队员既有专业技巧又有强悍体力。所以赛道上，一会儿梁生辉超前，一会儿黑驹驹带队，一会儿又自由队领衔。随着一阵狂呼大叫，梁生辉冲过了终点，接着"黑驹驹""驯鹿"和自由队队员，最后是卓娅。各队二人是算平均成绩，所以虎队排到第三，"黑驹驹"他们险胜自由队，以 0.1 秒之差夺得该项第一。

虽然自行车输了，但总比分虎队还在前面，只需要把握好后面的比赛就胜利在望。

前三项比赛项目结束，各队稍有了喘息调整的机会，乐伯、方奇、威宁等各自召集队员，商讨下一场比赛的对策。

对于即将在天生三桥开展的速滑比赛，乐伯是比较有信心的，他认为虎云飞有取胜的把握，所以他召集大家做了些安全、休息和饮食方面的提示后，便让大家各自歇息了。就在大家刚要散去的时候，柳鸣从组委会那里带来了一则气象预警：明日比赛过程中可能遇到短暂风雨天气，组委会正在研判比赛是否需要延期进行。乐伯虽说也是组委会的成员，但许多后勤保障工作是由具体的工作人员负责的，他立即决定转告各队以征求意见。柳鸣说："已通知各队了，正等各队反馈意见。"

一会儿，各队负责人皆传来信息：要求比赛如期进行。大家都认为，户外运动本身就是亲近自然、顺应自然的行为，不能因小小的风雨影响了大赛日程安排。

于是悬崖上的比赛如期展开了，大家都早早地候在了鹰峰岩的正下方，那是各组队员观看比赛的最佳位置，是组委会精心安排的观赛区，各队的关注者们都紧紧盯着自己队的那根从云端垂下的绳索，唯有虎队的人心情较为轻松，这是他们队最有信心赢得比赛的一个项目，因为虎云飞的能力非常值得信赖。他们都盼着那年轻的老虎从云中飞下，飞在其他选手的前面。

虎云飞今天特地穿上了卓娅等人制作的虎斑纹运动衣裤，活脱脱就是一只临阵待命的年轻老虎。他将速滑器具装备上身，反复检查其安全性和灵敏性后，便临崖就位。与此同时，其他参赛队员也都做好了战斗准备，尤其是鹰队的"红鬼"杰斐逊，配上了象征他们团队标志的老鹰服，那骄傲的目光和临飞的架势直逼虎云飞而去。而虎云飞视若无睹，只顾着自己的绳索，聆听那一声出发的哨响。比赛马上就要开始了，几组速滑绳从鹰峰岩上穿云而下，似乎已在随风而动了。山下的人群都仰着头，看着那云端的动静。

"哇！下来了，他们下来了。"

"哇，快看快看！那些'蜘蛛'在往下掉。"

人群中，卓娅率先打破了宁静，她的一声惊呼，随即引爆众人的潮动。

正待人们狂呼狂叫时，空中突然呼呼呼地刮来一阵大风，山上的树林已卷起了一阵林涛，接着乌云铺盖般盖来，空中落叶、雨点和飞鸟随着雷声乱舞起来。就这一刹那间，半空中的数根绳索在飘荡，那绳索上黑点一般的人影似打起了秋千，其中两根绳索好似要绞在一起，把地面上所有的观众的心给提了起来。眼看那"老鹰"就要恶狠狠地撞到"老虎"身上，"老虎"慌忙躲闪避过，与杰斐逊几乎擦着肩臂。他本来正克服风势，见对方如此斜击而至，便顺势借抵临岩壁的一块突石一脚弹开，人未相碰，却未能避免两绳相缠，那"红鬼"虽样子凶狠，却也不想因此误了比赛，便也反向一脚撑开了绕绳，而就这一念之际，虎云飞已速垂而下，眨眼便落到地面，随即"红鬼"也跟着触地。山谷里顿时欢腾起来。

参赛队员们在风雨中那些惊心动魄的场面，大家都看在眼里，直至各方队员们都相继平稳着陆，才松了一口气。这时天空竟一下子刷亮，又变得风平浪静。

"虎云飞赢了，虎云飞赢了……"虎队的啦啦队员们一片欢腾，他们簇拥着虎云飞，像迎接一只凯旋的老虎。一位电视台的记者走了过来，问道："刚才在空中比赛时遇到突发情况，自己那一刻是怎么想的，有过害怕吗？"虎云飞拿过话筒道："当时什么也没想，就想怎么顺风下到地面，就一个劲儿地快快往下滑。"记者又问道："如何看待竞技对手的撞击？是否影响了自己的成绩？"云飞道："对手很棒，他没有撞击我的意思，是风让我们的绳子有些不听使唤。不过没什么的，他很好，我们都好……"

然而取得第二名的"红鬼"杰斐逊却有些不高兴，他似乎认为第一名应该是他的。"我有些不甘，都怪那该死的大风，我一开始还超了'老虎'半个身子的,我本该先落到地面。"当《加蓬赤道晨报》记者采访他时,他直率地表露了自己的内心。就在此时,大赛组委会闯进了一帮外国记者,他们有几个问题需要组委会做出解释。

"这场比赛,事先有气象预警吗?中国气象不是很先进吗,怎么没有预先停止这场比赛?难道不考虑运动员的生命安全?"

一向善于应对媒体刁难的朱大安先生,正要回答尖锐的提问,又话锋一转:"还有人提问吗?我记性很好,一起提出来,我好一一作答。"他看到了挤在后面的那位白人记者要抢话头。

"是的,竞技体育在受到自然气候影响时,比赛成绩是否公平?"

"还有,这场比赛需不需重新竞技?"一个来自新西兰的记者好似在配合前两位提问人一样,为他们补充道。他关心着自由队的成绩,那里有来自他家乡的队员。

朱大安针对这连珠炮似的发问并不慌乱,但也着实感觉到了严峻的挑战性,这些问题的回答每一句话、每一个字都关系着这次比赛的定性和走向,甚至涉及中国的国际形象。好在扎实的准备工作给了他深厚的回应底气。

"各位记者朋友们,大家好!你们如此关心比赛进程,说明我们这次国际户外运动公开赛举办得很有影响力和吸引力,首先要感谢你们!是你们让大赛有了热烈的舆论氛围。下面就相关问题,作四点回复,望你们满意。

"第一,中国气象预报,诚如先生所言,很先进。大赛组委会也对今天的短暂风雨进行了准确预警,并事先通知了各参赛方。但参赛方们反馈的意见是一致赞同比赛正常举行，坚持按预定赛程比赛。"随即朱大安向记者们展示了各队同意如期比赛的签名表决，在场的人群"哦"了一声。

"第二，组委会对队员们的安全都做了相关完备的预案，比如他们使用的速滑工具，有着超正常标准二十倍的安全系数，可以抵御突发风雨时的意外风险，感兴趣的可以拿到实验室去测定。他们在空中荡秋千，也算得到了极限运动的考验。这正是这项运动的魅力所在。又比如我们的救护车、医疗队，都在现场随时待命，他们每分每秒都牵挂着运动员们的安全。"朱大安指了指现场拍下的设施设备及后勤服务保障照片。

"第三，所有这些，记者先生们都可以去采访各队负责人，去看看现场的救护装备。"

"第四，比赛公不公平，这要看现场裁判及户外运动权威专家的认定。"大家又一次发出"哦"的声音。

朱大安的一席话让在场的记者及围观的群众了解了一场大赛背后地方有关部门及组委会的支持性服务，堵住了一些不了解真相的质疑声音。但仍有记者穷追不舍，问道："比赛中有两个队员的绳子绞到了一起，这明显影响了比赛的成绩，应该重新比赛才合理。"

朱大安说："刚才不是已经说了，是否重新比赛要专业人士评定，不过你关心比赛公平是对的，只有公平才能服众，我们看看裁判怎么说吧！"

乐伯、方奇还有威宁万没料到有记者来闹这一出，但又无法站出来解释这一切，因为这毕竟是一场国际大事，尤其乐伯出来解释将左右都不是。

是的，少数记者咄咄逼人的尖刻提问，问的是龙县官员，乐、方二人虽然也是组委会成员，但对这样的问题，是怎么说也不合适，比如："这是否是组委会工作上的失误，为什么事前没有考虑气象因素，是不是中国气象测得不准啊？"然而，龙县气象局早就告知了比赛过程中可能遇到大风的情况，乐伯专门与方奇、威宁等人商议，大家认为在大自然面前，人人都是公平的，照样可以如期进行比赛。而此时，方奇、乐伯出来解释都没有用了，特别是乐伯似乎越解释越说不清楚。因为这场比赛，好像已经不属于他们之间了，已引起了国际上的重大关注。

除了看热闹的记者，这场风波也给"蝙蝠"增添了借题发挥的机会。鹰队、虎队究竟谁赢，他们也不好判断了，不过这两队相斗，正好给自由队赢得了机会，所以他们暗暗窃喜。胖子在胸前比画着十字，还喃喃自语道："老天神助，老天神助也。"

这边，裁判组一致认为现在的成绩是公平的。方奇、威宁也代表鹰队和自由队声援裁判组，认为比赛成绩有效。但这时乐伯却站了出来，他要求比赛重新进行，而且另选赛段竞技。

这出乎所有人的意料，乐伯已经取胜了啊！这不是他梦寐以求的吗？就连汤姆和卓娅都不理解。但乐伯意志坚决，要虎云飞重回起跑线上。也正是因此，世界各地的大报小报都开始热炒这场推翻重来的比赛，一个插曲彻底吊起人们的胃口。

而此时，无形的压力却转向了乐伯和方奇。作为对手，他们都目睹了当日的比赛，彼此对其输赢都心知肚明。方奇没想到乐伯会主动提出并执意重新比赛，他不接招乐伯会认为他少了大度，接了招又觉得自己输了还要去惦记赢回来。而在朋友面前，他们又彼此尊重，不需要想得太复杂，所以比就比吧，真金不怕火来烧。但比赛到了这份上又好像不只是他们两人之间的事了，国际关注度已无法让人平静，有亿万双眼睛在盯着这场比赛，这个时候，又有谁会怠慢呢？

虎云飞与杰斐逊这两个人更是面临新的挑战，他们通过上一场比赛已经摸清了对方的实力，那就是伯仲之间的较量了——虎云飞赢了没作数，还能输吗？杰斐逊不服，就得赢给人们看！所以紧张的空气在凝聚，压迫着与这场比赛关系重大的人们。

接下来的比赛将更为热烈、竞技将更为激烈，最精彩的是这第二次速滑比拼，虎云飞还能卫冕吗？杰斐逊会超越吗？人们带着极浓的兴趣，关注着中国龙县别开生面的国际山地户外运动公开赛，盼望芙蓉湖桥上的表演早一刻到来。

这是一座跨湖大桥，桥高近二百米，是组委会重新选择的速滑比赛场地。杰斐逊与虎云飞排在赛道中间的位置，其他队的参赛队员分列两旁。半空中，只见十余组队员在一声哨响过后急速绳滑。中间一黄一黑两个身影，沿悬线飞速而下。乐伯想，虎云飞是经得起考验的，只要虎云飞这一轮也胜了，就再没有人会说什么了，且下一个项目便可锁定胜局。

大出意料的是，虎云飞输了。就在虎云飞已经临水而先的时候，他忽然急刹下来，犹豫了半秒才下到水面的皮划艇上。在之前的训练中，乐伯忽视了虎云飞的水面操作障碍。虎云飞从悬崖而下没有任何纰漏，只在遇水时有了片刻犹豫，虽然就那么半秒钟，杰斐逊便先落艇而去上了岸。鹰队在临近赛末时与虎队追平。

如此，鹰队迎来了狂欢，尤其那些看好杰斐逊的人们得到了极大的满足和快乐，倒是虎云飞没了半点笑容，他一脸的沮丧，差点掉下眼泪，但乐伯安慰了他："没事的，你已经很棒了，第二名也是不错的荣誉。”乐伯拍了拍他的肩膀，又给了他一个深深的拥抱。

最终，第一周的比赛虎队和鹰队难分伯仲，而自由队始终如一匹黑马紧咬其后，第二周比赛显然更难，胜负的悬念紧张得要令人窒息了。在山地速跑项目上，各方都押上了最强力量，抛开自由队和其他竞技对手不说，就虎鹰两队来看，几乎又重复了在加蓬奥果韦进行的那场比赛。

乐伯再不敢大意，这一次他必须赢，这并不在于他与方奇之间的赌注，而是他的精神、他的思想、他的生命都押上去了，还有他来中国的情感，他甚至想到他身上还流着这山里人的血液。所以他把队员们都召集到一起，他要传达他的想法，而当他发话后，所有的人又都惊奇无比。

“你们想输给对手吗？如果想，你们就不用紧张了，你们抱着输给对手的心态去吃饭睡觉吧！输了，我们也是亚军。我们不必为得不到第一名而悲伤的。”大家绷着的弦竟一下松了，每一个人心里都明白，这最后的冲刺该怎么去应对。

而方奇这边，他的智囊团也激烈地讨论着对策，他们本以为这次胜利会让对手取走，他们也感到对手太强大了，方奇精心挑选的队员从一开始就是高昂着头颅的，现在却突然变得谦逊了起来，他们细细地研究着明天的战法。

方奇说：“我们已经追平，看来，老天总是眷顾着我们的，只要最后赢下乐伯，我们就是卫冕之王了。‘龙卷风’必须打好头阵，‘黑驹驹’必须超越……”方奇已经做了精心的安排，现在就期待着那一声“起跑”，他的队员会像猛虎般冲出去，然后率先赶到终点，世界各国的人都将为他欢呼。

·第十八章·

　　当然，方奇想赢，也跟乐伯一样不是在乎那些赌注，而是在乎比赌注更重要的东西，但比赛又是残酷的，下来是朋友，场面上必须真刀真枪地干。这就是竞技体育的魅力和乐趣。

　　而在不见光的另一个世界里，"蝙蝠"集团开发的网络赌博平台上的交易流水正在实时跳动着，筹码像雪球一般越滚越大。代理人及会员们在多家公司的"业务"配合下，不断地组织人员参赌，以所谓的户外运动"资深体育人"身份怂恿买码。

　　他们通过网上群发链接的方式发展下线，把附有链接的精美小图片发至聊天群吸引网友点击，通过链接注册的参赌者就归集到相应的发展人员的名下，这些参赌者输掉金额的二成至三成将被抽作发展人员的佣金。如此，"蝙蝠"集团创造着惊人的暴利，那些代理或大会员们的账户也不断地收着可观的

"薪水"。

此时，参赌人员已经超过了一百万，赌博筹码折合人民币已达到了三十亿元，网站后台的"花狐"已按捺不住内心的狂喜，她没有想到这户外运动竞技竟有如此魔幻般的吸引力，让那些参赌者为之疯狂。

在面朝大海的 JI 摩天大厦第八十八层办公楼里，她叼着精致的雪茄，从涂满口红的小嘴里吐出几朵烟花，来到电脑旁的小白面前，一手搭在他的肩上，一手将雪茄从嘴上取下来，放到小白微张的嘴里，说道："白兔儿，继续关注赌赛动态，告诉那些会员们加倍努力，将按他们各自组织起来的参赌者输掉金额的三成计发佣金。"小白吸了两口递到嘴里的雪茄，问一句："给我多少呢？""放心！胖哥会少了你的？到时给你装一卡车的钞票。""花狐"说完，用那蓄着长指甲的食指在小白的脸上轻轻地点了一下，然后"哈哈"地笑着走开了。但她刚走两步又停下，道："根据'墨镜'发回的赛况，适时操作好赌赛的输赢。""嗯，好的，我会让'棋子'们努力的。"小白边答边又回头眨了下眼睛。于是"花狐"转身向胖子汇报赌赛情况去了。

一家网络游戏厅里，凌红与男友江成俊也打开了电脑，他们要试着当一回"赌徒"。他们发现了多家网络论坛中频繁出现同一 IP 地址的赌赛宣传广告，通过广告图片上的链接，就进入了一个名叫"宝来乐"的网络赌博平台，按照上面的提示，只需拥有一个网上银行账号，轻点几下鼠标即可注册，并参与赌赛。他们买了虎队五万的筹码。

平台实时播报着中国龙县户外运动公开赛的实况，还有主播到现场一个赛段一个赛段地根据输赢结果开盘，真人的出镜无形中增加了赌赛的可信度。这种时候，没有人怀疑其信息来源的真实性，经过恶意引导，剪辑的视频引诱着押虎队、鹰队及不同队伍的人下着不同额度的赌注。

胖子收到"花狐"的信息后也狂喜不已，一切都在按他预定的步骤在进行，甚至比他想象的还要乐观，现在他要的是比赛现场的结果及最终胜负如他的意罢了。他在等待那激动人心的一刻，等待那最后的一击。

然而场上的形势难以预料，卓娅与"龙卷风"比拼的时候，竟落后了 1 秒，为中间的队员增加了压力，最后一程"黑驹驹"、锦林都冲在前面，自由队的队员紧随其后，场外依然是排山倒海的"加油"声，比赛已经异常激烈。

这时有两个人影出现了。

胖子在一处林子里，拿着一面明晃晃的镜子反射阳光，想打到前两名队员的眼睛，可正要打着，天上却移过来一片云朵，他急忙呼唤："快、快、快，执行第二套方案。""墨镜"早已按计划埋伏进了人群，只见他穿着志愿者的马甲，戴着墨镜，拿着矿泉水，站到了离赛道很近的地方，就要将矿泉水递到两位队员的手上。

"不好！"汤姆一声惊叫，那个身影他好像记得在哪儿出现过："对，是他，快、快、快，阻止他。"

汤姆脑中瞬间闪过阿左贝倒下的画面，他怀疑阿左贝的死与比赛中接过的饮料有关，这猜测在此刻得到了证实。他的心就要急到嗓子眼儿了，乐伯却十分镇定。说时迟，那时快，正在这眨眼之间，两名警察挡在了"墨镜"面前。

比赛结束了，人们说芙蓉桥垮了，那是人们呼吼声震垮的，锦林以半个头领先对手，取得了胜利，乐伯胜了！虎队胜了！

鹰队获得了亚军，自由队首次参赛获得了第三名，也已经非常了得。方奇与乐伯紧紧地拥抱在了一起，他们已经忘记了输赢。他们被人群包围着、欢呼着，被各自的队友抛向空中。

闭幕式上，威宁宣布："中国龙县公园作为世界山地户外运动基地，将长期举办这一运动赛事。"

在通往领奖台的通道上铺了长长的红地毯，两旁摆满了各种鲜花，乐伯、方奇、威宁及各队队员们像凯旋的将士，每个人的脸上都洋溢着幸福的微笑。苏丽雅、朱莉、丹妮、柳鸣已早早站在了人群的前面，欢迎胜利的英雄们。张思江、长鼎山、虎跃、晏山等老人也满面红光地站在人群中，向他们鼓掌致意。晏子青、大凤、二凤、长根兴、龚帅、汪帆等几个学生站在长辈身侧，也挥舞彩旗不断欢呼。

乐伯向这些亲人们走了过去，和他们一一握手、拥抱。乐伯想起了他在梦中看到的一路鲜花，几位老人或许就是那德高望重的神仙吧！因此，他热泪盈眶，有说不出的激动。

这时，几个公安干警在朱大安的带领下，来到了组委会办公室，通报了"蝙蝠"这个跨国犯罪集团组织的犯罪情况。通过乐伯早期反映的丛林陷阱信息，以及凌红、丹妮、锦林他们提供的相关情报，中国警方已与国际刑警组织联合办案，收集了大量证据，在比赛期间布下了天罗地网，将他们一网打尽，此时胖子与"墨镜"正被押上警车。

赛事完毕后，在柳鸣和朱莉的带领下，乐伯携夫人苏丽雅爬上了佛山，乐伯要去那儿代父亲为祖母乐秀还个愿，他一直惦记着晏山大爷那天晚上讲的事情。

　　这儿只有一座庙宇遗址，但那尊观音石像还在，她慈眉善目，微笑地看着乐伯夫妇，仿佛这一切都是约定好的。苏丽雅照着丈夫的动作行动。乐伯虔诚地点上香烛，双手合十地拜着。

　　恍然间，乐伯仿佛看见观音指了指他的身后，乐伯转身一望，芙蓉湖正云潮起伏，山影舞动。仿若听见菩萨在说："孩子，你回家了，你祖母也看见你了，她已在九泉之下微笑。"乐伯心想，这片山水是多么有灵性，它与自己总有分割不开的情愫，这次山地户外运动一战在惊心动魄中实现了预期的目标，将来还要继续努力，寻求与中国企业的投资合作，就把自己余生的精力用到这方山水中来吧！

　　"走吧！看来你心里已经有了未来的蓝图，照着去做吧！心里的念想会给你灵感和力量的。"苏丽雅的话又轻又柔。乐伯侧过身，很感激地看着美丽的夫人，他说道："你和她一样，总在给我灵感和信心，谢谢你。"

　　下山后，乐伯与苏丽雅随晏山大爷来到了信宁古镇的柿坪山上，他们走到一座坟前。坟前的墓碑上写着"虎俊生、乐秀夫妇之墓"。墓碑的另一面刻着"医者仁心"四个大字。乐伯与苏丽雅向着墓碑各献上一束鲜花，又摆上一些供品。然后，晏山大爷开始为他们主持祭奠仪式。

　　乐伯与苏丽雅并排着站在祖父祖母的墓前，只听晏山大爷道："俊生哥、乐秀嫂啊！当年我工作疏忽，没有防住坏人，让你们受到了伤害，好在共产党给你们报了仇。"

　　晏山大爷缓了缓情绪，接着他又满含深情地表述道："今天，你的孙子、孙媳来看你们了！你们终于可以九泉瞑目了！"接着，他端起一杯酒洒到地上说："这第一杯酒是我的赔罪酒，是我一生中最不愉快的心事，今天当面给你们俩说清楚了。"晏山大爷又倒第二杯酒,他说:"这第二杯酒是献给共产党的酒,是共产党最终给了我们安宁的生活。"最后,晏山大爷道:"这第三杯酒是你们的孙子、孙媳和你们的见面酒。喝了这三杯,我也跟着醉了。"

献过酒后,乐伯和苏丽雅双双向祖父祖母行叩拜大礼,每一拜都把额头深深地触到了那面前的土地上,这不仅是自己的拜礼,而且带着父亲的乡愁情怀,所以他们是那样认真、严肃。

而在仙女湖边,一对情侣却在迈着他们浪漫的脚步。

"那滩(天),分明看占(见)你了,但我行(醒)来后,却不见你的踪影,我以为是在做梦。"锦林很深情地看着丹妮道。

"我没预料到你们会出状况,再说当时只是想悄悄来给你们加油。"丹妮依偎着锦林。

"那你会(为)什么在我行(醒)来的时候,突然走掉了呢?"锦林想了当时的场景。

"我只请了三天假,机票也事先买好了的,再说我们的事我爸妈还没有同意,我留在那里也不合适。再说,在我们中国,两个人的事还没公开前,也不能在一起待得时间长了。"丹妮连续两个"再说"表露出了她当时心态的复杂。

"那滩(天)你旁边的瘦子,不是今天逮走的那个吗?"锦林不解地问道。

"其实现在,一切问题都明白了,我加入乐伯在台湾地区开设的公司后,便有人要我和你接近。"丹妮说出了惊人的秘密。

"就是'蝙蝠'他们吧?"锦林开始明白了。

"是的,那天他们叫我在加蓬奥果韦现场拼命喊叫,说是'加油',其实是让你最后分心。而我当时并不明白他们的用意，我真是傻透顶了。"丹妮边说边含着泪水。

"算了，不提了，这些都已尘埃落定，你已为中国公安立了大功。"锦林心疼着丹妮。

"加入中国籍，没后悔吧？"丹妮看着锦林，破涕为笑。

"没，太好了！这是我最大的心愿。"锦林马上掏着心窝子表态。

锦林与丹妮终于结成相亲相爱的眷属。他们来到仙女湖边享受他们的二人世界，也是因为锦林来到中国后，乐伯给他们讲了麒麟在那儿失踪的故事，引起他们的极大兴趣，比赛结束后一定要来这神奇的地方看看。他们猜测着麒麟究竟去了哪里。"或许仙女山上那个传奇的仙女知道吧。"丹妮说。

锦林深深地望着丹妮道："她就在我的眼里。"他猛地把丹妮抱了起来，一阵旋转。

"哈、哈、哈……"丹妮在锦林的怀抱里欢乐地叫喊，两人的笑声回荡在仙女湖的上空。那是多么幸福、多么甜蜜的释放。

其实，在非洲开辟牧场后不久，为了广开亚洲市场，乐伯便在台湾地区投资成立了亚非生态食品公司，锦林被派到台北，爱上了丹妮，丹妮却考验着他，并不给他表白的机会。她总是时不时地出现在锦林身边，然后又不经意间从他身边走过。她得知乐伯与方奇在加蓬的比赛后，也赶到了奥果韦小镇的现场，她藏在人群中，为乐伯队呐喊加油。当她看到锦林飞奔时，在人群中忘情地大喊："宝贝、宝贝……"就那一刻，锦林扫了她一眼，那一瞬间的震颤，锦林内心翻江倒海般动了一下。

而锦林倒下时，丹妮万分担心，但她却束手无策，只能跟在那些搀扶锦林的人的后面。她明白锦林对她的爱，她暗暗喜欢这个情真率直的黑人小伙子，但她还没有下定最后决心，毕竟他是来自异域他乡的人，再说父母的思想比较传统，能否接受还是未知，所以她当时选择了离开锦林回台北。

这次介绍丹妮到中国参观山地户外运动公开赛的人是凌红，她是丹妮的闺蜜，在一次偶然的数据分析中，她发现了"蝙蝠"组织的秘密。是她嘱咐丹妮到大陆后向警察报告，引起组委会的警惕。原来，凌红正是狮子岭长城投资商凌照春的女儿，她曾随父亲数次去大陆考察旅游投资环境，她对父亲早年间投资打造龙县长城景观的成果尤为赞赏，所以对龙县的发展变化十分关注。当她注意到"蝙蝠"的可疑行为时，马上联想到了龙县举办的户外运动公开赛。与此同时，内地警方也收到了香港警方发来的情报，他们截获了一批象牙和犀牛角，初步查明与一个代号为"蝙蝠"的犯罪组织有关。

因此，中国公安加紧了对入境人员的筛查，本就对先后入境的"墨镜"、胖子有所警觉，当得到丹妮提供的情报后，围绕"蝙蝠"的迷雾渐渐清晰起来。随后的一切便完全掌握在公安的手中了，只等"蝙蝠"落网就擒。

而那一头，回到台北的丹妮在很长一段时间见不到锦林来台北的消息后，便主动地找到新来台北接替锦林的人打听消息，得知锦林可能回了加蓬故乡的村庄后，又飞了一趟利伯维尔，然后她去了锦林的部落，当她看到锦林昏睡不醒时，竟哭了起来，她不断地呼唤："你醒来吧，你说话吧，你那滔滔不绝的江河呢……"

终于，锦林的喉咙"咕噜"似的动了一下，然后，叫了一声"水"，接着他的眼睛慢慢地睁开了。丹妮赶紧给他喂水，旁边锦林的父母高兴极了，他们开始围着两个年轻人依偎的床铺跳舞……

锦林苏醒后，他把丹妮紧紧地搂在怀里，有些不敢相信梦中的一切，他很快便和方奇取得了联系，并与丹妮先去了台北，在见过丹妮的父母后，两位慈祥的老人同意了他们的婚事。最主要的是锦林申请成为中国的一员，在方奇的帮助下办理了加入中国国籍的所有手续。这样，锦林和丹妮得以顺利订婚，也如愿地加入了乐伯的参赛队伍。

赛事结束了，柳鸣开始写他的书。

朱莉是他的得力助手，她一起采访过乐伯、方奇、威宁，还有那些参赛队员，她收集了不少关于这项运动起源及发展过程的资料。柳鸣因她而提高了创作效率，他们常常在交流中为创作增添意想不到的色彩。

只见朱莉带着老师的口吻说："考考你吧，户外运动起源于何时？"

"19世纪吧。"显然他在故意答错。

"不，错了，应该还要早一个世纪。"

"算你回答正确。"

"你反考我？算了，给你来点难的，户外运动的本质是什么？"

"这有标准答案吗？"

"也有，也没有，随你吧！"

"它应该是一项冒险运动。"

"就这一点点？层次不可以高一点点？意义不可以深一点点？"

"好，那就高一点、深一点，走进大自然、走到最美的地方去挑战自己，锻炼自己。"

"有进步，但不够精练。"

"那我就把你比作大自然吧！"

"呵呵，新鲜，你比比看。"

"它彰显我与你的和谐统一，发挥我或无数个我叠加的团队精神，克服你严苛的近于极限的挑战性和探险性的全面要求，体验我们或无数个像我们一样的单元、群组、家庭，甚至上升到社会、国家、世界共同体，相互提升并形成人类进步文明的美好的白天与黑夜。"

"哈哈哈，好长一串，再说，我这么温柔，我给了你那么强的挑战性和探险性？还美好的白天与黑夜？算了不考你了。"

柳鸣说："哦，这不是打比喻吗？长是长了点，不过还是挺有意思的。好喽，不考就不考，关灯睡觉。"

一天早晨，当柳鸣和朱莉还赖在床上的时候，邮差叩响了房门，乐伯从美国那边给柳鸣寄来了参考资料和一封信。

资料显示：

户外运动起源于18世纪欧美早期的探险、科学考察，曾一度被称为"富贵人野外冒险运动"。由于户外运动体现的快感和愉悦，自然环境的壮美，备受广大体育爱好者和旅游爱好者的青睐，目前已风靡全世界，形成了当今人们追求的生活时尚。它最主要的表现方式是在规范和安全的前提下，走出城市，走向自然，从事具有一定风险且又有挑战性和针对性的活动……因此在内容上，有野外生存、障碍赛等。

乐伯寄来的资料珍贵极了，帮助柳鸣增进了不少对山地户外运动的理解。而他写给柳鸣的信也特别令人感慨，信中道出了许多鲜为人知的秘密。信中写道：

感谢中国！感谢渝州！感谢柳鸣先生和所有关心支持我的龙县朋友们！是你们给了我大自然最美的享受，是你们让我愉悦、健康而重生。

我自来中国前，其实身体本已有多处不适，夫人也总放心不下我。通过来中国寻梦，我的病状得到了好转，或许是龙县的那些水、空气、美食、草药让我顽症消退，回来后惊觉，我现在已是世界上第二个乐伯了。

我本是没有想到，能见识这么多山水，还能从其中发扬那富有前景的户外运动项目。

"旅程·梦想"是龙县的城市梦想也是我和许多参赛者个人梦想的交集，也是龙县发展历程与一场比赛之间的关照。在我看来，旅程是对旅游符号的传承，梦想是对生活方式的启迪。

我和我的队员们，尤其是可爱的中国队员们，都认为任何一次比赛的赛道都是人生的一段旅程，而拼搏和超越、参与和分享是旅程中展开和追求梦想的方式。龙县的探索发展何尝不是这样，于是一个城市的发展与一个人的成长之间有了默契，龙县与参与它的人同上路、同思考、同分享、同成长。因为具有这样的共情体验，"旅程·梦想"将默默地影响人们对龙县的形象和秉性，得到人们的认同和参与，支撑起龙县过去、现在和将来矢志耕耘与山地户外运动同生共息的事业精神。

我们将在当前和未来的总体构想中，进一步体现山地户外运动会应当承担的责任和任务，而我们的策划及相关方案将以龙县为蓝本，本着梳理骨骼与灵魂，找准着力点，提升宣传观念与方式，调整与整合资源，便于落地实施的原则，在过去方案的基础上进行调整与改善，力求更加有效、更加精准、更加突出亮点，抛砖引玉，为新时代山地户外运动比赛的组织与实施做出我们的贡献。

这一切是中国给我带来的好运，是我的中国伙伴们成就了我的"佛伴湖"或"湖伴佛"的梦想成真。

当然，还要感谢我的麒麟。我得抽时间回来，再去仙女湖边找寻它。其实我和方奇将来中国渝州投资办企业，龙角豆干及一众龙县特色的蔬菜、鲜果已让我们无比着迷。那场赛事转播后，这些地方特色已在国际市场上畅销，它们被销往欧洲、非洲等地。我得做点中国美食外贸方面的实事了，我会成功的，台北那边已经有成功经验。当然，博物馆的事我们也在紧锣密鼓地筹划。

祝福长滩啸、永生、长久、虎云飞他们，他们会成为我或者方奇的新公司最得力的员工。那将是多么有趣的未来。

从乐伯的体育运动精神中获得动力，柳鸣终于将他的山地户外运动公开赛小说写了出来。

乐伯、方奇、卓娅、威宁等人分别寄来了贺信，表示他们乐于见到用文字留下来的那些印记，他们将会永远珍藏，并用余生传播龙县的美丽山水人文。他们将在适当的时候再来中国相聚。至于户外运动博物馆的计划，已得到了地方政府的大力支持，让户外运动情结继续生长于这片神奇的土地。

后 记

    这部小说于 2020 年底杀青，之后又反复改稿四次才得以告成。

    于是传刘有法、刘民、杨永雄、吴沛、郑立、董存友、江华等文友阅示，欲得些真知灼见，几位友人亦是从百忙中抽出时间通读，并不吝赐教，算是弥补了些不足和遗漏。《寻梦佛伴湖》于 2022 年入伏终于定稿。在此要向以上友人致谢！

    文中涉及的法文、英文、日文皆有赖于女儿黄美玲及另两位留学生相助。

    个别文友对小说的写法提出质疑，说把神话写到了现实场景颇显荒诞。就此我认为：仁者见仁，智者见智，我只是用了一种意料之外的写法来表现山地户外运动的神奇及龙县风物的魅力而已。他山之石可以攻玉，神话未必就不可为我所用，不过这位朋友亦是善意的，他的指点亦值得尊重。

    当样书出来时，我感慨地蹦出一句话："美妙的时间，因光和物质的运动而存在。"我的这部小说则因"心有青山万重绿，何愁穷路不采玉"的时间而存在。当然也有"人生本该绚丽多彩，你不应该在一张白纸上签下自己的名字"那种春播秋收的快意。

　　诸多的努力，旨在浩如烟海的文学大爱面前，争取一滴秋水的垂青。为我放逐在龙县山水间的心灵找到了一个恣意畅游的去处，或可认为在我浮躁的时候，是这篇小说救了我。

　　最后，为了更加阐明小说事件的前因后果，我对故事进行了总结，并对龙县的山地户外运动项目后续发展相关情况做了补充，以此满足读者们的憧憬。

　　柳鸣参加竞岗后，加入了乐伯一行在龙县山水间的活动，他们游历乌江、芙蓉江、仙女山、天生三桥等美丽之地，遍寻其"湖伴佛"梦境。乐伯几乎踏遍了龙县的山山水水，正愁没有还原梦中的画面时，突然一声惊呼，找到了！就在他蓦然回首之际邂逅了日思夜盼的梦中奇缘。

　　其间，乐伯经历了一系列惊险事件，也在寻梦的路上解开了父亲乐方方留下的谜。他碰上了长滩啸、张水灵、虎云飞、永生、长久等人，以及活泼可爱的俄罗斯美女卓娅，与他们讨论奇闻逸趣和人类共同的美好愿景。这些年轻有为的健将组成了乐伯的"东方队"的中坚力量，参加了在中国龙县盛大的山地户外运动公开赛，并取得了可喜成绩。

　　在乐伯到龙县寻根觅祖、探索户外运动基地，与莫逆之交方奇等打造世界级山地户外运动赛事的同时，另一群邪恶组织"蝙蝠"的人员出没在他们的周围，引出了一场隐藏在赛事之后的阴谋，为乐伯一行的寻梦轨迹增添了无穷的悬念与刺激。

　　麒麟神兽作为乐伯队员锦林的化身，出现在乐伯身边，让整个事件充满了无尽的遐想。

　　乐伯如愿以偿，率领他的团队与友好对手在中国龙县举办了一场声势浩大的山地户外运动公开赛并以获胜结束。柳鸣也因此完成了地方政府交给他的使命，收获了他与朱莉的爱情，还实现了他写书的梦想。

　　而地方政府交给文旅委的工作催化了接下来的一系列成就，那便是山地户外运动项目发展的后续。

　　一个体育官员说："中国渝州龙县国际户外运动公开赛，将会被持续打造，该赛事已成为世界顶级的户外运动公开赛之一，是亚洲最具影响力、规模最大、水平最高的户外运动赛事。"

　　这之后，龙县陆续举办酝酿了"嘉渝杯""太极杯""渝视传媒杯""仙女山杯"等数届国际山地越野挑战赛，尤其"仙女山杯"已发展到有英国、美国、德国、澳大利亚、法国、芬兰、韩国、日本、瑞典、新西兰等十多个国家参赛的赛事规模，中国国内优秀运动队已组建到了八支，总体水平达到国际顶级水平。

　　数年一晃即过，昔年名不见经传的龙县获得了快速发展。

　　谁影响了龙县？是山地运动的策划者？推动者？参与者？龙县某热衷山地户外运动的年轻人不无豪情地道出："我们认为，推动龙县山地运动赛事鼎盛不衰的精神支柱是山地运动本身，是这项极限运动喷发的张力。"

　　是的，极限运动是人类与自然的融合，最大限度发挥自我身心潜能，向自身挑战的娱乐体育运动。它追求超越自我生理极限，强调参与、娱乐和勇敢精神，追求在跨越心理障碍时所获得的愉悦感和成就感，它体现人类返璞归真、回归自然、保护环境的美好愿望，因此已被世界各国誉为"未来体育运动"。

　　在一次城市营销经验交流中，龙县地方代表热情地讲道："我们自'麒麟杯'后，在每届赛事活动的节点上，发起一场关注、探索和思考山地户外运动本身的思想运动：是否是龙县与山地运动之间一次坦率而彻底的交融？是否因此将山地运动推上一个新高度的标志？是否会像奥林匹斯山是奥运会的精神归宿一样，让龙县成为国际山地户外运动的图腾？这是否将唤起更多舆论的关注？是否将更加影响人们的生活方式？是否是一次推动旅游与文化捆绑销售的一次探索和思考？这是否应该是龙县具有国际第一山地户外赛事影响力的城市责任？这是否是媒体与大众孜孜以求的新的思想和新的精神。

"对于城市营销而言，龙县无疑是成功的，利用每一届的山地运动会的举办，开展专访、论坛等形式与全国城市分享龙县的城市营销经验，这既是一次推动中国城市营销的探索，更是一次借力发力的推广。

"这里山川秀美，独具风光，是世界自然遗产和中国5A级旅游景区，也是全球少有的最适宜开展山地户外运动的胜地。国际山地户外运动公开赛集现代人推崇的速度、智慧、惊险、刺激为一体，融自然风光、极限运动、现代元素、时尚符号、宣传于一身，在这里举办比赛一定备受全世界广泛关注。

"我们要把中国渝州龙县国际山地户外赛事打造成'健康生活'的重要名片、中国户外运动的崭新标杆、国际山地户外运动的第一品牌，吸引全球更多的国家和地区运动队参赛。"

柳鸣对乐伯寄来的资料进行了梳理，他在书中写道："随着现代体育社会化、全球化进程的推进，体育竞赛的意义已经远远超越了体育自身的范畴，并对社会的政治、经济、文化产生了广泛而深远的影响，也给赛事举办地带来了千载难逢的跳跃式发展历史机遇。

"山地户外运动赛是一个由多种奥运项目元素组合而成，体现运动员野外综合技能和耐力、意志力，突出团队协作配合的现代新兴运动，富有超越身心极限的自我挑战性、观赏刺激性、高科技渗透性、商业运作性，受到国际体育界和国际奥委会的重视和关注。"

一天，在中国龙县户外运动博物馆里，威宁摸着那尊麒麟雕像问乐伯："Mr. 乐，你还记得它吗？"

乐伯也摸着那麒麟的头："怎么不记得，它陪我们走了那么长的路。"

"Mr. 乐，难道我们真有这么一段奇缘吗？"威宁擦了擦自己的眼睛。

"当然，它就像在昨天，在昨夜那清晰的梦里。"

威宁又道："还记得我和你们沿江而行，它就在其中，它为大家做了许多许多！"

乐伯："我们踏歌乌江，探芙蓉洞，云渡天生三桥，八拜仙女山，梦萦芙蓉江，我们树起了一座丰碑。那上面留下了：徒步越野、山地自行车、溯溪、穿洞探险、攀岩——岩降、森林定点穿越、峡谷滑索、皮划艇、漂流的深刻印痕，它很丰富、很精彩、很高超！"

"说得好！说得好！"柳鸣、朱莉、梁生辉、卓娅、汤姆、锦林、丹妮他们走了进来，围在麒麟雕像的身边，摄像师叫大家喊声"茄子"，大家带着满面的笑容，为参加乐伯筹建的山地户外运动博物馆开业剪彩留影。

完成了剪彩活动，乐伯他们又去了那座梦境之山的山脚下，他们要来这里再喊一次山，因为每个人心中都恋着那山腹中神秘的回音。

只见他们一个个依次上前，喊出了："中国，我爱你……""龙县，我爱你……"

"不不不，不止这些。梁生辉，我要你喊出'卓娅，我爱你！'连喊三遍。"卓娅乘机向梁生辉提出了要求。这是她好久以前就埋藏在心里的想法。

"好好好，要喊要喊，要使劲地喊。"大家一阵起哄。梁生辉对着自己的漂亮媳妇，大声地喊了起来："卓娅，好媳妇，我爱你……"

丹妮也喊着让锦林这样做，锦林便也上前高喊开来。

那山腹便应每个人的叫喊，及时回应："我爱你……""我爱你……"余音久久在佛山的上空萦绕回荡。